集英社オレンジ文庫

後宮染華伝

黒の罪妃と紫の寵妃

はるおかりの

本書は書き下ろしです。

[目次]

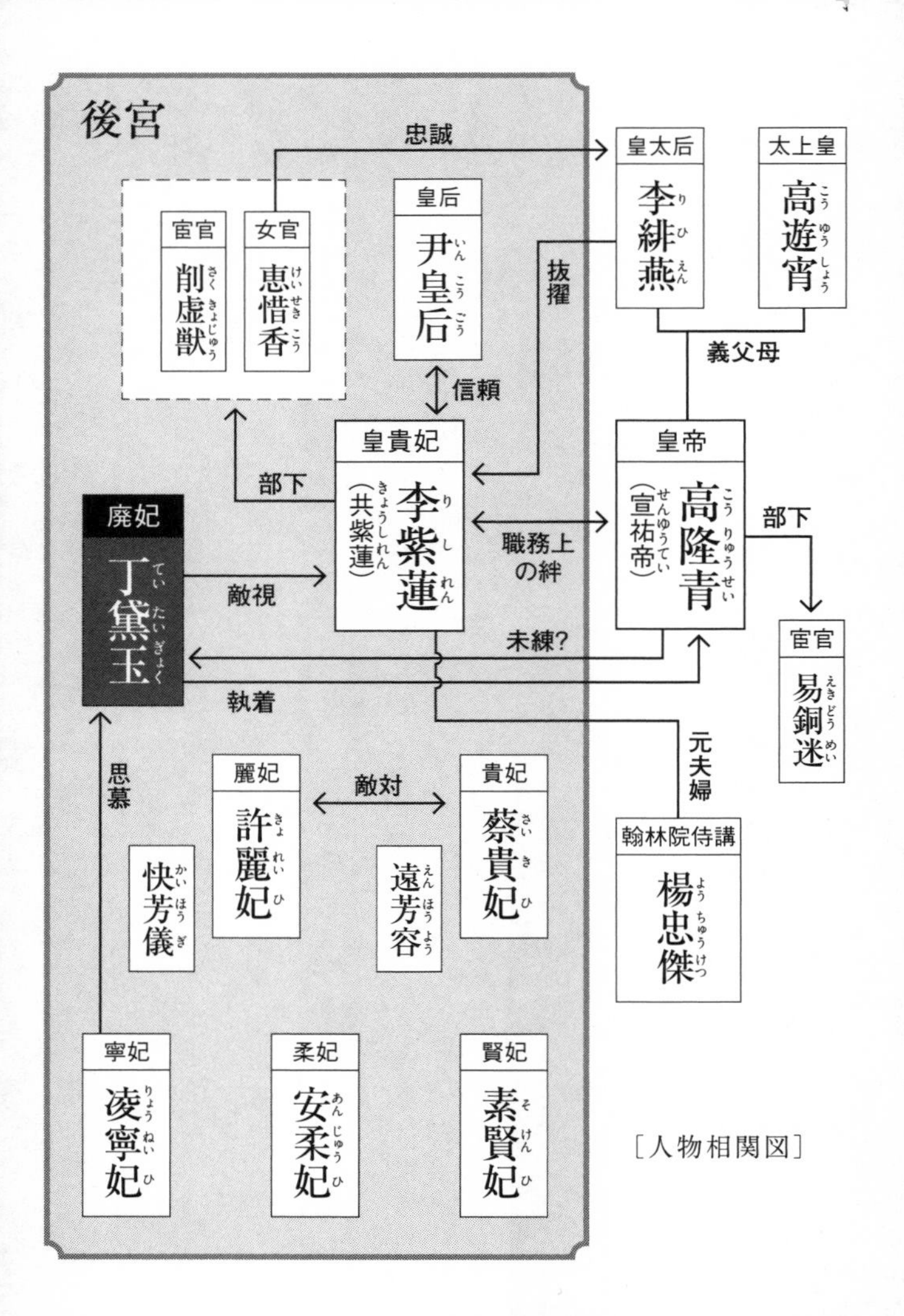

後宮
忠誠
皇太后
李緋燕
太上皇
高遊宵
義父母
宦官
削虚獣
女官
恵惜香
皇后
尹皇后
抜擢
信頼
皇貴妃
李紫蓮
(共紫蓮)
皇帝
高隆青
(宣祐帝)
部下
職務上の絆
部下
廃妃
丁黛玉
敵視
未練?
執着
宦官
易銅迷
元夫婦
思慕
麗妃
許麗妃
敵対
貴妃
蔡貴妃
快芳儀
遠芳容
翰林院侍講
楊忠傑
寧妃
凌寧妃
柔妃
安柔妃
賢妃
素賢妃

[人物相関図]

後宮染華伝
こうきゅうせんかでん
黒の罪妃と紫の寵妃

第一章　花の微笑

「皇貴妃さま、瑶扇宮で騒ぎが起こりました」

「また？」

帳簿の頁をめくる手をとめ、李紫蓮は柳眉をはねあげた。

「今月、許麗妃が問題を起こしたのは、これで何度目かしらね」

「わたくしが知る限り、四度目ですわ」

皇貴妃付き首席女官の恵惜香が神妙な面持ちで答えた。

「一度目は宮女をむごたらしく折檻し、二度目は鞦韆をめぐって蔡貴妃とひと悶着、三度目は過度の減食により皇太后さまの御前で失神しました」

「まったく、にぎやかな子ね。今度はなにをしたの？」

「遠芳容を叱責しているそうです。なんでも遠芳容が快芳儀の裙を引き裂いたとかで。快芳儀は許麗妃のお気に入りですから、たいへんお冠だということですわ」

「ほんとうに遠芳容が快芳儀の裙を引き裂いたのかしら」

「遠芳容は身におぼえのないことだと否認しているようですわよ。許麗妃は聞く耳を持たず、激昂して遠芳容を外でひざまずかせています」

「この雨のなか？」

紫蓮は窓外に視線を走らせた。月洞窓の玻璃越しに見えるのは紅雨に濡れる鴛鴦梅。

「瑶扇宮に行くわ。支度をお願い」

はい、と返事をして下がろうとした惜香を呼びとめる。

「最近染めた絹を持ってきてちょうだい。芍薬紅と蜜黄、それから秘色と朱華も」

一刻後、着替えをすませた紫蓮は輿に乗りこんだ。妃嬪の輿は華輦というが、妃嬪の筆頭たる皇貴妃の華輦はとくべつに玉輦という。十八名の宦官が担ぐ玉輦に揺られ、椅子のうしろに立てられた傘蓋の下で花の雨を眺めながら、天高くそびえる紅牆の路を行く。

たどりついたのは麗妃が住まう瑶扇宮。惜香の手を借りて玉輦からおりると、朱塗りの大扉がひらかれた。花塼敷きの小径を歩いて外院をとおり、垂花門のさきにひろがる内院に足を踏み入れる。内院には雨景色に朱墨を散らしたような枝垂れ碧桃がつややかに咲き誇っていた。鋪地のうえには妙齢の美人がひざまずいている。

「皇貴妃さまにごあいさつを――」

「あいさつはよいわ。傘をお使いなさい」

こちらに気づいて拝礼しようとした遠芳容をとめ、傘を持たせた。となりにひざまずいて主同様に雨に打たれているのは、遠芳容付きの首席女官だ。

ふたりに微笑んでとおりすぎると、遊廊のほうからせわしげな足音が聞こえてきた。

「皇貴妃さまに拝謁いたします」

軒下までおりてきた許麗妃は襦裙の領ぐりからこぼれんばかりの胸もとを見せ、両手を左腰にあててかるく膝を折る万福礼をした。年齢は紫蓮より四つ下の二十四。芍薬の精かと見まがうなまめかしい美女で、色にたとえれば艶紅といったところだ。

許麗妃の数歩うしろでは快芳儀がおなじ動作をしている。こちらは二十歳。ふせられた白い目もとには潑剌とした婀娜っぽさがただよう。色でいえば橘黄であろうか。

「楽になさい」

「ありがとうございます、皇貴妃さま」

紫蓮が声をかけてはじめて、ふたりは万福礼の姿勢をとく。宮中の規則では、上位の者が許可を出すまで敬礼しつづけなければならないのだ。

「お出迎えが遅れまして申し訳ございません。なにしろ、この雨模様ですから、ご来駕を賜るとは夢にも思いませんでしたの」

「急におしかけて悪いわね。先日染めたばかりの絹を眺めていたのだけど、なかなかよい出来栄えだから、あなたに見てもらいたいと思い立ったのよ」

「まあ、それは僥倖ですわ。ちょうど美しいものを見られたらいいのにと嘆いていたところでしたの。心がささくれ立っているときはきれいなものを見るのがいちばんですから」

「なにかいやなことでもあったの？」

「遠芳容が妹妹の裙を引き裂いたのです。素直に謝罪するならまだしも、かたくなに抗弁するので、反省するまで外でひざまずかせていますの」

後宮では年上の女性を姐姐、年下の女性を妹妹と呼ぶものだ。許麗妃が遠芳容を妹妹と呼ばないのは、彼女が蔡貴妃のお気に入りだからだろう。

「きっと嫉妬したのでしょう。あの裙は主上より賜った西域渡りの錦で仕立てたもの。わたくしがなによりも大切にしていた裙でしたから」

快芳儀はほっそりとした眉を憂わしげにひそめてみせた。

「お召しものが濡れてしまいますわ。皇貴妃さま、なかへどうぞ」

許麗妃の案内で遊廊をわたり、客庁に入る。派手好みの女主人の趣味を反映して、室内は贅を尽くした調度品であふれていた。豆彩の花蝶文壺、玉石の盆景、螺鈿細工の几案、描金の屏風、玻璃の蘭灯、どれをとっても千金をくだらぬ逸品ばかり。

框に喜鵲が透かし彫りされた榻に腰かけると、麗妃付きの女官が茶を運んできた。白磁紅彩の蓋碗である。銘柄は仙掌露だろう。緑茶の名品であり、春風を煮つめたような濃厚な桃花のにおいが舞いあがる。蓋碗ともども極上の品だ。

「引き裂かれた裙って春梅紅の生地のものかしら？　ほら、曲水の宴で快芳儀が着ていたでしょう。彩蝶の刺繡がとても素敵だったわ」

「ええ、その裙ですわ。お気に入りでしたのに、遠芳容に台なしにされたせいでもう二度と着ることができません。主上になんとお詫びしてよいやら……」

「遠芳容は自分であなたの裙を引き裂いたの？」

「いいえ、女官にやらせたようです。遠芳容付きの女官がわたくしの殿舎を訪ねてきたとき、衣桁にかけてあった裙に触れていたとか。一部始終を雪児が見ていましたの」

雪児は快芳儀付きの女官だ。いまも快芳儀のそばにひかえている。年のころは二十を二つ三つ過ぎたくらい。負けん気の強い主とちがい、つねに青い顔でおどおどしている。

「雪児に尋ねるけれど、遠芳容付きの女官が裙を引き裂くところを見たの？」

「あ……はい。見ました」

「どのような刃物を使っていたのかしら」

「え、ええと……これくらいの短刀だったと思います」

雪児は両手で短刀の長さを示してみせた。

「犯行現場を見たのだから、あなたは遠芳容付きの女官をとめたのでしょう」

「もちろん、とめました。でも……ふりはらわれて逃げられてしまいました」

「宮正司には知らせたの？」

「当然ですわ。他人の裙を引き裂くなんて悪しき所業を見過ごすわけにはまいりません」

許麗妃は金の指甲套をつけた手で双喜酥餅をつまんだ。双喜酥餅は小さな花型の胡桃酥餅に奶黄餡をたっぷりはさんだ焼き菓子。さくさくとくだける香ばしい生地がこっくり甘い餡と混ざりあって美味だけれど、減肥の大敵だ。一時は痩身を目指して肉なしの薏米粥ばかり食べていた許麗妃だが、すっかり以前の生活にもどったらしい。

「じきに宮正がまいるでしょう。あの女官は杖刑八十ののち浣衣局送りが妥当です」

宮正司は後宮内の糾察および禁令、懲罰をつかさどる。宮正はその長官だ。浣衣局は罪を犯した宮女や宦官が終生苦役に従事し、飼い殺しにされる場所である。

「問題の裙はどういう状態なのか見せてちょうだい。ひょっとしたら修復できるかも」

「どうぞ、ごらんになって。見るも無残な有様ですわ。修復は無理でしょう」

許麗妃が女官を呼ぶ。女官は方盆にのせた裙を持ってきた。

「まあ……これはひどいわね」

紫蓮は春梅紅の裙を手にとってみた。怨みを晴らすかのように荒々しく切り裂かれている。切れ味のよい短刀を使ったらしく、切り口はあざやかだが、あまりにも細かく切り刻まれているので、元通りにするのは難しそうだ。

目を凝らしてみると、五色の翅をひろげた彩蝶の刺繍にところどころ糸をひっかけた形跡があることに気づいた。刺繍糸は切れていないので、刃物ではなさそうだ。なにかささくれだったものにひっかかって、糸が乱れてしまったように見えた。

「犯人以外でこの裙にふれたのはだれかしら」

「雪児ですわ」

答えたのは快芳儀だ。憤然とした面持ちで蓋碗を茶几に置いた。

「あなたたちはふれていないの？」

「ふれる気もしませんわ。ここまでむごたらしく引き裂かれていれば。ねえ、妹妹」

「ええ。わたくし、これを見た瞬間に驚いて卒倒しかけましたわ。引き裂いた者の――いえ、引き裂かせた者の怨念がこもっていると思うと、ふれるのが恐ろしくて」

許麗妃付きの女官も裙にはふれていないという。

「犯人は手荒れがひどかったか、爪が割れていたのね。ほら、見てごらんなさい。彩蝶に使われている刺繍糸があちこちなにかにひっかかっているでしょう。ささくれだった指でふれたか、割れた爪が糸にひっかかったんだわ」

紫蓮は惜香を呼んだ。

「遠芳容付きの女官を連れてきなさい。話を聞きたいわ」

しばらくして、ずぶ濡れの女官がうなだれたまま客庁に入ってきた。すぐさまひざまずいてあいさつする。紫蓮は「おもてをあげなさい」と命じた。

「あなたは遠芳容の指図で快芳儀の裙を引き裂いたのね？」

「いいえ、ちがいます！　わたくしは快芳儀の裙にはふれていません！　それどころか近づいてすらいないのです。ましてや引き裂くなど、まったく身におぼえのないことです」

「嘘おっしゃい。雪児がおまえの所業を見ていたのよ」

快芳儀が女官を睨みつける。女官は雨粒をしたたらせながら必死にかぶりをふった。

「惜香、この者の手を調べなさい」

惜香が女官の両手を片方ずつとって丹念に調べあげた。

「皇貴妃さま、この者の手はなめらかでささくれはなく、爪も割れておりません」

「おかしいわね。犯人の手はかなり荒れているはずだけれど」

紫蓮は考えこむふりをして茶几の表面を指先で何度か叩いた。

「犯人以外で裙にふれたのは雪児だったわね？　雪児の手を調べてみて」

惜香が近づくと、雪児は青ざめて両手を袖のなかに隠した。惜香はなかば無理やり雪児の手をとって調べる。そのあいだ、雪児は追いつめられた鼠のように震えていた。

「この者の手はささくれだっており、十本のうち六本の爪が割れております」

「奇妙なこともあるものね。犯人である女官は手が荒れていないのに、目撃者である雪児は手荒れがひどい。いったいなぜかしら」

「……わ、私は遠芳容付きの女官が裙を切り裂いていたところに出くわしたので、あわてて奪いかえしたのです。きっとそのとき刺繡にふれて傷つけてしまったのでしょう」

「だとしたら、短刀で切った裙の切り口にも糸をひっかけた形跡があるはずよ。でも、ふしぎなことに切り口はとてもきれいなの。糸が乱れているのは刺繍の部分だけ。あなたの手でこの無残な裙にふれたら、真っ先に切り口の糸がひっかかるはずなのにね」

　血の気のひいた唇から言葉は出ず、雪児はおろおろと視線をさまよわせる。

「錦の状態から推測すると、あなたは引き裂かれるまえに裙にふれたのでしょう。引き裂かれたあとは切り口に荒れた爪や指がひっかからないよう、手巾などで包んでふれたのではなくて？　おそらく、いつもの習慣でしょうね。あなたほど荒れた手で貴重な絹物にふれたら、繊細な刺繍や織り目に傷がついてしまうもの」

「どういうことなのです？　引き裂かれるまえに雪児が裙にふれたというのは……」

　怪訝（けげん）そうにひそめられていた快芳儀の蛾眉（がび）がみるみるうちに逆立っていく。

「雪児！　まさか……裙を引き裂いたのはおまえなの⁉」

「……も、申し訳ございません！　どうか……どうかお赦（ゆる）しください！」

　雪児は平蜘蛛（ひらぐも）になって床にひたいを打ちつけた。

「芳儀さまの裙をしまう際に、ついうっかり素手でふれてしまい……刺繍糸が指にひっかかってしまったのです。芳儀さまに見つかれば叱責を受けるので、ちょうど遠芳容さまの遣いで訪ねてきていた女官に罪を着せようとして……」

「わざと裙を引き裂いたのね⁉　己の過失を隠すために‼」

　快芳儀が金切り声をあげる。雪児の肩がびくりとはねた。

「あきれ果てたわ!!　保身のために主を騙すなんて!!　おまえほど下劣な奴婢は見たことがないわよ!!　だれか、この者を打ちすえなさい!!　叩き殺してもかまわないわ!!」

「お赦しください、芳儀さま！　せめて命だけは……！」

「汚らわしい!!　主を騙しておいて命乞いなんてずうずうしいわよ!!」

　雪児が裳裾にすがりつくと、快芳儀はその手をふりはらう。宦官を呼んで雪児を外に連れだそうとするので、紫蓮はやんわりと制止した。

「落ちつきなさい。激しては身体に毒よ」

「ですが、赦せませんわ！」

「たしかに雪児は不届き者だわ。誤って刺繡を傷つけただけでなく、主を騙してごまかそうとしたのですものね。今回、寛大な処分をしてもまた問題を起こすでしょう」

「だから殺すべきなのです。役立たずに食ませる禄なんてございませんわ」

「それも一理あるけれど、主上は慈悲深い御方。殺生をお厭いになるわ」

　おし黙った快芳儀にはかまわず、のんびりと蓋碗をかたむける。

「雪児は芳仙宮であずかりましょう。惜香の配下にしてしつけさせるわ。惜香は配下に厳しいから、雪児の邪な性根を矯正できるはずよ。妹妹にはべつの女官が必要ね。もっと優秀な者を仕えさせるよう、尚宮局に申しつけておくわ」

快芳儀が反駁するより速く惜香に目配せする。

「いやな話はこれくらいにして、私が染めた絹を見てちょうだい。妹妹たちに似合う色があるかしら？」

惜香が大きな方形の彩絵匣を持ってくる。麗妃付きの女官がふたをあけた。

「まあ……なんてあざやかな！　まるで芍薬花神の衣のよう」

感嘆の声をあげたのは許麗妃だった。

「気に入ったのなら、ぜひまとってみて。きっと似合うわよ」

紫蓮が勧めると、許麗妃は女官に命じて芍薬紅の絹を腰まわりにあてがわせた。

「素敵ね。芍薬紅はあなたの雪肌と相性がいいみたい。いっそう輝いて見えるわ。どんな模様を刺繍させましょうか？　翡翠？　流鶯？　小瑠璃も可愛いわね」

「孔雀がよいですわ。華麗な羽根が芍薬紅と合うはずですもの」

「名案だわ。では、孔雀の刺繍をほどこすよう尚工局に命じておきましょう。そちらの絹は妹妹に似合いそうよ。見てごらんなさい」

紫蓮は惜香が持つべつの彩絵匣を快芳儀に示した。快芳儀は手ずからふたをあけ、なかから蜜黄の絹をとりだす。花びらに似た唇から甘ったるいため息がもれた。

「なんて素敵なの！　心がときめくような色彩ですわ！」

「あなたも裙を仕立てたら？　主上から賜った錦ほどではないけれど、みずみずしい蜜黄が妹妹の美貌を引きたててくれるはずよ」

「どんな模様がいいでしょう？　紫藤や賽牡丹、映山紅も映えそうですわね！」

快芳儀は花の名前をあげて童女のようにはしゃぎ、許麗妃はほかの彩絵匣をあけて秘色や朱華の絹を手にとっている。ふたりが雪児や遠芳容のことをすっかり忘れたころ、紫蓮はにこやかに微笑んで席を立った。雨だからと見送りを断って客庁を出る。

「芳仙宮にお寄りなさい」

遠芳容をともなって内院の小径を歩きながら、紫蓮はなにげなく提案する。

「身体が冷えているでしょう。湯浴みをしてあたたまったほうがいいわ」

「窮地を助けていただいたのです。そこまでご迷惑をおかけするわけには」

「助けてほしいのは私のほうなのよ。皇太后さまに西域の書物をいただいたんだけど、私にはなにが書いてあるのかさっぱりわからないの。でも、せっかくいただいたものを読まないわけにはいかないでしょう？　困っていたのよ。古今東西の書物に通暁しているあなたなら、きっと難なく読めるわよね？　講釈してくれないかしら？」

いわれのない罪で罰せられた遠芳容をこのまま帰したら、彼女はただでさえ険悪な仲の快芳儀と許麗妃をますます怨むようになる。遠芳容は許麗妃と対立する蔡貴妃のお気に入り。遠芳容の怨みは蔡貴妃と共有され、近いうちに不穏の呼び水になるだろう。

なんとかして遠芳容の怨みをうやむやにしなければならない。しかし、彼女は許麗妃や快芳儀のように美しい絹でごまかされてはくれない。蔡貴妃につぐ学才を持つことで知られる遠芳容はどんな絹よりも難解な書物を好む。おなじく才女として名高い李太后推薦の書物を読み解いてほしいと言われたら、かならず食いついてくるはず。

「わたくしでお役に立てるでしょうか？」

寒さで青ざめていた遠芳容の唇がにわかに血色を帯びてきた。

「あなた以外であの書物を読み解けるのは蔡貴妃くらいでしょうね。貴妃に頼んでもよいけれど、雨のなか来てもらうのも悪いから、目のまえにいる才媛にお願いしたいわ」

遠芳容は雲間からのぞく晴天のように微笑した。

「皇貴妃さまのためなら、喜んで微力を尽くしますわ」

助かるわと微笑みをかえしつつ、紫蓮は胸をなでおろしていた。

後宮における諍いの発端はその大半が蔡貴妃と許麗妃だ。騒動の火種は消さねばならない。事件は穏便におさめ、禍根を残さないようにしなければ。

後宮の安寧を保つこと。それこそが皇貴妃のつとめ——紫蓮が入宮した理由である。

大凱帝国の京師、煌京。その心臓部にあたる九陽城にはふたりの主がいる。

ひとりはむろん皇上、高冀煒。齢二十二にして至尊の位にのぼった青年皇帝は字を隆青というが、勅命で発せられた元号宣祐を冠して宣祐帝と呼ぶのが通例である。

もうひとりは太上皇、高峯円。字は遊宵と伝えられる。彼が太上皇の位についたのは宣祐帝の即位で二度目だ。崇成年間に君臨した帝なので、崇成帝と称す。

崇成帝が最初に皇位を退いてから、玉座の持ち主はめまぐるしく変わった。永乾帝、豊始帝、紹景帝。永乾年間はわずかに一年、豊始年間、紹景年間は六年で終わった。

短命の天子たちの跡を襲って玉座についた宣祐帝は、久方ぶりに長命の皇帝となる気配をにおわせていた。義昌帝の詔勅により立太子されるや否や各地で瑞祥が報告され、天に景星がまたたいたと史書は語る。宣祐帝の即位後、南方では紹景年間中期以降、激しさを増していた海賊の襲来が鳴りをひそめ、北方では凱帝に異心を抱いていた鬼淵の照礼可汗が頓死したことも、新時代の幕開けがもたらした吉事だと人びとは言祝いだ。

治世が安定のきざしを見せはじめた宣祐七年春、皇上はあらたな皇貴妃を立てた。皇貴妃李氏は名を婧可、字を紫蓮という。本姓は共だが、皇太后李氏の姪として入宮する際、改姓して李婧可となった。李婧可こと李紫蓮は宣祐帝の二人目の皇貴妃である。

「父皇、母后。おふたりの臣であり子である冀燁がつつしんでごあいさつ申しあげます」

金漆塗りの宝座の下で、高隆青はひざまずいて拝礼した。宝座にいるのは太上皇高遊宵と皇太后李緋燕である。天子の祖父たる無上皇、天子の祖母たる太皇太后が空位の宮中において、隆青が首を垂れる相手は天地鬼神をのぞけば彼らだけだ。

「楽にせよ」

太上皇の声が降る。感謝いたします、と隆青は龍袍の裾を払って立ちあがった。

皇宮は白朝に位置する錦河宮。太上皇が暮らす隠居宮に毎日ご機嫌うかがいに参上するのは皇帝たる者のつとめだ。即位以来、一日も欠かしたことがない。

「今朝はご機嫌いかがですか、父皇、母后」

「春らしい朗らかな朝だわ。とてもよい心地よ。そうですわね、太上皇さま」

「まったくだ。このところは寝つきもよいので、すがすがしい気分で目覚められる」

御年七十六の太上皇と御年六十八の李太后は仲睦まじそうに微笑みあった。

「ほんとうですか？　母后が以前、父皇は寝ぎたないとぼやいていらっしゃいましたが」

「寝ぎたないとは失敬な。となりに美人がいるので、つい褥から出られなくなるだけだ」

「いやですわ。毎晩おばあさんと共寝していらっしゃるくせに」

「自分のことをおばあさんと呼ぶのはやめなさいと再三言っているだろう。君がおばあさんなら、君より八つも年上の私はおじいさんになってしまうじゃないか」

「だれしも従心をすぎれば、立派なご老公ですよ」

「いやいや、私はまだ三十而立といったところだ。すくなくとも君への恋心は」

「まあ、恥ずかしい。隆青のまえでおかしなことをおっしゃらないで」

李太后に絹団扇で腕を叩かれ、太上皇はおおらかに笑う。

「こうしてのんきな朝を迎えられるのは後宮がよく治まっているおかげね。隆青も近ごろは顔色がよいようだし、あの子を入宮させてほんとうによかったわ」

李太后が言う「あの子」とは、二月前に入宮したばかりの李紫蓮のことだ。

「後宮の安寧は万病の妙薬だからな。君の策が見事当たったわけだ」

「策だなんて人聞きの悪いことを。ただのお節介ですよ」

「お節介とはとんでもない。皇貴妃のおかげで余も助かっています。やはり母后の月旦評は百発百中ですね」

「緋燕に人を見る目があることは事実だが、功をひとりじめされては困る。あの日、微行で市井におりる緋燕を私が泣く泣く見送ったからこそ、緋燕は未来の皇貴妃を見出すことができたのだ。まあ、ひいては私の功績ともいえるだろう」

「なんでもご自分の手柄にしてしまわれるのだから、困ったものだわ」

またしても李太后は太上皇の腕をかるく叩く。庶人の夫婦のように気安いふたりだ。

「父皇のお力添えがあったことはまちがいありませんが、母后が皇貴妃を見出されたのは天恵かと。偶然にしてはできすぎていましたので」

昨年、李太后はわずかな供を連れて市井におりた。皇太后が身をやつして城肆に出かけるなど異例のことなので隆青はとめたが、李太后がどうしてもと譲らなかった。なんでも、侍妾時代から仕えてくれていた宦官が臥せっているので見舞いに行きたいという。皇太后として訪ねていけば大ごとになってしまうため微行でなければならないと説得され、信頼できる宦官を護衛につけて送りだした。出先で李太后は童子が軒車に轢かれそうになる事故に遭遇した。離れた場所にいた李太后は無傷だったが、護衛の宦官が大路に飛びだして童子を救い、そのせいで大怪我を負ってしまった。

「頭から血を流していたのに、虚獣ったら大丈夫だって言い張ったのよ。みるみる青ざめていくから、どこかでやすませなくちゃと思ったんだけれど……」

困り果てていた李太后に助け舟を出したのが共紫蓮――のちの李紫蓮だった。

「すぐそこですから、私の家にいらっしゃってください。お医者さまを呼びますわ」

共紫蓮は下働きのような質素な襦裙姿で、髪飾りさえつけていなかった。脂粉のにおいはせず、唇に紅もひいていなかったが、好ましい佳人だったと李太后は語る。

「はじめは染工かと思ったのよ。指に染料の色がしみついていたから」

李太后の予想は外れる。共紫蓮は京師で二番手の老舗染坊、彩霞染坊の嫡女だった。

「心やさしい娘さんで、私たちにとても親切にしてくれたわ。私も虚獣も粗末な庶人の衣服を着ていたから、お世辞にも裕福には見えなかったはずなのにね」

紫蓮は庶民の母子に扮していたふたりを自邸に案内し、なにくれと世話を焼いた。医者を呼んだ代金も自分の懐から出し、李太后からは一銭も受けとらなかったそうだ。

「芳紀を聞いたら二十七だというの。こんな気立てのいい娘さんが行き遅れているなんておかしいわ、意地悪な親族にいじめられて嫁ぎ先も見つけてもらえないのかしらと心配したら、これも見当ちがい。十五で嫁いだけれど三年で離縁されたのですって」

子を産めなかったのだと紫蓮は言った。

「実家に戻ってからは工房を手伝っているらしいわ。もともと染め物が好きで童女のころから仕事を手伝っていたので苦にならないそうよ。再嫁するつもりはないのかって尋ねてみたけれど、気乗りしないようね。最初の結婚で懲りているみたいだったわ」

紫蓮をいたく気に入った李太后は数日後に彼女を皇宮へ呼びよせた。用向きは彩霞染坊の染め物を見たいということだったが、真の目的は紫蓮自身だ。李太后は先日の老嫗が自分であったことを明かし、紫蓮の厚意にあらためて礼をのべた。

爾来、紫蓮は李太后の招きでたびたび皇宮に参内するようになる。

「共紫蓮を見初めなさい」

隆青が李太后に命じられたのは、紫蓮が皇宮に出入りするようになっておよそ一月後。すでに彼女の身辺調査はすみ、本人にも親族にも問題はないと判断が下っており、隆青自身も高級宦官に化けて紫蓮の為人を調べ、李太后同様に好感を抱いていた。紫蓮を見初めることに異存はないが、どうやら彼女自身にその気がなさそうなのが懸案である。

「強引に進めれば禍根を残します。入宮は当人の意思であるべきです」

「そのことなら心配いらないわ。手は打ってあるから」

ほどなくして、とある高官が巨額の汚職を告発された。隆青が東廠に命じて捜査させたところ、汚い銀子の流れが彩霞染坊と関係していることが発覚し、尋問のため共家当主は連行された。東廠の鞫訊は過酷な拷問を伴う。東廠の獄たる廠獄は鬼獄とも呼ばれ、ひとたび連行されれば二度と生きては出られないと官民の心胆を寒からしめている。

父が鬼獄の囚人となってしまい狼狽した紫蓮は李太后に助けを求めた。

「清廉な父が贈賄に手を染めるはずはありません。なにかの間違いですわ」

身を投げうって父の助命を嘆願する紫蓮に、李太后は取引を持ちかけた。

「ほかならぬあなたの頼みですもの、もちろん助けてあげるわ。でも、その代わり、私の願い事をかなえると約束してちょうだい」

「私などが皇太后さまのお役に立てるでしょうか」

「あなたでなければできないことよ」

具体的な内容にはふれず、李太后は東廠に手をまわして共家当主の疑惑を晴らした。もとよりそうする手はずだったのだ。共家当主の投獄は紫蓮を罠にかけるための好餌。

「皇貴妃になって後宮を治めてほしいの」

李太后の願い事を知り、紫蓮は当惑しただろう。彼女は野心家ではない。栄華に憧れる気持ちも再嫁への意欲もなく、彩霞染坊で染工として働くことに満足していた。

しかし、どれほど気乗りしなくても退路は断たれていた。彼女にとって李太后は父を助けてくれた恩人。義理堅い彼女が大恩ある老婦人の願いをむげに拒めるはずもない。

すべては李太后の筋書きどおり。紫蓮はやむなく入宮を受諾した。

それからさきは単純だ。李太后に随行して園林を散策していた紫蓮を、偶然とおりかかった隆青が見初める。隆青は何度か彼女と会う機会をもうけ、ついには龍床に侍らせる。一度でも帝の寵を受けた女人は後宮に入らなければならない。入宮前、李太后は紫蓮を李家の養女にした。染坊の娘の身分では皇貴妃に冊立できないためである。

三年前に皇貴妃が空位となってから、後宮は蔡貴妃と許麗妃が牛耳ってきた。妃嬪侍妾は貴妃派と麗妃派にわかれ、互いを挑発しあってたびたび悶着を起こす始末。穏和な尹皇后は両者をおさえられず、心労が祟って体調が不安定になってしまった。

皇后が後宮の主として責務を果たせない場合、妃嬪の筆頭である皇貴妃が後宮を統率する。だれかを皇貴妃に立てなければならない。だが、蔡貴妃と許麗妃は論外だ。どちらかを皇貴妃にすればかならず片方がいま以上に増長し、その勢いは皇后をしのぐことになるだろう。さりながら、いずれの派閥にも属さない下位の妃嬪を引きたてたところで、蔡貴妃や許麗妃に対抗できるはずはない。つまり後宮内に適任者はいないのだ。

あたらしく入宮させた女人を皇貴妃に立てる。隆青はその点で李太后と意見が一致した。

問題は適任と思われる女人がなかなか見つからなかったことだ。ある程度のうしろ盾はあってほしいが、実家が有力すぎるのも考えもの。皇貴妃はあくまで皇后代行。蔡貴妃と許麗妃よりも強力な第三の勢力が誕生するのは避けたい。また、若すぎてもいけない。小娘が皇貴妃を名乗っても妃嬪に侮られるだけだ。とはいえ、龍床に侍らせることが憚られるほど年嵩では困る。後宮は夜伽をしない妃嬪が権力をふるえる場所ではない。

四徳をそなえ、本分をわきまえて皇后より目立たず、蔡貴妃や許麗妃をおさえて後宮を率いる、皇貴妃たるにふさわしい臈長けた女人。それほどの賢婦人が都合よく存在するものだろうかとあきらめかけていたとき、尹皇后が懐妊した。たいへん喜ばしいことではあるが、後宮では懐妊中こそ危険だ。万全の態勢で尹皇后を守らねばならず、ために蔡貴妃や許麗妃への警戒がいっそう必要になる。もはや皇貴妃探しは急務となっていた。

そして見つけたのが李紫蓮である。

入宮から二月。紫蓮は後宮の平穏を保つことを第一義として期待どおりに働いてくれている。相変わらず蔡貴妃と許麗妃は一触即発だが、彼女たちの諍いが大事件に発展せずにすんでいるのは、ひとえに紫蓮の働きによるものだ。

「まさしく天の配剤ね。あなたがよき天子であろうと常日ごろ努めているから、名君にふさわしい有能な皇貴妃があらわれたのよ」

上機嫌の李太后がほがらかに微笑む。隆青はなにも言わず、小さな苦笑をかえした。

天子。そんなものになりたいと願ったことはない。ただの一度も。

丁重に暇乞いをして客庁を出ると、春陽に目を射貫かれた。瑞香のにおいを運ぶそよ風が軒にさげられた風鐸をかすかに揺らしている。

「主上──」

扉の外で待っていた宦官が足音を立てずに歩みよってきた。皇帝付き首席宦官の易銅迷である。四十路を過ぎているが、女好きのする容貌のせいか、年相応の落ちつきを欠いた軽薄な言動のためか、二十八の隆青と十も離れていないように見える。

「冷宮より火急の報がございまして……丁氏が自害を図ったそうです」

「今度はなんだ？　蠟梅か、栴檀か、毒八角か？」

「夾竹桃の葉を煎じてお飲みになったらしいですよ」

無駄なことを、と隆青は空をあおいだ。

「太医が処置しましたが、丁氏は臥せっているそうで。お見舞いにいらっしゃいますか」

「また賂をもらったな」

鋭く睨むと、銅迷は華やかな美貌をおどけた微笑でくずした。

「さすが主上。なにもかもお見通しで」

「丁氏に伝えておけ。いくら宦官を買収してもどうにもならないことだと。余は冷宮に足を運ばぬ。罪妃にかまっている暇はないのだ」
言い捨てて階を駆けおり、花塼が敷きつめられた小径を足早に歩く。春爛漫の景色が容赦なく目を刺した。断ち切れぬ未練を戒めるように。

後宮には、皇后の下に十二妃と呼ばれる十二人の妃がいる。皇貴妃、貴妃、麗妃、賢妃、荘妃、敬妃、成妃、徳妃、順妃、温妃、柔妃、寧妃がそれである。

十二妃の下には上九嬪と下九嬪がいる。上九嬪は昭儀、昭容、昭華、婉儀、婉容、婉華、明儀、明容、明華。下九嬪は芳儀、芳容、芳華、閑儀、閑容、閑華、充儀、充容、充華。十二妃と上下九嬪をあわせて妃嬪と呼んでいる。

下九嬪よりも下の位は侍妾という。侍妾には六侍妾、五職、御女という位階があるが、各位階一名ずつの妃嬪とちがって定員がない。

妃嬪と侍妾には明確な身分の隔たりがある。

たとえば妃嬪は自分の殿舎で皇帝と夜を過ごすことができるが、侍妾が龍床に侍ることを許されているのは天子の寝殿たる仙嘉殿だけだ。

住まいとして賜る殿舎の質はもとより、身のまわりの世話をする奴婢の人数、食卓にならぶ皿の数、宝飾品や衣装の種類、香薬や化粧具の値段にいたるまで細かく差をつけられている。妃嬪は侍妾より優遇された生活をしているわけだが、なかには負担となるしきたりもある。その最たるものが毎日欠かさず行われる朝礼であろう。

「皇后さまのおなり」

皇后が住まう恒春宮(こうしゅんきゅう)。花罩(まじきり)で仕切られた正庁(おおひろま)に宦官の声が響きわたり、総勢三十名の妃嬪たちはいっせいに席を立った。ひらりと衫襦(ひとえ)の袖(そで)を揺らしてひざまずけば、海棠紅(かいどういろ)、天藍(そらいろ)、胡粉(ごふん)色、鶸萌黄(ひわもえぎ)、章丹(あかだいだい)、さまざまな色彩が花鳥文の絨毯(じゅうたん)に咲く。

「皇后さまに拝謁(はいえつ)いたします」

奥の間から尹皇后があらわれると、妃嬪たちは声をそろえてあいさつした。

「楽にしてちょうだい」

「ありがとうございます、皇后さま」

宝座(ほうざ)に腰かけた尹皇后が許しを出したあとで、立ちあがって席につく。

「今朝はとてもあたたかい日和(ひより)ね。妹妹(まいまい)たちの顔色もよいこと」

おっとりと微笑む尹(いん)皇后は御年二十五。権門尹家の令嬢で、今上(きんじょう)の祖母呂守王太妃(ろしゅおうたいひ)の姪(てっ)孫(そん)にあたる。十年前、皇太子だった高隆青に嫁いだ。皇太子妃時代に男児を産んだため、隆青の即位に伴って立后される。しとやかな姿かたち同様、ものやわらかな婦人だ。色にたとえるなら牡丹粉紅(うすぼたんいろ)。月季紅(ばらいろ)より淡く、石竹紅(せきちくいろ)よりあたたかい。

「皇后さまのお顔色も輝いていらっしゃいますわ。お加減はお変わりないようですわね」

「ええ、いつもどおり元気よ。あなたはいかが、李皇貴妃」

「陽気とおなじ心地ですわ。春の朝は寝覚めがよくて大好きですの」

にこやかにあいさつを交わし、紫蓮は惜香に目配せする。惜香はしずしずと進みでて、皇后付き首席女官に彤記を手渡した。

「昨夜の伽は淩寧妃がつとめました。どうぞご確認くださいませ」

彤記は夜伽の記録である。夜伽が行われた日時、龍床に侍った女人の姓名だけでなく、どのように秘戯がなされたか、閨中でどのような会話が交わされたか、事細かに書き記される。彤記を書くのは敬事房に所属する女官だ。彼女たちは彤史と呼ばれ、夜伽のあいだ、寝間のそばにひかえて耳をそばだてている。本来、彤記は毎朝、皇后が確認するが、現在は尹皇后に代わって紫蓮が先に目をとおす。

「よかったわ。つつがなくすんだのね」

尹皇后は彤記をひととおり読んで目もとをゆるめた。

「淩寧妃も夜伽に慣れてきたようね。以前は戸惑うことが多かったようだから心配していたのよ。でも、もう大丈夫でしょう。主上によくお仕えしていれば、いずれ身ごもるわ。いつでも御召しを受けられるよう、体調をととのえておきなさい」

淩寧妃は北狄鬼淵の姫だ。父は鬼淵の王たる進善可汗。祖母は光順時代に鬼淵に嫁いだ純禎公主高鳳姫。太上皇は純禎公主の異母弟なので、太上皇の姪孫でもある。

四年前、淩氏は十二で今上に嫁ぎ、昭儀に立てられた。むろん、その歳で夜伽はできないから、龍床に侍るようになったのは昨年からだ。夜伽に召されるようになってからしばらくのあいだは、怖がってなかなかつとめを果たせなかったらしい。昨年末、妃嬪のつとめを果たしたことにより、寧妃に昇格。なにかと今上に目をかけられている。

「あたし、身ごもりたくありません」

凌寧妃はきっぱりと言い放った。発音にすこしく胡語のなまりがあるが、翡翠の弓弦を弾いたような美しく澄んだ声がそれを補っている。

「皇胤を宿したくないですって！　なんて罰当たりな」

「信じられないわ。後宮の女ならだれもが御子を宿すことを夢見ているのに」

「ひょっとして祖国に想いびとがいたのでは？　そのせいで身ごもりたくないのかも」

「まあ、それが事実なら不義も同然だわ。かしこくも一天万乗の君に嫁いでおきながら、蛮族の男を忘れられないなんて不敬千万よ」

「変な言いがかりはやめてください。あたしに想いびとなんかいませんから」

凌寧妃は碧玉のような瞳でさざめく妃嬪たちを睨んだ。癖のない白金の髪は複雑に編んで結いあげられ、薄紗を背に垂らした帽子で覆い隠されている。麗春花文を織りだした胡服は立ち領で、腰から下へ左右に切れこみが入り、ひだをつけた檸檬黄の裙がのぞく。大粒の瑪瑙をあしらったひたい飾り、三つの垂れ飾りをつけた耳墜、二重になった月長石の首飾り、三重にかさねた紅珊瑚の手鐲、彼女の身を飾る装身具はどれも鬼淵のものだ。唯一の例外は右手の薬指につけた銀の指輪。これは昨夜、龍床に侍った証である。

紫蓮をふくめ、大半の妃嬪は左手の薬指に銀の指輪をつけている。左手の薬指につける銀の指輪は夜伽に応じられることを示すしるし。左手の中指に金の指輪をつけるのは、月の障りなどの事情で夜伽できないことをあらわす。尹皇后は右手の中指に翡翠の指輪をつけているが、これは懐妊中のため夜伽できないことを示している。

「想いびとがいないという妄言は聞き捨てならないわね」

紫蓮のはすむかいに腰かけている蔡貴妃がゆるりと絹団扇を動かした。

「わたくしたちはみな、主上にお仕えしているのよ。主上をお慕いするべきではなくて？」

「貴妃さまのおっしゃるとおりですわ。夫は妻妾の天と申しますもの」

「ましてや、わたくしたちの夫は天下一の殿方。恋い焦がれてやまないのが道理ですわ」

「主上のことは尊敬しています」

「尊敬しているなら、どうして御子を身ごもりたくないなどと言うの？」

「後宮には悪人がたくさんいますから。懐妊中の妃嬪に危害をくわえるようなひとが」

「まあ、怖いわね。いったいだれのことかしら？」

「ご自分のお顔を鑾鏡でごらんになったらいかがですか」

「無礼な！　貴妃さまにむかってなんて口のききかたをするの⁉」

「凌寧妃は不遜だわ。まるで貴妃さまがだれかを害したことがあるかのように」

「ないと言い切れますか？　昨年だけで三人が流産し、二人が死産しました。あきらかにだれかが手を下しているんですよ。ここにいるだれかが」

　凌寧妃に睨みつけられても、蔡貴妃は蛾眉ひとつ動かさず微笑を浮かべたままだ。

　蔡家は高官を多く輩出してきた官僚一族。蔡貴妃の父は内閣大学士首輔であり、兄たちも出世街道を歩んでいる。蔡氏自身も令嬢時代から才媛の誉れ高く、今上の即位に伴って入宮、貴妃に冊立された。二十四の女ざかりでありながら、その花顔からは色香よりも気品がにおいたつ。色にたとえれば宝石藍。気高く美しいけれど、どこか冷淡だ。

「後宮に不幸がつづいていることはわたくしも心苦しく思っているわ。ほんとうにかなしいことよね、せっかく授かった御子が無事に生まれないのは」

　しらじらしい、と吐き捨てた者がいた。蔡貴妃のむかい側に腰かけている許麗妃だ。

「案外、凌寧妃の言うことが当たっているのではありません？　貴妃さまはいまだ皇子をお産みになっていらっしゃらない。ほかの妃嬪の懐妊は目ざわりでしょうねえ」

「その理屈はあなた自身にも通用するのではなくて？」

「わたくしは他人の懐妊を敵視したりしませんわ。だって、わたくしたちはおなじ夫に仕える姉妹ですもの。福を授かった姐姐や妹妹がいれば、心から祝福しますわ」

「さすが許麗妃は寛容ね。妃嬪の鑑だわ」

　蔡貴妃は絹団扇のむこうでやんわりと目を細めた。

「やさしいあなたなら、安柔妃(あんじゅうひ)の懐妊も祝ってくれるでしょうね？」

「安柔妃が懐妊？　そんな話、うかがっておりませんが」

「今日ここで発表される予定だったのよ。そうですわよね、皇貴妃さま」

「ええ、実はそうなの」

紫蓮は微笑んで、尹皇后に顔をむけた。

「昨夜、敬事房から報告がございました。安柔妃は懐妊して二月だそうです」

「それはうれしい知らせね。安柔妃、おめでとう。身体を大事にしてちょうだいね」

「お心遣いに感謝いたします、皇后さま」

安柔妃は席を立って万福礼(ばんぷくれい)をした。安氏は蔡貴妃の従妹で、貴妃派に属する。年は二十三。六年前、今上の即位とともに入宮した。高雅な孔雀緑(くじゃくみどり)が似合う涼しげな美貌もさることながら、書法の腕前は玄人(くろうと)はだし。数々の名筆を遺した閨秀書家李淑葉(りしゅくよう)の再来ともいわれており、蔡貴妃は自分で詠(よ)んだ詩を好んで安柔妃に清書させている。

「皇后さまにつづいて安柔妃まで懐妊だなんて、錦上花を添うとはまさにこのことですわ」

嫣然(えんぜん)と微笑んだあとで、蔡貴妃はちらりと許麗妃を見やる。

「許麗妃ったら、ずいぶん不機嫌そうね。まるで安柔妃の懐妊がうれしくないみたい」

「とんでもない。わがことのように喜んでいますわよ」

歯ぎしりせんばかりに顔をしかめていた許麗妃が急ごしらえの笑顔をつくった。

「ただ、心配ですの。安柔妃は他人を信頼しすぎるきらいがあるようですので」

「なにが言いたいのかしら」

「凌寧妃が言うように、後宮は陰謀が渦巻くところ。前回、安柔妃が流産したのは身近にいる他人を安易に信じすぎた結果かと。悪人は善人の顔をして近づいてくるものです。善良な婦人を装っている悪女にこそ、警戒しなければなりませんわ」

「なるほど。つまり、あなたのようなひとには警戒せずともよいのね」

「どういう意味でしょうか、貴妃さま」

「だって、あなたはよく奴婢を叩き殺しているでしょう？　それも衣装を運んでくるのが遅かっただの、清掃の最中に古箏の弦をうっかり切っただの、ほんのささいなことで。お世辞にも善良とは言えないから、最初から警戒しなくてもよいわねと言ったのよ」

「貴妃さまは瑶扇宮の内情に耳をそばだてていらっしゃいますのね」

「耳をそばだてなくても奴婢の悲鳴が聞こえてくるのよ。断末魔の叫び声もね。すこしは慈悲の心を持つべきだわ、妹妹。残虐な女は殿方に愛されなくてよ」

「姐姐こそ、善人のふりをして悪行をかさねるのはおやめになったらいかが？　みなが噂していますわよ。安柔妃を流産させたのは貴妃さまだと」

「わたくしが聞いた噂では、許麗妃が安柔妃に毒を盛ったことになっていたわよ。安柔妃はわたくしの可愛い従妹だから、妹妹には目ざわりだったのだと。先ほど、安柔妃の懐妊を知って歯ぎしりするあなたを見て確信したわ。やっぱりあれは妹妹のしわざだったのね」

怖いひと、と蔡貴妃が柳眉をひそめる。許麗妃が気色ばんで言いかえそうとしたそのとき、紫蓮は「そうそう」と口を切った。

「来月はじめに観劇会を行うわ」

「また鐘鼓司の猿芝居ですの？　見飽きましたわ」

鐘鼓司は宦官が主管する官府のひとつ。皇帝の先触れをつとめるほか、宮中で上演される各種の芝居を担当する。雑劇、影絵芝居、人形芝居などを定期的に行い、上演される演目は農民や商人の暮らしぶりを描写した滑稽劇や聖人の逸話を描いた教訓劇が多い。

「今回は趣向を変えて市井から蘭劇の一座、月輪班を招くことにしたの。知っているかしら。最近、流行っている女人だけの劇班よ。演目は『黄雀簪』。あの有名な文士双非龍が月輪班のために書きおろした作品なのですって。花形役人は男装の麗人らしいわ。本物の美男子と見まごうばかりの端麗な容姿で令嬢たちを虜にしているとか」

「まあ、たいへん。それほどの美女なら寵愛を奪われてしまうかもしれないわね、許麗妃」

「わたくしは大丈夫ですわ。心配なさっているのは姐姐ではなくて？」

「安心してちょうだい。主上はごらんにならないそうだから。実をいうと、これは倖容公主のための観劇会なの。このところ、倖容公主がふさぎこんでいらっしゃるから、華やかな催しで気晴らしをするようにと皇太后さまがおっしゃったのよ」

倖容公主は三代前の豊始帝の公主だ。倖容は封号である。字は妙英、幼名は碧蘭という。今年で二十一歳になるが、いまだ未婚なので後宮で暮らしている。

「みなも楽しみにしていてね。『黄雀簪』は市井で大人気らしいから」

妃嬪たちの関心は『黄雀簪』の内容に移っていく。紫蓮はほっと胸をなでおろした。

「今朝もご苦労さま」

尹皇后は紫蓮に茶を勧めた。玻璃の蓋碗に入っているのは大棗、陳皮、枸杞子、銀耳などの乾物を紅茶で蒸らした八宝茶。金彩のふたをあけると、松の葉の芳香がほのかな湯気とともに舞いあがった。ひと口飲めば、やさしい甘みがほっくりと喉を潤していく。

すでに妃嬪が恒春宮を辞したあとだ。正庁には紫蓮と尹皇后だけが残っている。

「蔡貴妃と許麗妃には困ったものね」

尹皇后も八宝茶に口をつける。こちらは紅茶ではなく菊花茶で蒸らしたものである。

「実家が敵同士だからって、あそこまでいがみあわなくてもよいでしょうに」

「いがみあわずにはいられないのでしょう。おふたりとも個性の強いかたですから」

「せめてわたくしが皇后としてふたりを統率できたらいいのだけれど……ふがいない皇后で申し訳ないわ。蔡貴妃と許麗妃を抑えようとすると火に油を注いでしまうか、逆にこちらが言い負かされてしまうのですもの。あなたには苦労をかけるわね」

「ご心配にはおよびませんわ。皇后さまは身重でいらっしゃるのですから、御子が最優先です。未来の皇長子のためにも、御心をわずらわせてはいけません」

「皇長子とは限らないわよ。公主かもしれないわ」

「どちらでも主上は大切になさいますわ。ご出産を心待ちにしていらっしゃいますもの。主上だけでなく私も、皇長子さまあるいは公主さまに早くお目にかかりたいですわ」

「気が早いわ。生まれるのは秋ごろよ」

　ころころと笑い、尹皇后はふくらみはじめた腹部を撫でる。母親らしい愛おしげなそのしぐさが紫蓮の胸をせつなく疼かせた。

「以前、おみ足が冷えるとおっしゃっていたでしょう？　羊毛を編んで襪を作りましたの。おやすみのときにお使いになってくださいませ」

　紫蓮が目配せするまでもなく、惜香が進みでて絹包みを皇后付きの女官にわたす。

「桃染かしら？　可愛らしい色ね」

　尹皇后の白い手が襪にそっとふれた。紅花を酸で中和して染めた桃染は、陽だまりのようなやわらかい色合いになる。紅花は身体をあたためる薬効があるので、古くから内衣を染めるのに好んで使われてきた。素肌に身に着けるだけで身体があたたまるわけではないが、ほのぼのと明るい色彩は心をあたためてくれる。

「残念ながら似せ桃染ですわ」

「似せ？」

「紅花ではなく、紫杉(いちい)を使いました。身重の婦人に紅花は毒ですから」

紅花、茜(あかね)、扁柏(ひのき)。どれも桃紅(ももいろ)に染まるが、いずれにも妊婦を害する作用がある。皮膚からの影響は心配するほどではないだろうが、念には念を入れて避けた。

「履き心地がよさそうね。ちょっと試してみようかしら」

「お手伝いいたしますわ」

紫蓮は尹皇后の足もとにひざまずいた。尹皇后が珊瑚(さんご)色の裙を持ちあげるので、彩繍鞋(はきもの)と襪(しとうず)を脱がせ、生絹(すずし)でかたちづくったような足に似せ桃染の襪(しとうず)を穿(は)かせる。

「ぴったりですわね。羊毛で編んだものですから、寝床だけでお召しになってくださいませ。寝床から出るときは脱いだほうがよいでしょう。滑りやすいので……」

なにげなくおもてをあげ、紫蓮は言葉をのんだ。尹皇后の頬を玉の涙が濡らしている。

「ごめんなさいね。奕信(えきしん)のことを、ふと思い出したものだから……」

尹皇后は手巾で目もとを拭い、つとめて笑顔を作った。

「あの子が小さいころ、わたくしが襪(しとうず)をはかせてあげていたの。だけど五つになると、自分でできると言ってわたくしにはさせてくれなくなったわ。ほんのささいなことだけど、あの子が成長しているんだと思ってうれしくもなった。でも、さびしくもなったのよ。こうやってすこしずつ大人に近づいて、わたくしの手から離れていってしまうんだと……」

高奕信は今上(きんじょう)の嫡男(ちゃくなん)である。今上の即位と同時に立太子され、わずか三つで東宮の主となった。聡明で孝心のあつい皇太子だったという。生きていれば今年で九歳だった。

三年前、奕信は薨御(こうぎょ)した。堅果(ナッツ)を食べたことが原因だった。奕信は生まれつき堅果を食べられない体質であったのだ。当人はもちろん太医(たいい)に言い聞かされて自制していたし、周囲の者も細心の注意を払っていたが、なんらかの手ちがいが起きてしまった。

「いまでもときどき、奕信の夢を見るわ。あの子のために甜点心(おかし)を作っていると、奕信がわたくしのまわりを跳びはねて『できましたか?』って訊いてくるの。何度も何度も、しつこいくらいに。甜点心が大好きだったから、我慢できないのよ。『できたら呼ぶから、あちらで遊んでいらっしゃい』と言うと、あの子は厨(くりや)の外に駆けだしていくの」

きっと蹴鞠(けまり)をしているのだろう、と夢のなかの尹皇后は思う。

「甜点心ができあがって、わたくしはあの子を呼ぶの。だけど、返事がない。いつもなら飛んでくるのに。蹴鞠に夢中になっているのかしらと思って外に出てみるけれど、奕信の姿はどこにも見当たらない。探しても探しても、見つからないのよ……」

かけるべき言葉もなく、紫蓮は尹皇后を見あげていた。わが子を喪(うしな)う痛みはおそらくだれにも癒(いや)せない。すべてのものを洗い流してしまう春秋(とき)でさえも、無力だ。

「皇后さまはご無理をなさっているようですわ」

紅鶸色の牡丹の枝を剪刀で切り、紫蓮はかたわらに立つ男をふりあおいだ。男の名は高隆青。天下をあまねく掌中におさめた大帝国の頂点に君臨する、若き皇上である。

「たびたび、皇太子さまの夢をごらんになるそうです。私たちのまえでは笑顔をお見せになりますが、御心が乱れていらっしゃるご様子でしたわ」

「奕信の薨御からまだ三年だ。簡単に忘れられるはずがない」

隆青は精悍な面ざしに苦い表情を浮かべた。その長軀は紫蓮より頭ひとつぶん高く、惚れ惚れするほど筋骨逞しい。五爪の龍が縫いとられた龍袍は明黄色。これはもっとも尊貴な禁色であり、皇帝と皇后、太上皇、皇太后、無上皇、太皇太后しか身にまとえない。

「御心の乱れは御子に影響します。陰鬱はできる限りかるくせねばなりません」

「例の観劇会では気慰みにならぬか？」

「楽しい芝居をごらんになれば一時的にはご気分が晴れるでしょうが、夜になっておひとりでおやすみになるときには、物憂くなってしまうでしょう」

「芝居では気休めにしかならぬか……。ならば、どうすればよいだろう」

「皇后さまのご母堂を後宮にお招きになり、しばらく恒春宮に滞在するよう取り計らってはいかがでしょうか。皇后さまはとてもおやさしいかたですので、妃嬪のみならず側仕えにまでご配慮なさって気苦労が絶えません。ですが、幼いころから慣れ親しんだご母堂になら、娘時代のように甘えることもできるはずですわ。母娘水いらずでのんびり過ごしながら昔話などしていれば、気鬱も知らず知らずのうちに癒えていくでしょう」

「名案だが、皇后の女親を殿舎に滞在させることを許せば、妃嬪たちが妬むだろう」

「とくに蔡貴妃や許麗妃は歯ぎしりするでしょう。懐妊中には自分も母親を後宮に招きたいと申し出るにちがいありません」

「人情としてはみなに許可したいところだが、懐妊中の妃嬪に続々と女親がついてまわるのでは、内廷費がますますふくれあがってしまう」

「母親の滞在費は各妃嬪の殿舎に負担させればよいのでは？　位階に合わせて滞在期間の上限を決め、費用は各自の俸禄から捻出させるようにすれば、内府の懐は痛みませんわ。見栄を張って上限まで滞在させるか否かは本人の判断に任せるということで」

　皇后の俸禄なら女親を長期滞在させることはたやすいが、位階が下がるごとに妃嬪の俸禄は減っていくので、滞在期間もそれに呼応してすくなくなっていく。実家の援助で上限まで引きのばすことも可能だが、妃嬪本人が損をするだけで内府には負担がかからない。

「銅迷。余は美人を娶ったつもりだったが、どうやら軍師を娶っていたらしい」

　隆青が側仕えの易銅迷にこそこそ耳打ちすると、銅迷も小声で返事をした。

「いまごろお気づきになったので？　後宮はとっくに皇貴妃さまの天下ですよ」

「たった二月で伏魔殿を手中におさめるとは末恐ろしいな」

「寝首をかかれないよう、いまのうちにごますりをなさったほうがいいですよ」

「ああ、そうしよう。命あっての物種だからな。——皇貴妃、花筐は余が持ってやろう。どの牡丹が欲しいんだ？　これか？　こちらか？　このあたり全部切ろうか？」

「まあ、いけませんわ。主上にそのようなことはさせられません」

「遠慮するな。余を下僕だと思ってこき使っていいぞ」

「龍袍を着た下僕なんて聞いたことがございませんわ」

「じゃあ、銅迷と衣をとりかえよう。銅迷、おまえの蟒服をよこせ」

「はあ、べつにいいですけど、龍袍なんて着ませんよ。首が飛ぶのいやなんで」

「だったらおまえは中衣姿でいろ。ほら、さっさと脱げ」

「おやめください！　こんなところで……！」

「はい、脱ぎましたよ。どうぞ」

「早すぎるだろ。なんでそんなに手際がいいんだよ」

「そりゃあ妓女遊びで鍛えてますんで。主上は遅すぎますよ。お手伝いしましょうか？」

「頼む。余はどうも龍袍というやつが苦手だ。着るのにも脱ぐのにも手順が多すぎる」

　中衣姿の銅迷が隆青の龍袍を脱がせにかかる。

「ちょっと虚獣、おふたりをとめて！」

　紫蓮は影のようにひかえている皇貴妃付き首席宦官、削虚獣の袖を引っ張った。

「皇貴妃さまがお困りです。おやめください、主上、易太監」

「あ、削太監。花筐、持っててもらえます？　あと私の蟒服も」

「はい」

「『はい』じゃないでしょう！　どうして素直に荷物持ちをするのよ？」

「易太監は私より高位なので逆らえません」

削虚獣は悪びれもせずに「お許しを」と首を垂れる。隆青と変わらぬ長軀はどこか野性味を感じさせるが、整いすぎた顔立ちには感情のきざしがない。銅迷の華やかな美貌をぱっと人目を惹く冴えた藤黄にたとえるなら、虚獣のそれは人里離れた場所で積みかさなる落ち葉のような焦香だ。ある種の諦観を孕んだ秀麗な容貌は不愛想にさえ見える。

李太后の微行に随行した際、軒車に轢かれそうになっていた童子を救った宦官は彼である。ぶっきらぼうな物言いといい、杓子定規な立ち居ふるまいといい、不必要にしゃべらない寡黙さといい、猫なで声で世辞をふりまく大多数の宦官とは一線を画している。

「……主上？」

紫蓮が目のやり場を探しておろおろしていると、隆青が唐突に笑いだした。

「ようやく君のあわてふためく顔を見られたぞ」

「まあ、おひとが悪いですわ。私をからかってお楽しみになるなんて」

「君はなかなか困ってくれないからな。たまにはいいだろう」

隆青は龍袍の領もとをととのえながら笑っている。

「皇貴妃の妙計、気に入ったぞ。さっそく手配しよう」

「感謝いたします、主上。皇后さまがお喜びになりますわ」

後宮は紅采園。牡丹園とも呼ばれるこの園林に足を運んだのは、染め物に使う牡丹を集めるためだ。昼餉のあとで芳仙宮から出かけようとした際、思いがけず今上の来駕を賜った。牡丹を摘みに行くところだと言えば、隆青がともに散策しようと言うので、ふたりで輿を連ねて紅采園に来た。もっとも、偶然の牡丹狩りは計画されたものだった。紫蓮は隆青が訪ねてくるのを知っていたし、隆青は紫蓮が紅采園に出かける時刻を承知していた。互いに示しあわせて偶然を装ったのは、寵愛される皇貴妃を演出するためである。

李太后のうしろ盾があるとはいえ、寵愛なき皇貴妃は後宮を治められない。ゆえに紫蓮は寵愛されなければならない。隆青は妃嬪侍妾にわけへだてなく接しているが、紫蓮だけはとくべつあつかいしている。彼が昼間訪ねるのは恒春宮と芳仙宮のみであり、前者は夜伽できない尹皇后への気遣いからで、後者は紫蓮への偏愛ぶりを喧伝するのが目的だ。

計算ずくの君寵だとしても、紫蓮は二人目の夫に至極満足していた。

隆青は明朗闊達でおおらかな快男児だ。武人でありながら荒々しくはなく、泰然とかまえているけれど、ひょうきんなところもあって親しみやすい。そのうえ紫蓮の考えによく耳をかたむけてくれ、理解を示してくれる。いずれも前夫にはなかった美点だ。

正直なところ、再嫁には気乗りしなかった。自分は妻には向かない女なのだろうとあきらめていた。入宮せよと李太后に命じられたときは、暗澹たる未来を覚悟した。だが、杞憂だった。隆青は尊敬できる君主であり、仕えるに値する男だ。彼に嫁いだことで、よき夫がいれば自分でもよき妻になれるのだと知った。けっして情熱的に愛されているわけではないが、円満な結婚に不可欠なものは炎のような恋情ではなく、互いに対する敬意と信頼である。どちらも満たしてくれる隆青は、紫蓮にとって最高の夫といえた。

能力を認められて期待されるのは、だれにとっても名誉なことだ。後宮を管理するという責任はたしかに重いけれど、それがゆえにやりがいがある。

「幸せだわ」

隆青が持つ花筺に品紅の牡丹を入れ、紫蓮はひとりごとのようにつぶやいた。

「なんだ？」

「ふと思ったのです。主上にお仕えできて、幸せだと」

夫に愛されなければ幸福にはなれないと思っていた。それこそが勘違いだった。愛されるか否かが重要なのではない。必要とされるかどうかが、幸と不幸の別れ道なのだ。

「そうか」

隆青は微苦笑した。ひどく、うしろめたそうに。

「ところで牡丹はどんな色になるんだ？　見たままの色か？」

「花びらを使っても見たままの色彩が出ることは稀ですわ。牡丹の場合は――」

突然、甲高い女の悲鳴が蒼天を衝いた。

「虚獣」

名を呼べば、すぐさま虚獣が駆けだしていく。そのあとを銅迷の配下たちが追いかけた。

しばらくして戻ってきた虚獣はなぜかずぶ濡れだった。

「安柔妃が池に落ちて溺れていたので助けました」

「まあ、安柔妃ですって？　懐妊中なのに……。すぐに太医を手配して」

虚獣がうなずき、配下の童宦に太医院へ急ぐよう命じる。

「どうして池に落ちたのかしら？」

「当人は凌寧妃に突き飛ばされたのだと言っています」

「凌寧妃がそばにいたの？」

「はい。易太監の配下が身柄をおさえています。連れてまいりましょうか」

紫蓮がうなずくと、虚獣は凌寧妃を連れてくる。

「主上に拝謁いたします」

凌寧妃は隆青にむかって万福礼した。紫蓮には視線を投げようともしない。皇帝と自分より高位の妃嬪が同席している場合、皇帝にあいさつしたあと、高位の妃嬪にも同様に礼をとるのがしきたりである。あえて無視するのは紫蓮にふくむところがあるからだ。

「安柔妃はあなたに突き落とされたと言っているそうだけど、ほんとうなの？」

「はい」

凌寧妃はしかめっ面で答えた。皇帝の御前だというのに委縮した気配もない。

「わけもなくそんなことをするとは思えないわ。なにがあったのかくわしく話して」

「お話しすることはありません」

「なぜ突き飛ばしたのか、理由を尋ねているのよ」

「あたしは安柔妃さまがきらいなんです。だから突き飛ばしました」

「身重の安柔妃が池に落ちたらたいへんなことになるとは思わなかったの？」

「安柔妃さまがどうなろうと、あたしには関係ありません」

「無礼者。安柔妃が身ごもっているのは主上の御子なのよ。安柔妃とそりが合わないからといって、御子まで貶めるつもりなの」

主上に謝罪なさい、と紫蓮は命じた。凌寧妃はいかにもしぶしぶ平伏する。

「失言でした。お許しください、主上」

「なにがあったにせよ、懐妊中の相手を突き飛ばすのは悪しき行為だぞ。もし安柔妃が流産すれば、厳罰はまぬかれぬ。たとえ君が太上皇さまの姪孫でもだ」

ひれ伏した凌寧妃の肩がぴくりと震える。

「凌寧妃、あなたには禁足を命じます。翠清宮にて自戒するように。安柔妃の容態次第では、さらなる重罰を下すことになるかもしれません。覚悟していなさい」

「仰せに従います、皇貴妃さま」

突っぱねるように言い、凌寧妃は黙りこんだ。弁解するつもりはないようだ。


「そうなの。ほんとうによかったわ」

太医から報告を受け、尹皇后は愁眉をひらいた。安柔妃は取り乱していたが、胎の子は無事らしい。安静にしていればじきに気持ちも落ちつくだろうと太医は言った。

「よく面倒をみてあげてちょうだい。なにかあったら、すぐに知らせて」

紫蓮が命じると、太医は深々と揖礼して退室する。

「どうなることかと思いましたが、ひとまず安堵いたしましたわ」

「ええ、御子が無事でなによりよ。凌寧妃はどうしていて？」

「翠清宮でおとなしくしています。もう一度、安柔妃を突き飛ばした理由を尋ねてみましたが、かたくなに答えませんの。安柔妃がきらいだからの一点張りで」

「もしかしたら、姉を侮辱されたのかもしれないわね」

尹皇后は大棗と黒糖で煮出した阿膠茶を飲み、一息ついた。

「凌寧妃には異腹の姉がいるのよ。たしか婀朶王姫といったかしら」

王姫は公主のことだ。鬼淵では国王を可汗、王后を可敦、王太子を晋王という。

「ふたりは幼いころからとても仲がよかったそうよ。本来は婀朶王姫が主上に嫁ぐ予定だったけれど、妹の凌氏がどうしても凱に行きたいと言って入宮することになったの」

婀朶王姫は当時十六。年齢からいえば、凌氏より適任だったはず。

「意外ですわ。凌寧妃は望んで嫁いできたのではないと思っていました」

凌寧妃は見るたびに鬼淵の衣を着ており、凱の衣を身につけることはない。居所である翠清宮では鬼淵出身の女官を重用しているし、凱の生活を楽しんでいる様子はないが。

「嫁いできた当初は襦裙に興味を示していたわよ。だけど、心無い妃嬪に騙されて、まちがった着方を教えられたことがあったの。真に受けた凌氏は宴の席で恥をかいてしまって……それからは襦裙に袖をとおさなくなったわ」

「不憫なことですわね。もともとは望んで嫁いできたのに」

「本人はそう言うけれど……主上がおっしゃるには婀朶王姫の身代わりになったらしいわ」

婀朶王姫には心を通わせていた幼なじみの青年がいた。ふたりは結婚するつもりだったが、進善可汗は婀朶王姫を凱帝に嫁がせるという。思いつめた婀朶王姫が青年と駆け落ちしようとしたので、凌氏は姉の代わりに凱の後宮に入ると申しでた。

「進善可汗は凌氏を嫁がせることを渋ったそうよ。凌氏が幼すぎたことも理由のひとつだけれど、いちばんの理由は凌氏の母が進善可汗の碧星だったことね」

「碧星？」

「鬼淵では、殿方にとっての運命の女人を碧星と呼ぶのよ」

めったに見られない碧の星を何物にもかえがたい最愛の女性にかさねるのだそうだ。

「もっとも割合あたらしい言いまわしらしいけれど。進善可汗の亡き父、統蒼可汗が寵愛する純禎公主さまをそう呼んでいたんですって」

「素敵な言葉ですわね。皇后さまは鬼淵におくわしいのですか？」

「いいえ、聞きかじっただけ」

尹皇后はふたたび阿膠茶を口にした。

「これも主上にうかがった話だけど、進善可汗が凌氏の輿入れに反対するので、凌氏は大可敦でいらっしゃる純禎公主に直談判して凱に嫁ぐことを許可してもらったそうよ」

大可敦は王太后のことで、現在は純禎公主がその地位にいる。

「凌氏が身代わりになったから、婀朶王姫は無事に幼なじみと結婚できたんだとか。姉の幸せのために祖国を捨てるほどだもの。姉のことを侮辱されたら頭にくるでしょう」

「いままでにもそういうことが？」

「妃嬪のなかには異邦人をきらう者もいるから……。蔡貴妃がその筆頭なの。蔡貴妃の影響で貴妃派の妃嬪は凌寧妃を軽んじているわ。凌寧妃が姉を慕っていることを知っているから、わざと姉を貶めるようなことを言って挑発することがあるのよ」

なるほど、と合点がいった。凌寧妃が諍いの原因をかたくなに隠しているのは、慕わしい姉についての暴言をあきらかにしたくないからだろう。

紫蓮を乗せた玉輦が黄琉璃瓦を葺いた紅牆の路を進んでいく。牆壁の火裏紅、琉璃瓦の明黄色、天穹の鮮藍。色彩の錦に目を洗われながら、紫蓮はため息をついた。

先日の観劇会。月輪班の花形伎人は噂どおりの男装の麗人だった。妃嬪たちのみならず、女官たちもうっとり見惚れていた。そこまではよかったのだが、蔡貴妃が花形伎人を許麗妃とくらべて称賛するものだから、対抗心を燃やした許麗妃が自分も芝居をやりたいと言いだした。自分のために双非龍に戯曲を書かせねばならない、月輪班のような劇班が欲しいなどと面倒なことを主張しはじめ、麗妃派の妃嬪たちがそれをあと押ししたうえ、蔡貴妃が「万寿節で披露なさったら？　きっと主上がお喜びになってよ」と煽るから許麗妃はますますその気になった。一度言いだしたら聞かない許麗妃に自前の劇班をあきらめさせるのは至難の業である。紫蓮はやむを得ず許可した。ただし、伎人は鐘鼓司の宦官を使うこと、双非龍の戯曲は隆青を当てにせず自力で用意することを条件とした。

「許麗妃は双非龍をつかまえられるかしら。神出鬼没の文士だというけれど――」

「つかまったとしても双非龍は書かないでしょう。聞くところによれば、蔡大学士の依頼も断ったとか。権力者ぎらいという噂ですので、許麗妃が銀子を積んでも無駄でしょう」

玉輦のかたわらを歩く惜香が苦笑まじりに言った。

「双非龍の戯曲が手に入らないとなると、許麗妃は烈火のごとく腹を立てるわね。蔡貴妃の陰謀だと騒ぎたてるでしょう。万が一、戯曲が手に入ったとしても、万寿節で披露する芝居には蔡貴妃が横やりを入れて事件になるでしょうし、どちらにしても頭が痛いわ」

許麗妃の顔をつぶさずに芝居をあきらめさせる妙策があればよいのだが。

「皇太后さまを尊敬するわ。たった数月でこれほど問題が続出しているというのに、数十年も後宮を治めていらっしゃったんだもの。さぞかしご苦労が多かったでしょうね」

「ご苦労は多うございましたが、皇太后さまは英明果断な賢夫人ですから、どんな問題も快刀乱麻を断つがごとく解決なさっていましたわ」

惜香の口調はたいそう自慢げである。

「惜香は皇太后さまの崇拝者だったわね」

「わたくしだけではありません。多くの女官が皇太后さまを尊崇しておりますわ」

惜香は十六のときから二十年ほど李太后に仕えた。英邁で慈悲深い李太后に惚れこみ、犬馬の労を尽くしていたそうだ。命ある限り李太后のそばで働くことを望んでいたが、七年前、隆青の即位に伴って皇貴妃に立てられる丁氏に仕えるよう命じられた。

「いたらない点があればどうぞおっしゃってくださいまし。欠点はかならず直しますから、どうか、後生ですからおそばに置いてくださいませ」

涙ながらにすがりつく惜香に対し、李太后はやんわりと微笑した。

「あなたを信頼しているから丁氏に仕えてほしいのよ」

李太后はあらたな皇貴妃の動静を探るために惜香を送りだしたのだった。惜香は主の真意を理解し、皇貴妃付き筆頭女官となって丁氏の言動を逐一、李太后に報告した。

つまり惜香は李太后の密偵なのである。その点を隠そうともしないのはおそらく牽制であろう。監視されていることを自覚して行動せよ、ということだ。

「でも、皇太后さまをだれよりも景仰しているのは惜香だわ」

「もちろんです。わたくし、皇太后さまの御為なら水火を厭いません。もし、皇太后さまと愚夫が溺れていたら迷わず皇太后さまをお助けしますし、皇太后さまと愚夫が炎上する楼閣から出られなくなっていたら愚夫には目もくれず皇太后さまをお救いしますわ」

「すこしは迷ってあげて。ご夫君がかわいそうよ」

「愚夫など放っておけばよいのです。自分でなんとかするでしょうから」

惜香の夫は東廠督主、色亡炎――高級宦官である。亡炎は凱ではめずらしい金色の髪を持つ西域出身の美丈夫で、十年ほど前に惜香を見初めて求婚したようだ。夫婦仲は悪くないと聞くが、李太后とくらべると愛する夫も塵芥になってしまうらしい。

「あら、あれは凌寧妃ではありませんか？」

瑞明宮の門前に白金の髪の美姫がいた。ちょうど門扉が閉まるところだから、たったいま出てきたところのようだ。凌寧妃は女官に支えられ、ふらつきながら歩いている。翠清宮の禁足は昨日解かれているから、出歩いていても問題はないのだが。

「ずいぶん具合が悪そうだけれど、瑞明宮でなにかあったの？」

「なにも。すこし立ちくらみがしただけです」

呼びとめて話を聞こうとすると、凌寧妃は言葉をはねつけるように答えた。

「大事があってはいけないわ。太医を遣わしましょうか？」

「結構です。どうぞお気遣いなく」

失礼いたします、と型どおりのあいさつをして立ち去る。

「まあ、かたくなな態度ですこと。丁氏にはあれほど懐いていたのに」

「そうなの？」

「凌寧妃は四六時中、丁氏にくっついてまわっていました。食事も入浴も一緒で、ふたりで遠乗りに出かけたり舟遊びをしたり、たびたび芳仙宮（ほうせんきゅう）に泊まりにきて朝までおしゃべりに花を咲かせていましたわ。そばにいないのは夜伽（よとぎ）のときくらいでしたのよ」

「まるで仲のいい姉妹ね」

「わたくしが思うに、凌寧妃は丁氏に婀朶王姫（あだおうき）の面影を見ていたのですわ。丁氏の生母は鬼淵人でしたので、顔立ちも異国風で、親しみがわいたのでしょうね」

「それほど親しくしていた丁氏が冷宮送りにされたのなら、さぞかしさびしいでしょうね。いまも凌寧妃は丁氏に会いに行っているの？」

「いいえ、面会は禁止されておりますので」

慕っていた丁氏と会えないから、さびしさが高じて不機嫌になってしまうのだろうか。

「瑞明宮へ行くわ」

「なにか御用ですか？」

「凌寧妃は背中をかばうようにして歩いていたでしょう。きっと杖刑を受けたのよ」

杖刑は背中や臀部を棒で打つ罰。後宮では毎日どこかでだれかが杖刑に処されている。

瑞明宮へ行くと、蔡貴妃と安柔妃がそろって紫蓮を出迎えた。完璧な所作で万福礼し、おさだまりのお愛想を言う。紫蓮は笑顔をかえしたあと、本題に入った。

「凌寧妃が出ていくのを見たわ。背中が痛そうに歩いていたけれど、ひょっとしてここで杖刑を受けたのかしら？」

「ええ、わたくしが杖刑に処しましたわ」

蔡貴妃はいくらか誇らしげに微笑した。

「つい先ほど、凌寧妃が瑞明宮にやってきましたの。わけのわからないことをわめいて安柔妃に乱暴を働いたのです。ごらんくださいませ、安柔妃は右手に怪我を負ってしまいました。太医によれば、しばらく筆を持つこともできないとか」

「手を切ったか、指をついたの？」

「凌寧妃に突き飛ばされて香炉を倒してしまったのです。そのとき、右手が香炉に触れてしまって……。やけどを負ってしまいましたわ」

安柔妃は包帯が巻かれた右手を痛そうにさすった。幸いなことに、胎児には影響がなかったという。最悪の事態は避けられたと、紫蓮は長息した。

「御子が無事でなによりよ。やけどはしつこく痛むからつらいでしょうけど、養生してちょうだいね。もし、どうしてもつらかったら朝礼はしばらくやすんでもかまわないわよ」

ご厚恩に感謝いたします、と安柔妃はつつましげにおもてを伏せた。

「でも、ふしぎね。どうして凌寧妃はあなたに乱暴したのかしら」

「生来の気質でしょう。夷狄の生まれですから、婦徳を身につけていないのですわ」

蔡貴妃は鼻先で笑って言い捨てた。

「蛮族の女子は悍馬のように気性が荒く、男勝りで利かん気が強いとか。まさに凌寧妃のことですわ。しきたりに従わず、勝手気ままにふるまい、年長者を敬うことも知らない。忌まわしいとはお思いになりませんこと？　野蛮な夷狄の娘が妃嬪の末席を汚すなんて」

蔡貴妃の異人嫌悪は稟性の高慢さもさることながら、過去に鬼淵人との諍いで叔父を亡くしていることが影響していると思われる。

紹景帝の御代、朝貢使節団を招いて行われた遊猟にて、鬼淵の使者と蔡貴妃の叔父が獲物を競いあった。両者の腕前は拮抗しており、勝負は白熱したが、蔡貴妃の叔父が落馬して負傷したことで勝敗はうやむやになった。蔡貴妃の叔父は治療のかいなく不帰の人となり、蔡家は鬼淵の使者を厳罰に処するよう紹景帝に迫ったが、落馬は不慮の事故として処理され、鬼淵側にはなんの咎（とが）めもなかった。

　鬼淵の使者が細工をして故意に落馬させたのだとささやく者もいたが、真相は闇のなか。はっきりしているのは、紹景帝の朝廷が事を荒立てることを避けたということだ。当時、鬼淵に君臨していた照礼可汗（しょうれいかがん）は好戦的な男で、凱を侵略するため兵馬を集めていると噂されていた。鬼淵側に開戦の口実を与えぬよう、事故として穏便に処理されたのだ。

「あなたが凌寧妃をきらう理由はわかるわ。凌寧妃はすこし乱暴なところがあるし、不遜（ふそん）な態度も好ましくないもの。妹妹（まいまい）たちが怒るのも無理はないわね……。だけど、凌寧妃はまだ十六よ。ほんの子どもだわ。いろいろと未熟なのよ。長い目で見てあげて」

「十六にもなれば道理をわきまえるものですわ」

「あなたのような生まれついての才女はね。でも、天稟（てんぴん）の麗質や尊い血筋に恵まれた女子はひとにぎりしかいないわ。大半の十六、七の小娘はろくに物を知らないし、生意気で身勝手なものよ。ましてや凌寧妃は蛮族出身でしょう。凱でも屈指の名家に生まれ育ったあなたのように高い教養と気品を身につけられるはずがないのよ」

　そうですわね、と蔡貴妃は優雅に絹団扇（きぬうちわ）を揺らめかせた。

「凌寧妃の無作法が鼻につくこともあるでしょうけど、化外（けがい）の地で育ったせいだと大目に見てあげてちょうだい。私からもよく言い聞かせておくわ。もし、今回のようなことがふたたび起きたら、まずは私に相談して。知ってのとおり、妃嬪を杖刑に処すには鳳権（ほうけん）が不可欠。鳳権なくして杖刑に処したことが皇太后さまのお耳に入ったら大事件よ」

　後宮を統治するために必要なあらゆる権限を鳳権という。本来は皇后が持つものだが、現在は尹皇后より鳳権を委任されている紫蓮がその持ち主となる。

「今回は内密にしておくけれど、つぎは隠しきれないわ。くれぐれも気をつけてね」


「鳳権を無視して凌寧妃を杖刑に処すなんて、蔡貴妃は思いあがっていますわね」

　瑞明宮からの帰り道、惜香は忌々しげに言った。

「皇貴妃になるはずだったのは自分だといまだに思っているから、大それたことをするのでしょう。厳しく罰して鼻っぱしをへし折ってやりたいところですわ」

「蔡貴妃はひと一倍、気位が高いわ。厳罰を下したら、かならず凌寧妃を怨むでしょう」

　蔡貴妃の父である蔡大学士は内閣の長たる首輔をつとめる重臣。いくら李太后の庇護があるとはいえ、新参者の紫蓮がおいそれと手を出せる相手ではない。

「翠清宮に太医を遣わしてちょうだい。凌寧妃に治療を受けさせなければ」

「いましがたの態度を見るに、皇貴妃さまのご恩情を素直に受けるとは思えませんわ」

「受けなければ、今後は馬に乗れない身体になると脅しなさい。鬼淵人はなによりも乗馬が好きよ。乗馬ができなくなるといえば、意地を張っていられなくなるでしょう」

　凌寧妃はなぜ安柔妃をふたたび攻撃したのか。原因を調べなければならない。

皇貴妃の食事はちょっとした儀式である。

涼菜五種、熱菜十種、湯菜三種、点心三種、米飯二種、粥二種。これは日常の昼餉だ。夕餉になればさらに品数が増え、宴の席となれば皿の数は百を下らない。

色あざやかな金襴手の器に盛られたさまざまな料理が円卓にならべられていく。琥珀のきらめきを放つ豚足の煮こごり、水芹菜と海蜇のあえもの、五香粉がきいた醬油の漬け汁をたっぷり吸った揚げ魚、緑茶の若葉で炒めた蝦仁、鴨子と枸杞子の葡萄酒煮込み、青梅の甘露煮を散らした火腿の蜜蒸し。当帰と鶏肉の羹には紅花が散らされ、翡翠色の焼売はしっとりと輝き、溶き卵をまわし入れた薏仁米粥はさながら連翹が咲いたよう。

女主人が食事をとるあいだ、宦官と女官がずらりとならんで給仕をする。実家では継母の方針で家族そろって食卓をかこんでいたので、みなを立たせたまま自分だけが食事をするのは居心地が悪いが、これも後宮のしきたりだ。慣れるしかないだろう。

「凌寧妃は治療を受けているのね？」

紫蓮は豆腐皮の揚げものに口をつけた。しゃりしゃりとした小気味よい食感のあとで紫蘇を練りこんだ烏賊のすり身があらわれ、さわやかな旨味に舌がとろける。

「はい、不承不承ながら」

やさしい玫瑰紅に染まった蝴蝶餃子を小皿によそいながら、惜香が笑う。

「太医に口答えはしていますが、処方された薬湯もきちんと飲んでいますわ。もともと重症ではありませんので、安静にしていればじきによくなるでしょう」

「おとなしくしていてくれればいいけれど……。あの子はかっとなると口より手が出るきらいがあるから心配だわ」

　ひと口大の蝴蝶餃子をほおばると、酒粕香る蟹の餡が口腔を満たす。

「凌寧妃が瑞明宮に乗りこんだ理由はわかった？」

「あの日、翠清宮の内院が荒らされていたことが原因のようです」

　虚獣は淡々と答え、白茶をついだ。

「凌寧妃が大切に育てていた花垣の薔薇がめちゃくちゃに切られていました。凌寧妃は安柔妃のしわざと思いこんだそうです。先日、安柔妃を池に突き落とした件の報復だと」

「ほんとうに安柔妃のしわざなの？」

「宮正司に調べさせていますが、いまのところなんの手がかりもありません」

「凌寧妃をきらう者はほかにもいますものねえ。わたくしに言わせれば、凌寧妃は己で自分を苦しめているのですわ。攻撃的な態度だから、買わなくてもいい怨みを買うのです」

「立ちまわりが下手なのは事実だけれど、凌寧妃はまだ幼いのだから責めるのは酷よ。かつての丁氏のように、彼女を守ってあげる者が必要ね」

「皇貴妃さまがご指導なさいますか？」

「指導より親しくなるほうが先決だわ。凌寧妃には一緒にお茶を楽しむ相手もいないんですもの。まずはうちとけておしゃべりできるようになることを目指さないと」

尹皇后は何度か凌寧妃を恒春宮に招いて茶菓をふるまおうとしたらしいが、凌寧妃は病を口実にして招待に応じないそうだ。ほかの妃嬪や侍妾ともつきあわないらしい。もはや、だれにも心を許す気になれないのだろう。丁氏なき後宮に彼女の居場所はないのだ。

――居場所は必要だわ。だれにとっても。

だれかと笑いあって、いたわりあいたい。自分はここにいていいのだと思いたい。そう願うのは、人間として自然なこと。ましてや異国の空の下で信頼できるひとがいなければ、どれほど心細いだろう。わずか十六の少女にはあまりにも過酷な環境だ。

「切られた薔薇はもう処分されたのかしら？」

「いいえ、凌寧妃がしまいこんでいますわ。荒らされた花垣の薔薇は輿入れの際に鬼淵から持ちこんだものでしたので、処分するに忍びないのでしょう」

「故郷の花を踏みにじられたのなら、頭に血がのぼってしまうのも無理はないわね」

紫蓮は口なおしに橘の蜜餞をかじった。

「昼餉がすみしだい、翠清宮へ行くわ。支度をお願いね」

凌寧妃が育てていた薔薇は猗夫人という品種だ。鬼淵特有のもので花期は初夏だが、鬼淵よりあたたかい凱では、春になると淡曙紅の花を咲かせるらしい。

「ひどいわね」

翠清宮に入って紫蓮がいち早くしたことは、内院の花垣を確認することである。

猗夫人の花垣は話に聞いていたよりもいっそう痛ましい状態だった。剪刀ででたらめに切られた枝は花という花を失い、竹でこしらえた骨組みが無残に露呈している。青々とした葉だけが取り残されたように陽光に照り映えていた。

「猗夫人は婀朶王姫が好きな花だそうですわ」

「下手人はそれを知っていたのでしょうね。こうすれば凌寧妃が傷つくと」

後宮は悪意の根城。こんなことはめずらしくもない。頭ではわかっていても胸がしめつけられる。この花は異国の箱庭で暮らす少女の心のよりどころであっただろうから。

「いったいなんのご用件ですか？」

凌寧妃は牀榻から出てこずに紫蓮を迎えた。夜着姿でうつ伏せになり、衾褥をかぶっている。ふだんは結いあげている白金の髪を垂らしているので、表情は見えない。

「お見舞いに来てくださったのですよ。ごあいさつなさいませ」

「お見舞いなんか頼んだおぼえはないわ。勝手に来たんじゃないの」

「無礼ですわよ、寧妃さま」

寧妃付きの女官が諫めるが、凌寧妃は錦の枕に突っ伏したまま顔をあげない。

「あたしが無礼なのはいまにはじまったことじゃないわよ。蛮族の生まれだから礼儀知らずで無作法だってみんな言ってるじゃない」

「だからこそ、あいさつくらいはきちんとなさらなければ、ますます笑いものに——」

「笑いたければ笑えばいいわ。鬼淵人が礼儀知らずなら凱人は品性下劣よ。みんなして人のあらさがしばかり。もううんざりだわ。こんな国、とっとと出ていきたい」

「寧妃さま！」

「怪我人に無理はさせられないわ。そのままでいいわよ」

さらに凌寧妃を叱りつけようとする女官をとめ、紫蓮は牀榻に腰をおろした。

「具合はどう？　よくなってきたかしら」

「太医にお聞きになれば？　そのほうが手っとり早いですよ」

「花垣のこと聞いたわ。いま見てきたところなの。胸が痛むわ。あなたが大切に世話をしていた花にあんな仕打ちをする者が後宮にいるなんて」

「だからなんですか？　安柔妃に罰を受けさせるとでも？」

「あなたは安柔妃が犯人だと思ったようだけれど、証拠はないのよ。なんの証もないのに騒ぎたてれば、あなたが窮地に陥ることになる。安柔妃に濡れ衣を着せるため、故意に花垣を荒らしたと言われかねないわ。現に蔡貴妃は嬉々としてあなたを杖刑に処したでしょう。腹が立つのは是非もないけれど、保身を考えなさい。これはあなたのためだけではなく、あなたの祖国のためでもあるの。あなたが後宮で悶着を起こせば、鬼淵の評判に傷がつく。故郷を恋しく想う気持ちがあるのなら、言動には注意して」

「お説教はおしまいですか。だったらさっさと帰ってください。療養の邪魔です」

寧妃さま、と女官が声を荒らげる。紫蓮はくすりと笑った。

「口答えする元気があるなら心配いらないわね。ところで、切られた猗夫人を保存していると聞いたけれど、どこにあるの？　ああ、あれね」

格子窓のそばに置かれた盥に、こんもりと紅薔薇の山ができている。

「花びらで染め物ができるのを知っている？　あれだけあれば、きれいな色が出るわよ。さっそくやってみましょう。今日はよい日和だから、すぐに乾くわ」

「余計なことしないでください。あたしは――」

「さて、盥から花をとりだしましょう。枝葉も使うけれど、まずは花ね」

紫蓮は牀榻から離れ、腕まくりをして盥のそばにかがみこんだ。

「惜香も手伝ってちょうだい。とりだした花はこの器に入れて。あとで萼と花蕊を取りのぞいて花びらだけにするわ。花びらだけのほうがきれいに染まるの」

「余計なことはしないでって言ったでしょう！　その花にさわらないで！」

牀榻を飛びだしてきた凌寧妃が力任せに紫蓮を押しのけた。紫蓮はよけきれずによろめいて、几架の脚に思いっきり腕をぶつけてしまう。

「痛っ……！」

「皇貴妃さま！　大丈夫ですか⁉」

　惜香が駆けよってくる。紫蓮は左腕を抱えるようにしてその場にうずくまった。

「大丈夫よ……たぶん。腕が死ぬほど痛いけれど、きっと平気……」

「まあ、たいへん！　骨が折れているのではございませんか⁉　寧妃さま！　皇貴妃さまに乱暴するとはどういうおつもりです⁉」

「無断であたしの花にさわるからいけないのよ」

「主上の御前でもそのように言い訳なさるのですね！　主上がどれほどお怒りになるか！」

「ちょっとぶつけただけじゃない。大げさよ」

「皇貴妃さまがこれほど痛みを訴えていらっしゃるのに『ぶつけただけ』ですって⁉　今後、皇貴妃さまの腕が以前のように動かなくなったらいかように責任をとるのですか⁉」

　惜香の剣幕にひるんだのか、凌寧妃は視線を泳がせた。

「寧妃さまがどれほど粗暴だったか、包み隠さず主上に申しあげますからね。主上は激怒なさってこうお命じになるでしょう。猗夫人の花垣を燃やしてしまえと」

「主上はそんなことおっしゃらないわ！」

「いいえ、おっしゃるにちがいありません。もとはといえば、猗夫人の花垣が騒動の原因ですもの。猗夫人さえなければ寧妃さまが瑞明宮に乗りこむこともなかったし、皇貴妃さまが御身のお見舞いにいらっしゃることもなかったし、寧妃さまに突き飛ばされて大怪我をなさることもなかったのです。猗夫人こそ諸悪の根源ですわ」

「い、言いがかりだわ！　あたしはなにも悪くないし、そっちが勝手に――」

紫蓮のうめき声が凌寧妃の声をかき消す。惜香は虚獣を見やった。

「削太監、ここでなにが起きたのか主上にお知らせしてください。勅命で猗夫人の花垣を燃やし尽くされれば、寧妃さまもご自分の不明を悟られ、反省なさるでしょう」

律儀に一礼して出ていこうとした虚獣を、凌寧妃があわててとめた。

「……待って！」

「……わ、悪かったわよ。謝るから主上には報告しないで」

「寧妃さま、謝罪というのは心をこめてするものですわよ」

「……申し訳ございません、皇貴妃さま。どうかお許しください」

凌寧妃は苦虫を嚙みつぶしたような面持ちでひざまずき、不服そうに拝礼した。

「皇貴妃さま、いかがなさいます？　寧妃さまは謝罪しておりますが」

「凌寧妃が私の願いを聞いてくれるなら、今回の件は主上には伏せておきましょう」

「寧妃さま、いかがです？　皇貴妃さまのおっしゃるとおりになさいますか？」

「そうしないと主上に言いつけるんでしょ！　いいわよ、なんでも命じればいいわ」

「じゃあ、盥のなかから花だけを選別して、こちらの器に入れてちょうだい。それが終わったら、萼と花蕊をとりのぞいて花びらだけにして」

「花をばらばらにしろっていうの⁉　いやよ！」

凌寧妃は盥を抱くようにして首を横にふった。

「そのままではいずれ枯れるわよ。美しい花の色を手もとに残したいとは思わない？」

「……残しておきたいけど……」

「だったら染め物がおすすめよ。花びらそのままの色は出ないけれど、思いがけないやさしい色が出るわ。小さな絹を染めて手巾にしてもよいし、大きな絹を使って披帛に仕立てても素敵よ。あ、そうだわ。あなたは薄紗がついた帽子をかぶっていたわね？　猗夫人の花びらで染めた絹糸で薄紗を織って帽子に縫いつけてみたら？　猗夫人の色があなたの髪色に映えるわよ。思いきって試してみない？　枯れるのをぼんやり待つより有意義だわ」

しばし黙りこんだあと、凌寧妃はそろそろとこちらをむいた。

「……あたしにできるの？」

「できるわよ。私の言うとおりにすれば」

獲物が、罠にかかった。

「まだ手からいやなにおいがするわ……」

凌寧妃は両手を鼻先に近づけて思いっきり顔をしかめた。

「べつにいいじゃない。死ぬわけじゃないんだから」

「死ななくてもいやよ！　くさくてしょうがないわ」

ぷりぷり怒る凌寧妃を見やり、紫蓮はのんびりと曲几に持たれる。

細かい網袋に花びらを入れる。同量の酢と水が入った鍋にひたす。手でもんで花びらをつぶす。赤い染液ができたら、さらに水をくわえ、湿らせた手巾大の絹を染液にひたしてなじませる。鍋を火にかけ、弱火であたためながら花びらと絹をもむ。熱くなってきたら火をとめ、ふたをかぶせて一晩おく。ときどき菜箸で絹をひっくりかえす。花びら染めのすべての工程を凌寧妃自身にさせた。ちょうど染めあがった絹を水洗いして陰干ししてきたところだ。凌寧妃は不満たらたらだったが、おおむね紫蓮の言うとおりにした。

「よくがんばったわね。はじめてとは思えないほど上出来だったわよ」

「当然よ。あたし、手先は器用なんだから」

「そのほうがいいわね」

「なにが？」

「口調のこと。かたくるしいのはあなたに似合わないわ」

「あたしが野蛮だって言いたいの？」

「宮中は規則が多くて窮屈でしょうという話。ふたりのときはいまの調子でいいわよ。公の場ではお互い礼儀を守るけれど、おしゃべりするときは気楽にいきましょう」

「おしゃべりなんかしないわよ。あたし、あなたのこと、きらいだから」

凌寧妃は横目で紫蓮を睨んだ。本人は凄んでいるつもりだろうが、可愛らしい。

「あら、どうして。きらわれるようなことをしたかしら」

「嘘をついたじゃない。腕が折れたなんて大騒ぎして。全然なんともないくせに」

「折れたとは言っていないわよ。死ぬほど痛いと言っただけ」

「そういう舌先三寸で主上に取り入ったんでしょうけど、あたしは騙されないわ。あなたみたいな悪人は後宮にうようよしてるんだから、絶対に――」

「なんだか小腹がすいてきたわね。甜点心を食べたいわ。惜香」

はい皇貴妃さま、と惜香がうなずく。紫檀の食盒から器を取りだし、几に置いた。花文の器が三つならぶ。それぞれにおいしそうな甜点心が盛られている。

「あなたの好みがわからなかったから、いくつか作らせたわ。好きなものはあるかしら」

茉莉花茶を練りこんだ白玉を琥珀色の清露にひたした甜湯、陳皮を混ぜこんで松の実を散らした蒸糕、塩気をきかせた奶酪餅乾と干し無花果が入った蕎麦粉の餅乾。どれも凌寧妃の好物だ。草原の美姫は洗練された宮廷菓子よりも庶民的な甜点心が好きらしい。

「いらないわ。あたし、こんな田舎くさい甜点心はきらいなの」

「それは残念ね。じゃあ、私がいただくわ」

紫蓮は蕎麦粉の餅乾をつまんだ。ひと口かじれば香ばしい生地がさくっとくずれ、干し無花果の甘みとともに素朴な風味が口いっぱいにひろがる。

「まあ、おいしい。惜香、あなたほんとうに料理が上手ね」

「恐れ入ります。皇貴妃さまには質素すぎるかもしれませんが」

「いいえ、私はこういう飾らない甜点心が好きよ。燕窩の甜湯や荷花酥もおいしいけれど、子どものころから食べてきた甜点心がいちばん心癒されるわね」

「……皇貴妃のくせに、こんな庶民みたいな甜点心を食べて育ったの？」

凌寧妃がちらちらとこちらを見ている。紫蓮は微笑んで奶酪餅乾を手にとった。

「ええ、そうよ。継母は甜点心作りが得意なの。入宮前はよく一緒に作ったわ。継母とおなじことをしているはずなのに、どうしても私が作るとうまくいかないのよね。餅乾は薄くしすぎてぱりぱりになるし、厚くするとやりすぎて生焼けになるし、白玉はなぜか石みたいにかたくなるの。でも、継母と甜点心を作るのは好きだったわ」

「継母？　実母は？」

「私が幼いころに亡くなったのよ。実母は私しか産んでいなかったから、父は跡継ぎをもうけるために後妻を迎えたの。はじめは仲良くできるか不安だったけれど、すぐに杞憂だとわかったわ。とてもやさしいひとで、私を実の娘同然に可愛がってくれたのよ」

「ふうん。あなたは運がいいのね。あたしの継母はすっごくいやなひとだったわ。あたしのこと目の敵にしていやみを言うし、意地悪するし、大きらいだった」

進善可汗の正妃であった凌寧妃の生母は彼女を産んでまもなく亡くなっている。その後、次妃であった婀朶王姫の生母が継室となった。

「継母と折りあいが悪かったなら、きっと苦労したでしょう」

「たいしたことないわ。継母はひどいひとだけど、婀朶阿姉はやさしいひとだもの。あたしのためによく甜点心を作ってくれたし、手習いも見てくれたし、いろんな部族の伝説を話してくれたし、髪の結いかたや臙脂の作りかたも教えてくれたわ」

「婀朶王姫のことが好きなのね」

「大好きよ。これからもずっと、あたしのいちばん好きなひとは婀朶阿姉」

「会えなくてさびしいでしょう」

「……さびしくなんかないわよ。婀朶阿姉が元気でいることは文を読んで知っているし、双子を産んでとても幸せそうだもの。婀朶阿姉が幸せなら、あたしは満足だわ」

気丈な返答に反し、あどけない頬の線が震えている。

「あなた、刺繍が得意なんですってね」

「そうだけど……だったらなによ？」

「昨日染めた手巾にあなたが手ずから刺繍して婀朶王姫に贈ったらどうかしら。婀朶王姫もあなたを懐かしんでいるでしょうから、きっと喜ぶと思うわよ」

凌寧妃は返事をしない。うつむいて錦鞋先を睨んでいる。

「ねえ、ほんとうに甜点心を食べないの？」

「……いらないって言ったでしょ」

「困ったわね。ひとりじゃ食べきれないわ」

「女官にでも下げわたせばいいじゃない」

「あいにく芳仙宮の奴婢は甘味断ちをしておりますので、お受けできません」

笑顔で答えたのは惜香である。

「願かけですわ。皇貴妃さまがご懐妊なさるまではけっして甘味を口にしないと、みなでかたく誓っておりますの」

「馬鹿なことはおやめなさいと言っているのだけれど、聞く耳を持たないのよ。あなたが手伝ってくれないと、この甜点心は捨てるしかないわ」

「いくら粗末な甜点心でも食べずに捨てるのはもったいないわ」

「そうでしょう？　お願いだから食べるのを手伝ってちょうだい。宮廷菓子のほうが好きなのでしょうけど、たまには素朴な甜点心もよいものよ」

「……仕方ないわね」

凌寧妃はいかにもしぶしぶといったしぐさで蒸糕に手をのばした。

「どうかしら？　おいしいでしょう？」

「まあまあね」

最初は渋面を作って遠慮がちにかじっていたが、しだいに遠慮がなくなっていろんな甜点心をもぐもぐと頬張っていく。その様子を微笑ましく眺め、紫蓮は惜香を呼んだ。

「そろそろ手巾が乾いたんじゃないかしら。ちょっと見てきてちょうだい」

かしこまりました、と惜香がいったん下がり、手巾を持って戻ってくる。

「ちょうど乾いておりました。ごらんくださいませ」

「まあ、愛らしい水紅色に染まったこと。きっと彩繡が映えるわよ、妹妹。どんな模様が似合うかしらね。花瓶に月月紅を挿せば四季平安、芙蓉と桂花を合わせれば夫栄妻貴、満開の碧桃にすれば九重春色、どれも縁起がいいわ。なにか好みの文様は……」

凌寧妃の頰に涙が伝うのを見て、紫蓮は言葉を切った。

「どうしたの？　甜点心に辛いものでも入っていた？」

「……うん。辛いのに当たったみたい」

「どれ？　辛いものは私が食べてあげるわ」

これよ、と凌寧妃が残った蒸糕を指さす。紫蓮はそれを手にとり、口に入れた。ふかふかの生地から香る陳皮のさわやかさ、松の実の小気味よい食感。どこか懐かしい甘さが胸をあたたかくしてくれるけれど、辛みなんてひとかけらもない。

「ほんとうだわ。辛いわね」

うん、と凌寧妃はうなずく。ぽたぽたと滴った涙の珠が琅玕色の胡服に落ちる。

異国へ嫁ぐというのは、どれほど心細いものなのだろう。もし紫蓮が凌寧妃の立場なら、耐えられるだろうか。言語も衣服も食事も習俗も、なにもかも異なる場所に嫁いで泣き言もこぼさずに自分のつとめを果たせるだろうか。慕わしい家族とも遠く離れて、二度と故郷の土を踏むことは叶わないと知りながら、気丈でいられるだろうか。

凌寧妃は耐えてきたのだ。よるべなき異郷の後宮で、逃げだしたい気持ちを殺して。

「……梟がいいわ」

紫蓮がさしだした手巾で涙を拭きつつ、凌寧妃はぽつりとつぶやいた。

「鬼淵では、梟は吉鳥なの。とくに白い梟は幸福を運んでくるといわれているわ」

「じゃあ、白い梟にしましょう。白糸だけでなく、白金の糸を混ぜたらより素敵になるんじゃないかしら。あなたの髪の色に似せて」

「瞳は碧色？」

「あなたにそっくりになりそうね」

「あたしって梟に似てる？」

「似てるわよ。大きな目でぎろっと睨むところなんか瓜ふたつだわ」

「失礼ね。あたしだっていつもこんな目つきをしてるわけじゃないのよ。可愛らしくにっこり笑うことだってできるんだから」

「あら、それは見てみたいわね。やってみて」

「いやよ。面白いこともないのに笑えないわ」

「面白いことがあれば笑えるのね？　じゃあ、これを見て」

紫蓮はいったんうしろを向き、思いっきりへんてこな顔をしてふりむいた。

「ひどい顔！　皇貴妃がそんな顔する？」

「どんな顔をしたっていいのよ。主上にさえ見られなければ」

「主上に言いつけてやるわ。皇貴妃さまの変な顔をごらんになりましたかって」

「私も言いつけるわよ。凌寧妃の笑顔はとても素敵ですわよって」

ころころと笑っていた凌寧妃があわてて表情をひきしめる。しかし、紫蓮がへんてこな顔をすれば堪えきれずに噴きだしてしまう。

「ずるいわ！　そんな顔をするなんて卑怯よ」

笑い転げる凌寧妃につられて紫蓮も笑みをこぼした。少女には笑い声が似合うものだ。なにかに耐えしのぶ、憂わしげな顔ではなく。


「後宮に阿芙蓉が持ちこまれているのですか？」

隆青の上衣を脱がせながら、紫蓮が尋ねた。

「宮女や浄軍に中毒者が出ている。彼らが九陽城の外に出られないことを考えると、皇宮内で阿芙蓉を手に入れたとしか思われぬ」

宮女は官等を持たぬ最下級の宮人、浄軍はおなじく最下層の宦官である。

「東廠が秘密裏に調べているが、君もなにか気づいたことがあれば削太監に言いつけてくれ。数年前まで削太監は東廠勤めだったから、彼に話せば東廠に話がとおる」

阿芙蓉は千年ほど前に西域より伝来した植物である。鎮静、鎮痛作用があることから長らく薬として用いられてきたが、仁啓年間末ごろから麻薬としてその名が知られるようになった。煙草のように吸うことが流行り、中毒者が続出したため、崇成年間より幾度となく禁令が発せられているが、いまもって撲滅にはいたっていない。

「承知いたしました。気づいたことは虚獣に申しつけますわ」

紫蓮は龍文の上衣を衣桁にかける。ふたりとも夜着姿なのは、むろん床入りするためだ。今夜の伽には紫蓮を指名した。芳仙宮で過ごすのはおよそ十日ぶりである。

「そういえば、聞いたぞ。凌寧妃を手なずけたらしいな」

「手なずけるだなんて言葉が悪いですわよ。猫の子じゃあるまいし」

ひざまずいて隆青の皁靴を脱がせつつ、紫蓮が笑みまじりに睨んでくる。

「許せ。凌寧妃は人に懐かぬ猫のようだからな」

「主上には懐いているでしょ？」

「どうだかな。余のまえでは借りてきた猫のようだ。伽のときも口数はすくなく、余が尋ねなければ自分からはろくに話さない。後宮で凌寧妃が問題を起こしたと聞くたび、妙なことあるものだと首をかしげている。あれほどおとなしい娘もおるまいにと」

「おとなしいだなんて、凌寧妃にいちばん似合わない単語ですわよ」

「妃嬪はみな口をそろえてそう言うな。生意気で攻撃的な女子だと。君も同意見か」

「いいえ、凌寧妃は快活で素直な気性ですわ。ただ異邦人ゆえにいわれのない中傷を受けがちで、孤立してしまっているのです。さびしさを隠そうとするあまりかたくなになり、身を守ろうと気を張りすぎて他者と衝突してしまうのですわ」

蔡貴妃や許麗妃とちがって、紫蓮はいやに凌寧妃の味方をする。そのやさしさはかつての婚家で苦労した経験から得たものだろうか。

「凌寧妃は自分で染めた絹で祖国の婀朶王姫のために衣を仕立てたいそうです」

「それは面白いな。秋には鬼淵の朝貢使節団が入朝する。彼らが帰国する際に贈り物を持たせるといい。妹が手ずから仕立てたと聞けば、婀朶王姫はさぞかし喜ぶだろう」

三年前までは丁氏が手配していたことだと、ふいに思い出した。

「君に任せればなんでもうまくいくな。凌寧妃にしろ、許麗妃にしろ」

「まあ、私が許麗妃になにかしました？」

紫蓮は隆青のとなりに腰かけた。柔肌から霞のように香るのは茴香のにおいだろうか。

「君が教え諭したおかげで敬虔になったようだ。まこと喜ばしい」

双非龍の脚本で芝居を演じると息まいていた許麗妃だが、ここ数日ですっかりおとなしくなった。後宮内の戯楼に出るという幽鬼のせいだ。幽鬼とは残虐皇帝として有名な灰壬帝に仕えていた妃嬪で、逆鱗にふれて顔を焼かれ塹死した人物。非業の死を遂げたかの女は夜な夜な戯楼にあらわれ、不気味な声で歌を歌うという。その姿を見た者は呪詛を受け、彼女のように顔が醜く焼け爛れるともささやかれていた。

許麗妃は噂を信じなかったが、実際に戯楼で幽鬼に遭遇して恐怖のあまり卒倒したらしい。以来、芝居熱は嘘のように冷めて、毎日邪気払いのため熱心に祈禱している。

戯楼の幽鬼とやらが紫蓮の細工なのは、あえて指摘するまでもない。

「人に教え諭すことができるほど、才知に恵まれてはおりませんわ。許麗妃がみずから発心して鬼神を拝んでいるのでしょう。私も見習わなければなりません」

「感心なことだな。余も君たちにならい、信心を見直すとしよう」

落地罩のむこうにひかえた彤史が閨中の会話を細大もらさず書き記している。どんなささいな言葉も彤記に残るから、互いにうかつな発言はつつしまねばならない。

「明日の未の刻、灯影宮を訪ねてくれないか。叡徳王が君に仕事を任せたいらしい」

「叡徳王が？　どのようなことでしょう」

「あまり言いふらすなと言われている。極秘の案件でな。ここで話すと彤史に記されてしまうから、ひかえておこう。行けばわかるとだけ言っておく」

抱きよせようとして腕にふれると、紫蓮はかるく顔をしかめた。

「どうした？　腕が痛むのか？」

「ええ、すこしだけ。昨日、不注意で几架にぶつけてしまいましたの」

袖をまくってみると、左の肘のあたりに痣ができている。

「太医には診せたのか」

「さほどの怪我ではありません。放っておけば治りますわ」

「よくないな。宿直の太医を呼ぼう」

「こんな夜更けに太医を呼んだことが評判になれば、私が主上の気を惹くためにわざと怪我をしたと言われますわ」

「それもそうだな……。では、明日の朝には太医の診察を受けよ。よいな」

はい、とうなずく紫蓮を錦褥に横たえる。

蘭灯に濡れる瑩色のおもては夜陰に浮かびあがる銀燭のごとく、おだやかな光をたたえた瞳は宝珠のごとく、敷布を染める黒髪はにおいたつ烏の濡れ羽色。美しい女だ。三千の美姫が妍を競う後宮にあっても、彼女の落ちついた色香はひときわ目を惹く。

しかし、それですべてだ。朝焼けに照らされた深山幽谷を眺めたときの感慨が胸をよぎるだけ、血潮を滾らせる恋情はみじんも感じない。

おそらく、紫蓮もおなじだろう。隆青は有能な皇貴妃を求め、紫蓮は才腕をふるって期待にこたえている。いわば主従なのだ。男と女ではなく。

儀式や政が行われる場を外朝、天子が日中政務をとる場を中朝、后妃侍妾が暮らす場を内朝という。内朝の両側には青朝と白朝がある。東側が青朝、西側が白朝だ。前者は皇太子の住まいであり、後者は皇位を退いた太上皇や無上皇の住まいとなっている。

白朝に位置する灯影宮は歴代の太上皇の隠居所だが、現在の主は叡徳王高垂峰である。本来、親王は皇宮の外に王府をかまえるものであり、皇宮内では暮らさない。しかし、叡徳王は異例中の異例として白朝で起臥している。なぜなら彼が廃帝だからだ。

高垂峰は太上皇高遊宵の皇子である。母妃が寵愛を受けていないこともあって玉座とは縁遠い皇子だったが、ふたりの兄帝がたてつづけに崩御したため至尊の位を手にした。彼の治世はその元号を冠して紹景年間と呼ばれている。紹景帝の御代が六年で終わったのは、紹景六年初頭に起きた陰惨かつ不可解な事件、賊龍の案ゆえ。

事件は紹景帝の異母弟にあたる示験王高透雅が所領の銘茶を献上したことに端を発する。紹景帝は馥郁たる香りの黄茶をいたく気に入り、皇太子や皇子たちを招いてごく内輪の茶会をもよおした。

皇太子は十一歳。彼が最年長であり、もっとも幼い皇子は三つになったばかりであった。うららかな春の昼下がりのこと、父と息子たちは甘露のごとき新茶を楽しみながら和やかに談笑していた。父子団欒のひとときは一瞬にして惨劇の舞台と化す。

まず、最年少の皇子が血を吐いて倒れた。太医を呼ぶ間もなく、ほかの皇子たちの口からも示しあわせたように鮮血がほとばしった。ついには皇太子がもんどりうって血だまりに突っ伏し、蒼白になった紹景帝も己の血飛沫で龍衣を真っ赤に染めた。

茶に毒が盛られていたのである。それは南蛮渡りの猛毒で、神仙の霊薬をもってしても解毒できない代物だった。治療のかいなく、皇太子と三人の皇子はつぎつぎに帰らぬひととなった。かろうじて一命をとりとめたのはわずかに三名、双子の第二皇子と第三皇子、そして紹景帝であった。なれど全員、命とひきかえに失明していた。

新茶を献上した示験王はまっさきに疑われた。東廠は血眼になって示験王が関与した証拠を見つけだそうとしたが、かえって示験王の潔白を証明してしまう。

それでもなお、黒幕候補は星の数ほどいた。

罪人の母を持つがゆえに皇位から遠ざけられた巴享王高秀麒。生母の身分が低く名ばかり親王に甘んじていた整斗王高中穏。病身のため朝廷から締めだされていた松月王高才業。いずれも太上皇の皇子で、紹景帝の異母弟たちである。あまたの親王や女性皇族以外にも空閨をかこつ妃嬪侍妾、冷遇された高官やその子弟、政の舞台裏で暗躍する宦官、他国からの使者、京師に住まう異邦人や各地に潜伏した反乱分子にいたるまで、ありとあらゆる人間が疑われたが、真相はあきらかにならなかった。

皇族殺しは大罪、未遂であっても誅九族である。ましてやこたびは皇太子をはじめとした皇子たちが多く落命している。生き残った紹景帝と双子の皇子も視力を奪われたのだから、苛烈な天誅が下るはずだと官民は震えあがった。ところが、予想に反して処刑されたのは茶会の支度にかかわった数名の宦官のみで、族滅令は発せられなかった。

白昼の惨事から数月後、さらなる凶事が紹景帝を襲う。ようよう快復した第二皇子と第三皇子がそろって病死したのだ。紹景帝の皇子はここに死に絶えた。一天万乗の君から視力と六人の皇子を奪ったこの悲劇は天子を賊った事件――賊龍の案と名づけられた。

同年、太上皇の誥旨により紹景帝は廃され、叡徳王に封じられる。世継ぎなき盲目の天子は天子たるにふさわしくないと太上皇が判断したということだったが、隆青によれば廃位を申し出たのは紹景帝本人だそうだ。

おりしも北方では鬼淵の照礼可汗が野心の爪を研ぎ、南方では海賊が猛威をふるい、東方では夷狄と通じた充献王高承進の謀反が民心を攪乱していた。

皇統の動揺は国内外の賊徒を利するだけ。天下を憂えた紹景帝は退位を望んだが、太上皇の皇子のなかに新帝にふさわしい者がいない。ここ三代、短命の皇帝がつづいており、政の基盤が揺らいでいる。後継者選びに失敗すれば、また政道が乱れてしまう。さらなる混迷を避けるため、紹景帝は父たる太上皇に玉座の返上を申し出た。

紹景帝の退位自体に異論は出なかった。皇子が死に絶え、紹景帝自身も政務をとれなくなった以上、やむをえぬ選択だ。とはいえ、東宮の主となった経験のない未熟な皇帝の成長を大様に待つ余裕は、この国にはない。崇成帝として長く玉座に在った太上皇が重祚し、彼の二度目の御代で後嗣を育てることが唯一の打開策といえた。

さりながら、子が父に譲位した先例はない。帝位とは父から子へ受け継がれるものであり、子が父に奉るものではないのだ。譲位という形式を経ることについて、外朝では内閣および六部が強硬に反対し、内朝では皇位継承をつかさどる司礼監が難色を示した。譲位でなければ廃位しかない。太上皇は紹景帝を廃帝とし、百官の推戴を受けて重祚した。

これが義昌帝である。

重祚後、時を置かずして、義昌帝は従弟である洪列王高元炯の嫡男高隆青を養子に迎え、立太子した。義昌帝の従甥にあたる隆青は昭穆の序にかない、孝悌忠信かつ質実剛健、文武ともに秀で、曾祖父は名君として知られる仁啓帝、祖父は光順帝に忠節を尽くした呂守王高氷希、祖母は権門尹家の出身、生母たる洪列王妃の出自も申し分ない。

また隆青が当時十五と若く未婚であったことも考慮された。皇太子の婚姻は国事。私的な妻妾を持たぬことは、後嗣を育てようとする義昌帝にとって都合がよかった。

義昌七年末、義昌帝は皇太子高隆青に譲位。隆青は齢二十二にして践祚した。

賊龍の案で玉座を失った叡徳王だが、その処遇は廃帝に似つかわしくないといえる。居所は歴代太上皇が起臥した灯影宮、仕える奴婢の数は太上皇のそれと変わらない。過去の廃帝のように行動が制限されているわけではなく、宗廟祭祀に参列し、天子に朝見することも許されている。これは叡徳王が事実上の太上皇として遇されている証左であり、異例づくしの皇位継承劇が思いのほか穏当になしとげられたことを裏づけていた。

「叡徳王殿下に拝謁いたします」

灯影宮の客庁に迎えられた紫蓮は宝座にむかって万福礼した。

叡徳王に謁見するのは今回がはじめてではない。入宮前に一度拝顔の栄に浴し、入宮後は折にふれてご機嫌うかがいにあがっている。

「かたくるしいあいさつはやめてくれ。さあ、かけよ」

勧められるまま紫蓮が腰をおろすと、叡徳王付き首席宦官の米太監が二客の蓋碗を運んできた。青花緑彩の茶杯の中身は白湯だろう。賊龍の案以来、叡徳王は茶を飲まなくなった。灯影宮で出される飲み物は酒、果汁、白湯、水のいずれかである。

「主上からいろいろ聞いているぞ。蔡貴妃と許麗妃を手玉にとっているんだって？」

「いやですわ。からかわないでくださいませ」

「後宮の女胴元をからかうとは恐れ多い。私はそれほど命知らずではないぞ」

「まあ、後宮を賭場にたとえるおつもりですの」

「言い得て妙だろう？　女たちは才知と色香を元手に勝負を挑み、寵愛の行方を示す骰子の目に一喜一憂する。勝者が敗者に、敗者が勝者に、栄辱は流転し、勝敗の結果は見る間に覆される。とどのつまり、損をしたくなければ賭けないことだ。そなたのようにな」

「褒められているようには聞こえませんわね」

「褒めているとも。いつの世も後宮は難物、天子の悩みの種だ。花の賭場をうまく仕切ることができる人物は得難い逸材といえる。主上はよき伴侶を得たな」

叡徳王は画山水の扇子をひらいておおらかに笑う。御年四十七。若かりしころの美貌は柔和な年輪によってより洗練され、光を失くした双眸はぬくみを帯びたあかるさをたたえている。噂によれば、親王時代、皇帝時代はかなり角々しい人物だったらしいが、紫蓮が知るのは物腰のやわらかな壮年の男性としての叡徳王だけである。

「よき伴侶をお持ちになっているという点では主上も殿下もおなじでしょう？　主上は皇后さま、殿下は叡徳王妃さま。あら、変ですわね。いつも王妃さまがおそばにいらっしゃるのに、今日はいかがなさいましたの？　もしかしてご病気ですか？」

「王妃は郡主と一緒に錦河宮へ行っている。皇太后さまのご機嫌うかがいにな」

紹景帝の廃位から半年後、彼の後宮に仕えていた妃嬪侍妾は太医の診察を受けて身ごもっていないことが確認されたのち、再嫁の許可と支度金を賜って皇宮を去った。身寄りがない者には良縁まで下賜された。皇帝が崩御すれば、子がいない妃嬪侍妾は道観に入って女道士となるのが慣例だから、これも異例の措置である。表向きは義昌帝の聖恩ということになっているが、その実、叡徳王たっての希望であったという。

叡徳王のもとに残った妃嬪はふたりだけだ。そのうちのひとり、王妃危氏は紹景帝の後宮で明儀の位を賜っていた。明儀は上九嬪の第七位。妃嬪のなかではさして高い位ではない。妃嬪時代、危氏は天寵を一身に受け、皇子を産んだ。紹景帝の溺愛ぶりは尋常ではなかった。当時すでに東宮には主がいたが、近いうちに廃されて危氏の皇子が立太子されるだろうとだれもが噂した。のちの廃帝の愛し子は夭折する。盛大な誕辰祝いから数日と経たず、祝賀一色だった皇宮は一転して忌み色に染まった。

紹景帝はかなしみに沈んだが、危氏への寵愛は衰えるどころかいっそう深まった。廃位が決まったとき、危氏はふたたび懐妊していた。紹景帝が叡徳王に封じられると同時に危氏は叡徳王妃に立てられ、ほどなくして郡主を産んだ。いまは親子三人、平穏に過ごしているようだ。おだやかな暮らしが叡徳王の表情をやわらげているのだろう。

「王妃さまのご不在中に私をお召しになったということは、殿下が私にお任せになりたい『仕事』とは王妃さまに極秘の案件なのでしょうね」

鋭いな、と笑って、叡徳王は茶杯をかたむけた。

「そなたの予想どおりだ。王妃には内密にしてくれ。それから郡主にも」

「郡主にも？」

「あいつはおしゃべりだからな、とくに王妃にはなんでもしゃべってしまう。この秘密が王妃にばれるとしたら、郡主を通じてだろう」

「それほどの秘密とは……」

尋ねようとしたとき、衣擦れの音が室内に入ってきた。あらわれたのは長身の佳人だった。年齢は四十前後。整いすぎた中性的な花顔には愛想笑いすら浮かばない。

彼女は叡徳王のもとに残ったもうひとりの妃嬪、条氏である。かつては敬妃だったが、紹景帝の廃位後は親王側妃の第二位である静妃を賜っている。

「この化粧盒の文様を彩色してほしいんだ」

叡徳王は条氏が捧げ持つ化粧盒を示した。樟だろうか。すがすがしい樟脳の香りがする。かたちは長方形で、条氏が上部のふたをあけると鏡があらわれた。鏡の下はひらき戸になっており、左右にひらけば可愛らしい小物入れと巧緻な作りの抽斗が出てくる。

「まあ、素敵な化粧盒ですわね。ひょっとして、殿下がお作りになったものですか」

「王妃の誕辰が近いのでな」

すこしばかり気恥ずかしそうに笑みをこぼす。

「王妃は古びた化粧盒をいまだに使っている。とっくに壊れているのに、倹約だなんだと言って、いつまで経ってもあたらしいものと取りかえる気配がない。ほんとうはもっとよいものを贈りたいが、高価な調度を贈っても王妃は渋い顔をする。そこで私が作ることにした。おかしなことに、あいつは名工の逸品よりも夫手製の下手な細工物を好むんだ」

「当然ですわ。一流の職人がこしらえた品がどれほど素晴らしくても、愛する夫が手ずからこしらえてくださったものにはかないません」

　灯影宮に居を移してからというもの、叡徳王は木工芸に励んでいる。視覚ではなく触覚に頼って作業をするので、当初は怪我が絶えなかったそうだが、いまではすっかり職人顔負けの腕前だ。客庁にある調度は――古の陶磁器を配した博古架や雷文が透かし彫りにされた香几、盆景を飾る花几、蝙蝠文を浮き彫りにした茶几、紫蓮が腰かけている背もたれが円弧状になった圏椅でさえ――すべて叡徳王の作である。

　素人の手慰みなので人目につく場所に置ける代物ではないが、と叡徳王は苦笑するが、王妃の意向であえて客庁に置いているらしい。王妃が自慢したくなるのも無理からぬこと、どれも皇帝の御物を製作する御用監の品と見分けがつかない仕上がりだ。

「牡丹と猫の文様……正午牡丹ですわね」

　化粧盒の天面に線描きされた猫の目。一文字のようなそれはもっとも日ざしの強い正午を、咲きほこる牡丹は富貴を表す。正午牡丹は繁栄のきわまりを意味する吉祥文様だ。

「素描も殿下が？」

「いや、静妃が描いたものだ。ふだんは王妃が描いてくれるが、これぱかりは王妃に任せるわけにはいかぬのでな」

　条静妃はにこりともせずに目礼した。妃嬪時代から条氏は叡徳王の寵姫ではない。にもかかわらず、危氏とともに皇宮に残された。寵愛される危氏を妬むふうもなく、叡徳王と危氏双方から信頼され、郡主にも懐かれている。はたから見ると奇妙な関係だが、当人たちは和気あいあいと暮らしているので、これもひとつの幸福のかたちなのだろう。

「かような妙品に私などが手をくわえてもよろしいのでしょうか」

「そなたでなければ頼めないんだ。主上は御用監に彩色させればいいとおっしゃったが、大ごとになるうえ、王妃が気がねするからな。その点、そなたなら大丈夫だ。王妃はそなたの染め物をたいそう褒めていたゆえ、そなたが彩色してくれれば喜ぶだろう」

頼まれてくれるかとの問いに、紫蓮は「喜んで」と微笑んだ。

「微力ながら、お手伝いさせていただきます」

芳仙宮に戻るなり、紫蓮は皇貴妃の常服を脱いで筒袖の上襦とくるぶし丈の裙に着がえた。どちらも木綿の無地で、惜香に言わせれば最下層の奴婢の衣服だ。まちがっても皇貴妃が身にまとうべきものではないが、上等な絹を染料で汚してはいけないから、染め物をするときは——実家でそうしていたように——作業着をまとうことにしている。

「臈纈染めですか？」

紫蓮が焜炉で蠟を溶かしはじめると、惜香が手もとをのぞきこんできた。鍋のなかには木蠟と白蠟が入っている。気温が低ければ白蠟を多めにしたほうが描きやすいが、いまの時期は寒さを気にしなくてよいので、木蠟白蠟ともに同量でかまわない。

「猫と牡丹を蠟ぶせして全体を丁子(ちょうじ)で染めるわ。丁子ならとてもよい香りがするから、叡徳王にも色合いを感じていただけるはずよ」

　文様部分を蠟で防染し、周囲を染めたあとで蠟を拭きとって絵柄を表現する方法を臈纈染めと呼ぶ。布を染めるときに用いるが、木工品にも応用可能だ。蠟描きの線は太くしたり細くしたりと変幻自在なため、繊細に染めわけて文様をあらわすことができる。

「牡丹は蘇芳(すおう)でつややかに赤く、猫は五倍子(ごばいし)を重ねて濃い黒に染めましょう。牡丹の葉は艾蒿(よもぎ)を銅で媒染(ばいせん)して落ちついた緑に染めるわ。猫の目には金漆(きんうるし)を使おうかしら。正午をあらわす瞳がきらきら光ればきれいでしょうね」

「皇貴妃さまはほんに染め物がお好きですわね。染め物のお話をなさっているときは、瞳が輝いていらっしゃいますもの」

「もちろん、染め物は大好きよ。子どものころからね」

「父君が教えてくださったのですか？」

「いいえ、父はなにも教えてくれなかったわ。私が工房に入ることをきらったのよ。年ごろになったときに染料で手が荒れていたら、花嫁としての値打ちが落ちるって」

　父には禁じられていたが、紫蓮はこっそり工房に出入りしていた。

　染師(そめし)の手仕事を見るのは楽しかった。

茜(あかね)染め、黄蘖(きはだ)染め、紫根(しこん)染め。夾纈(きょうけち)、纐纈(こうけち)、捺染(なっせん)。職人たちの指先からさまざまな色彩や文様が生まれていくさまは、神仙の術のようにふしぎできれいだった。

「職人の手仕事を見よう見まねで覚えたのですか？」

「見よう見まねでなんとかなるものじゃないわ。伯父さまに教えていただいたのよ」

藍草から靛青をとる方法、紅花餅の作りかた、媒染料の種類と使いかた、布の糊抜きと精練、異なる染料を組みあわせて多種多様な色調を出す套染、色どめの手法、図案にこめられた意味や歴史。伯父は紫蓮が知りたがることをなんでも教えてくれた。

「実はね、伯父さまは私の初恋のひとなの」

「あらま」

「片恋だけれどね。だれにでもあるでしょう。年上の殿方に惹かれてしまう、娘時代特有の感冒のようなもの。私もひとなみに恋に憧れていた時期があったのよ」

蠟が三割ほど溶けてきたので、蠟鍋のなかに筆を入れて蠟をなじませる。穂先全体に蠟がまわれば、指で穂先をそろえる。蠟は穂先をととのえたところで固まる。ふたたび蠟鍋に筆をひたして、穂先を溶かす。蠟が熱くなってきたら、指ではなく竹紙で穂先をととのえる。蠟が完全に溶けるまでこの作業をくりかえし、筆を蠟の温度にならす。

さもないと、穂先がちぢれてぼさぼさになってしまうのだ。細やかな文様を蠟でふせるには、筆ならしの作業が欠かせない。

「あのころは私も幼かったわ。嫁ぎ先が決まったとき、このまま伯父さまに想いを告げずにいるべきかどうか、本気で悩んだのよ」

「お告げになったのですか？」

「まさか。そんなことをしても伯父さまを困らせるだけだわ。伯父さまは亡き奥方を想ってやもめ暮らしをしていらっしゃる一途な殿方だもの」

紫蓮は十五で嫁いだ。婚家は内閣大学士首輔を輩出したこともある官僚の家筋、楊家。夫は二十二歳の挙子で、遠からず進士になるであろうと噂される才子であった。

「玉の輿だと父は舞いあがっていたわ。私を高官の正夫人にしたがっていたのよ。名家と縁続きになれば、弟たちの立身出世に有利だから」

「いくら前途洋々たる才子でも、妻を大事にしない殿方は夫失格ですわ」

これには返事をせず筆先に蠟をとり、塗り絵の要領で牡丹の輪郭を描いていく。

夫には結婚前から妾が数人いた。いずれも侍女として邸に入ったが、豊満な肢体とつやっぽい瞳を持つ美女であったので、かわるがわる若い主の寵を受けて妾になった。それがさして特殊な事情だったのではない。二十二にもなる男がひとり身でいることのほうがまれだ。恋い慕って嫁いだわけでもなし、紫蓮はすんなりと事実を受け入れた。つまりは良き正妻として彼女たちとよしみを結ぼうとしたのである。

努力は徒爾に終わった。妾たちは染坊から嫁いできた正妻が鼻持ちならぬようで、事あるごとに紫蓮を困らせ、孤立させた。姑は自身の遠縁にあたる妾たちを可愛がり、紫蓮を染師の娘と蔑んだ。当の夫はというと、やはり紫蓮が気に入らないらしかった。

「――可愛げのない女だ」

華燭の閨で夫は紫蓮をそう評した。彼曰く、妻妾とは夫を楽しませるものだそうだ。令嬢らしく貞淑にふるまうよう教えられてきた紫蓮では物足りなかったのだろう。

そもそも紫蓮を娶ったのは共家の豊かな財産が目当て。楊家は権門ではあったが、内閣大学士首輔をつとめた大舅の浪費癖が祟って内証は火の車だった。積もり積もった借財の返済と科挙受験費用、妹たちの嫁資捻出のため、共家から花嫁を迎えたのだ。

これもまたよくある話だが、十五の紫蓮にはいたくこたえた。花轎に揺られて嫁ぎ先に向かう道すがら、うぶな娘らしく花婿と過ごす蜜月をあれこれ想い描いたものだ。それだけ幼かったのだろう。夫と愛し愛される仲になるのではと期待するくらいには。

婚儀から一年経っても、紫蓮には懐妊のきざしがなかった。身ごもりやすくするために苦い薬湯を飲み、あの手この手で夫のご機嫌をとって同衾しても、いっかな孕まない。姑は顔を合わせるたびに辛辣な言葉を浴びせた。跡継ぎを産むことが嫁のいちばん大切な仕事なのだ、懐妊しない嫁に値打ちはないと面罵されることもしばしばだった。数人の子を産んでいる妾たちはあからさまに紫蓮を嘲笑った。小姑たちも似たり寄ったりで、夫はもとより紫蓮に関心がなかったから、紫蓮は身の置き場がなかった。

針の筵に座ること三年。夫が会試に及第して貢士となり、殿試で優秀な成績をおさめ榜眼となったあと、紫蓮は離縁された。すでに楊家の借財は完済され、小姑たちもそれぞれ嫁いたころだ。言うまでもなく、莫大な銀子の出どころは共家である。

前夫は離縁から二年半後、祖父の喪が明けた直後に内閣大学士の愛娘を継室に迎えたそうだ。はじめから高官の娘を娶りたかったのだろう。共家は利用され、使い捨てられたわけだが、父とて下心があって紫蓮を嫁がせたのだから、みずから招いた結果ともいえる。

「なぜ再嫁なさらなかったのです？　離縁なさったときは十八でいらっしゃったのですから、あたらしい嫁ぎ先くらい、すぐに見つかったでしょうに」

惜香にはべつの焜炉で丁子を煮てもらう。得も言われぬ芳香が室内に満ちた。

「見つからなかったのよ。ひとつも」

「まあ、なぜですか？」

「共紫蓮は大舅殺しの鬼嫁だと噂されていたから」

なにかに急かされたように父は紫蓮を再嫁させようとした。あちこちの仲人をあたっていたが、だれもかれもが花嫁の名を聞くとおよび腰になる。その理由を尋ねれば、紫蓮が離縁されたのは、大舅を毒殺したからだという流言のせいだという。

たしかに大舅の世話をしていたのは紫蓮である。好色な大舅が猥褻な行為を働くので、侍女たちはなにかと理由をつけて仕事を怠けがちだった。侍女たちの怠慢に激怒した大舅が姑を呼びつけて怒鳴りちらし、苛立った姑は紫蓮を大舅の世話係に指名した。

その後、大舅の身のまわりの世話は紫蓮が一手に引き受けていた。大舅は老病ゆえ寝たきりだったが、老いてなお盛んな色好みで、たいそう苦労させられた。それでも夫の祖父に孝養を尽くしていたが、ある日、いつものように下品な冗談を飛ばしていた大舅が急に容態を悪くした。駆けつけた医者が寝間に入ったときには、すでに事切れていた。

医者の調べで、紫蓮が飲ませた薬湯に毒物がふくまれていたことがわかった。

「薬湯を毒味しなかった私も悪いのだけれどね。大老爺（おおだんな）さまの薬餌（やくじ）には身ごもりにくくなる生薬がふくまれていたから、毒味は奴僕（げなん）にまかせていたのよ」

身におぼえのないことだと訴えたが、姑と夫は紫蓮がやったにちがいないと決めつけた。妾たちもそれに加勢し、婢僕（めしつかい）たちも主人の勘気を恐れて口々に紫蓮を非難した。

「本来なら府寺（やくしょ）に突きだしてやるところだが、大ごとになってはいろいろと面倒なので離縁でおさめてやるって恩着せがましく言われて追いだされたわ」

「うさんくさい話ですわね。もしかして、毒を盛ったのは……」

「そこは言わないであげて。大老爺がかわいそうだわ」

大舅にはさんざん面倒をかけられたが、身内に毒殺されたというのはあまりに不憫（ふびん）だ。

「再嫁先が見つからないと父はぼやいていたけれど、私はかえってよかったと思っていたわ。結婚にはこりごりしていたのよ。工房にいれば好きな染色の仕事ができるんだもの。婚家で石女（うまずめ）だのなんだのと罵（ののし）られながら肩身の狭い思いをするよりずっと幸せだわ」

もし李太后に出会わなかったら、いまも実家の工房で働いていただろうと思う。

「主上に嫁がれて後悔なさっていますか？」

「文句を言える立場じゃないわよ。出戻り娘が入宮したことで父の面目は立ったし、皇太后さまにも主上にもとてもよくしていただいているもの。身に余る僥倖だわ」

染坊の娘が皇帝に見初められ皇貴妃として後宮に迎えられたうえ、皇太后の庇護を受けて厚遇される。これ以上の幸運を望んでは強欲というものだろう。

たとえ夫婦のあいだにはひとかけらの愛情すらないとしても。

「まあ、素晴らしい色合いですこと」

文様をふせた蠟が乾いたあと、全体を丁子の染液で染めた。さっと塗っただけなので香色といったところか。何度か塗り重ねて焦香くらいにはしたい。

――うらやましい、なんて思ってはいけないのだけれど。

廃位前も廃位後も、夫の愛を一身に受ける叡徳王妃危氏。一瞬でも彼女をうらやんでしまうとは、いつの間に自分はこんなに欲張りな女になったのだろう。

「皇貴妃さま、お支度がととのいました」

幾度か丁子をかさねたころ、別件で席をはずしていた虚獣が戻ってきた。

「ご苦労さま。さて、休憩しましょうか」

作業がいち段落したので居室に移動しようとして、ふと立ちどまる。

「この部屋に出入りする者にはくれぐれも気をつけるよう命じておきなさい。ここには叡徳王殿下からおあずかりした大切な化粧盒があるのだから」

芳仙宮に変事が起きたのは、それから数日後の早朝のことである。

「化粧盒がない？」

朝餉をとりながら彤記を読んでいた紫蓮は、頁をめくる手をとめて惜香を見やった。

「はい。いましがた、釆綻房を見ましたら、影もかたちもなく……」

釆綻房は紫蓮が染色作業に使っている部屋だ。叡徳王の化粧盒をあずかっているので、不寝番を置いていたはずだが。

「昨夜の警備をつとめていたのは？」

「草内監ですが、室内にはだれも入らなかったと申しておりますわ」

「化粧盒に足が生えて逃げだすはずはないから、だれかが持ちだしたのよ。芳仙宮をくまなく捜索してちょうだい。どこかに隠しているのかもしれない」

惜香と虚獣が配下たちを使って捜索したが、化粧盒の痕跡すら見つからない。

「芳仙宮のなかにないなら、外にあるのでしょう。盗難があったと宮正司に連絡して。後宮じゅうを捜索するしかないわ」

実際には後宮じゅうを捜索するまでもなく、宮正司は化粧盒を発見した。

「あいにく、壊されておりましたが……」

冒宮正が配下を見やる。配下が捧げ持つ方盆には化粧盒の残骸がのせられていた。槌のようなもので叩き壊されたのか、ふたや抽斗は破壊され、鏡は粉々に割れている。木片に猫と牡丹の文様が描かれているので、かろうじてあの化粧盒だとわかる。

「どこで見つかったの？」

「翠清宮でございます、皇貴妃さま」

「そう」

驚きはない。予想していたとおりだ。

「皇貴妃さまを窮地に陥れようともくろんだのでしょう。叡徳王が手ずからお作りになった化粧盒が盗まれたうえ、壊されたとなれば皇貴妃さまの責任になってしまいますので」

「おおかた、そんなところでしょうね」

「ただちに淩寧妃と側仕えを尋問し、自白させます。蘭律によれば、窃盗は杖刑十から三十ですが、盗まれた品が品ですし、皇貴妃さまの面目をつぶしたのですから、すくなくとも杖刑百および減俸、場合によっては降格が妥当かと……」

蘭律は後宮の規則をいう。

「罰についてはあとで考えましょう。まずは淩寧妃をここへ連れてきなさい。私が尋問するわ。本人の口から弁解を聞いておきたいの」

かしこまりまして、と冒宮正がうやうやしく首を垂れたまま退室する。

「妃嬪たちを正庁に集めてちょうだい」

紫蓮は虚獣に命じた。

「みなのまえで真実をあきらかにするわ」


「あたしじゃありません！」

冒宮正の配下に引っ立てられて正庁の敷居をまたぐなり、凌寧妃は大声で叫んだ。

「化粧盒なんて盗んでないし、人のものを壊すことは絶対にしません！」

「見苦しい言い訳はおやめなさい」

ため息をついたのは蔡貴妃だ。柳眉をひそめ、指甲套をつけた手で蓋碗をかたむける。

「往生際が悪いわよ、妹妹。素直に罪を認めて皇貴妃さまに赦しを乞うべきではなくて？　心をこめて謝罪すれば、慈悲深い皇貴妃さまはきっと軽い罰ですませてくださるわ」

「やってもいないことを認めようがありません」

「では、どうして化粧盒が翠清宮で見つかったのかしらね？」

「皇貴妃さまに恥をかかせてやろうとしたのでしょう。陰険だわ」

「夷狄の女子は野蛮ですもの。陰謀は得手なのでは？」

貴妃派の妃嬪たちがここぞとばかりに凌寧妃を口撃する。

「あら、陰謀が得意な女子は凱にもいるわよ」

玳瑁の扇子をゆるりと動かし、許麗妃は艶っぽく微笑した。

「凌寧妃は濡れ衣を着せられたのではないかしら？　狡猾なだれかさんに」

「考えてみれば、化粧盒の残骸が都合よく翠清宮で見つかるなんて作為的ですわ」

「何者かが芳仙宮から化粧盒を盗んで壊し、翠清宮に隠したのかもしれません」

今度は麗妃派の妃嬪たちが訳知り顔で憶測をささやきあう。

「ともあれ、芳仙宮から化粧盒が盗みだされたことは事実だわ。問題はだれが持ちだしたのかということ。しかも芳仙宮の奴婢に気づかれずに」

紫蓮は正庁に集まった顔ぶれを見まわした。

「芳仙宮の警備は甘くないわ。とくに化粧盒を叡徳王殿下からおあずかりしてからはよくよく注意させていたの。それなのに盗まれた。よそ者が夜中に忍びこんで化粧盒を盗みだせるとは思えない。つまり私の奴婢のなかに下手人がいるということね」

「皇貴妃さま。雪児が昨夜、采綻房の周辺で不審な者を見かけたと申しております」

虚獣が耳打ちする。ここに連れてきなさい、と紫蓮は命じた。

「雪児、皇貴妃さまのお召しである。入室せよ」

雪児がいかにもおずおずと入ってきた。勢ぞろいした妃嬪たちに恐れをなしたのか、倒れこむようにして平伏する。

「昨夜、なにを見たのか話しなさい」

「宦官《かんがん》が采綻房に入っていくのを見ました。細身の、長身の宦官です。しばらくしたら、なにか大きなものを抱えて出てきて、そのまま垂花門《すいかもん》のほうへ行きました」

「細身で長身のほかに特徴はない？」

「ええと……暗かったので、あまり見えなくて……あっ」

雪児の肩がはねる。なにか思い出したのと尋ねると、こくりとうなずいた。

「左手に包帯を巻いていました」

「まちがいなく左手？　右手ではなく？」

はい、と雪児はうなずく。紫蓮は虚獣に視線を投げた。

「あなたは右手に包帯を巻いているわね。昨日、やけどしたと言っていたけれど」

「雪児が湯をこぼしたとき、そばにおりましたので」

紫蓮の湯浴みの支度をしていた雪児がうっかり湯桶をひっくりかえしたそうだ。

「たいした怪我ではございませんが、見苦しいので包帯で隠しています」

「あなた以外に包帯を巻いているのは？」

「害馬《がいば》です」

草内監だ。虚獣の配下のひとりである。

「私は采綻房の外で不寝番をしておりました。なかには入っていません」

雪児のとなりにひざまずいた害馬はきっぱりと言い切った。

「持ち場を離れてはいないのね？　ほんのすこしのあいだも？」

「もちろんです。大切な化粧盒があったのですから」

「嘘をつくな、害馬」

きびしい声で言い放ったのは虚獣だった。

「おまえは昨夜、不寝番を化蚊に任せて持ち場を離れた。子の正刻ごろのことだ。ほかならぬ化蚊がそう証言している」

虚獣が化蚊を呼ぶ。おどおどしながら入ってきた橡色の髪の宦官が叩頭した。

宦官にも妃嬪同様に位階がある。もっとも高位の者を太監、その下を内監、さらに下を少監という。これらは高級宦官であって、五万人を超える宦官のほんの一部だ。

化蚊は少監になったばかりの若輩者で、害馬とは師弟関係にある。

「そ、草内監は急用ができたと言って出かけました。私は草内監の代わりに不寝番を」

「害馬が戻ってきたのは何時ごろかしら」

「正確にはわかりませんが……半個時辰後くらいだったかと」

「そのあいだ、あなたはいったいどこでなにをしていたの？」

紫蓮が視線を投げると、害馬は気まずそうにおもてを伏せた。

「……尚工局の女官と会っておりました」

「その女官とはどういう関係なの？　真夜中に忍び会うくらいだから親しいのでしょう」

「恥ずかしながら、私の義妹です」

宦官が義妹といえば、それは恋人のことである。妻の場合は菜戸という。

「申し訳ございません……。主命をなおざりにし、義妹と逢瀬を楽しむなど言語道断。お怒りはごもっともでございます。どうかこの愚か者めに、厳罰を――」

「また嘘をついたな」

底冷えのする声を放ち、虚獣は害馬を見おろす。

「おまえは花街通いが趣味で、夜ごと派手に遊んでいるそうだな。さる名妓に入れあげて千金を投じていると聞いているぞ。賭場にも頻繁に出入りしているが、このところは負けがつづいているとか。にもかかわらず、おまえはどこにも借銀していない」

「……幸いなことに、ときおり心づけをいただきますので」

「私は配下たちが賂で肥え太らぬよう監視している。おまえの稼ぎではかならず足が出るはず。ほかの金櫃でもない限りは」

害馬は口ごもった。ひたいに脂汗がにじむ。

「白状せぬなら、おまえの身柄を東廠に引きわたすよりほかない。鬼獄では八千種の拷問具があたらしい囚人を待っている。八千の責め苦を存分に味わうがいい」

「お、お待ちください、削太監！　なにもかもお話ししますので、どうかそれだけは！」

害馬が虚獣の足もとにすがりついた。虚獣はうっとうしそうにその手を蹴りはらう。

「鬼獄送りをまぬかれたければ白状しろ。包み隠さず」

「……私は、盗みを働いておりました」

まあ汚らわしい、と妃嬪たちはそろって顔をしかめる。

「なにを盗んでいた？」

「香木や文房四宝、白粉、花盆、飾り櫛などです。できるだけ小さくて持ち運びやすいものを……。おなじ場所でたくさん盗むと足がつくので、いろんな場所からすこしずつ」

宮中――ことに後宮の物品は好事家に高値で売れる。一度、銀凰門をくぐれば、どんな二束三文の品も千両の至宝に変わるのだ。それゆえ、皇宮では盗難が絶えない。

「昨夜盗んだものは？」

「……染料です。釆綻房から黄蘗と紅花餅を盗みました」

「不寝番を仰せつかったのをよいことに染料を盗みだし、その足で尚工局の女官に会いに行ったのだな。盗品を自室に置かなかったのは私に見つかってはまずいからだろう」

「……いつもそうしていました。削太監は不定期でわれわれの自室をおあらためになるので、盗んだ品はその日のうちに処分しておりました」

「おまえが昨夜会ったという女官が仲買人か？」

はい、と害馬がうなずく。

「皇貴妃さまの居所で盗みを働く不逞の輩め。化粧盒もおまえが盗んだのだろう」

「ちがいます！　私が手をつけたのは黄蘗と紅花餅だけで、化粧盒にはふれていません！」

「白々しい。おおかた銀子をもらって頼まれたのだろう。だれに雇われたか吐け」

「ほんとうに盗んでいないのです！　信じてください、削太監！　自分の不寝番の夜に叡徳王の化粧盒を盗んだりしません！　そんなことをすれば私のしわざだと喧伝するようなものでしょう！　いくらなんでもそこまで愚かではありません！」

「口ではなんとでも言えるわ」

紫蓮はぴしゃりと言い放った。

「惜香、害馬の手を調べなさい」

「わたくしより、祝太医に調べていただいてはいかがでしょう？　ちょうど診察のために別室でお待ちになっておりますので」

「そうね、祝太医をお連れして」

惜香がいったん下がり、壮年の太医を連れて戻ってくる。

「祝太医、この不届き者の両手を調べてくださらないかしら」

「かまいませんが、いったいなにをお知りになりたいので？」

「手がかぶれているかどうかよ。左手の包帯も外して、よく診てちょうだい」

祝太医は害馬の左手から包帯を外し、右手と合わせて触診した。

「お答えいたします、皇貴妃さま。左手にはやけど痕がありますが、右手は無傷です」

「ほんとうにやけどなの？」

「はい。かぶれではございません」

「じゃあ、害馬は潔白ね。化粧盒にかんしては」

ありがとうございます、と害馬が安堵(あんど)したふうにひたいを床に打ちつける。

「皇貴妃さま、いったいどういうことなのです？」

「実はね」

紫蓮はいぶかしげに蛾眉(がび)をひそめた許麗妃に視線を流した。

「昨夜盗まれた化粧盒は偽物なの。叡徳王殿下からおあずかりした大切な化粧盒に万一のことがあってはいけないから、よく似たものを用意して目につく場所に置いていたのよ」

「まあ、そうでしたの……。では、かぶれのことは？」

「偽の化粧盒の側面に漆(うるし)を塗っておいたのよ。もし盗む者がいたら手がかぶれるように」

あら、と紫蓮はなにげないふうを装って雪児の手に目をとめた。

「雪児、その手はどうしたの？　赤くなっているわよ」

「……こ、これは、その、ちょっとした病で……」

「病？　それはたいへんね。祝太医、診てあげて」

「いっ、いえ……！　私のような奴婢が太医に診ていただくなど恐れ多いことで……」

「うつる病だったら大問題よ。後宮に疫病を持ちこむわけにはいかないもの。私には奴婢の不調にも気を配る責務があるわ。さあ、祝太医。診てちょうだい」

紫蓮が促すと、祝太医は雪児の手をとって念入りに触診する。

「どうかしら？　うつる病気じゃないでしょうね？」

「ご安心を。なにか刺激の強いものにふれたせいで皮膚が炎症を起こしているだけです」

「なにかとは？」

「線状の皮疹があらわれているところを見るに、漆や公孫樹、桜草などでしょう」

「おかしいわねえ。芳仙宮には公孫樹も桜草もないわよ」

「……あっ、思い出しました。昨日、園林で落とし物をしたのです。必死で捜したので、そのとき桜草に触れたのかもしれません」

「どこの園林？　ひょっとして綺羅園かしら。それとも黄昏園？」

「き、綺羅園でした」

雪児は目を白黒させながら口早に言う。紫蓮は無言で微笑して祝太医を見た。

「翠清宮の奴婢を正庁の外に集めているわ。雪児のように手がかぶれている者がいないかどうか、調べてくださらない？」

御意に、と祝太医が下がり、翠清宮の奴婢たちを調べに行く。

「本物の化粧盒は無事だったとはいえ、下手人はきびしく処罰しなければならないわね」

「主を陥れようとした奴婢など、叩き殺すべきですわ」

「そうしたいところだけど、今月は主上の誕辰月よ。殺生はひかえなければ」

「では浣衣局で馬桶洗いをさせましょう。卑しい盗人には似合いの仕事ですわ」

惜香が笑う。浣衣局には後宮じゅうの馬桶が集められる。朝から晩まで馬桶を洗う仕事は、浣衣局の苦役のなかでいちばん下等な労働とされている。

「下手人は運のいいこと。本来ならば死ぬまで棒叩きにするところを、生かしたまま宮中で働かせてあげるのだから。もちろん、浣衣局送りにするまえに杖刑七十に処すけれど」

惜香と微笑みあったとき、祝太医が戻ってきた。

「手がかぶれている者がひとりおりました。寧妃付き次席宦官の童鯨面です」

「その者を連れてきなさい」

紫蓮の命を受け、虚獣の配下たちが鯨面を連れてくる。やってきたのは大柄な宦官だった。その名のとおり、粗野な顔面に奇妙な紋身を入れている。凌寧妃は蛮族出身の奴婢を好んでそばに置く。鯨面は東夷ふうの顔立ちなので東方の蛮国出身だろう。

「あなたはあの化粧盒にふれたのね」

鯨面は叩頭したまま答えない。

「ずいぶん体格がいいわ。化粧盒を叩き壊すくらい造作もないでしょう」

「……わ、私は」

「童鯨面、偽りを申せばどうなるか、わかっているな？」

虚獣が鯨面の髻をつかんで腕ずくで頭をあげさせた。鯨面は真っ青な顔でぶるぶる震えている。牛のような巨軀で小さくなっているさまは憐れなほど滑稽だった。

「も、申し訳ございません！　ど、どうか、ひ、ひらに、ご寛恕ください……！」

「おまえだけではできぬ所業だ。共犯者がいるな。だれだ？」

鯨面は弾け飛びそうなほどに震えながら雪児を指さした。

「こ、この者は嘘をついています！　私の手は綺羅園で桜草にふれたせいでこうなったのですから！　漆になんてさわっていないんです！　私は無関係で――」

「雪児、教えてあげるわ」

紫蓮は椅子の肘掛にもたれて雪児を見おろした。

「綺羅園にはね、桜草はないの」

「……さ、桜草ではなくて、公孫樹だったのかもしれません」

「残念ね。綺羅園には公孫樹もないのよ。ちなみに黄昏園にもないわよ」

ふたつの園林の名を挙げたのは、どちらにも公孫樹や桜草が植えられていないからだ。

「あなたたちの独断ではないでしょう。だれの指示でこんなことをしたのか白状なさい」

雪児と鯨面は顔を見あわせ、おそるおそる蔡貴妃のほうを向いた。

「貴妃さま……どうかお助けください！　浣衣局送りだけは、なにとぞ……！」

「なんですって？　わたくし？」

「貴妃さまがお命じになったではありませんか！　叡徳王の化粧盒を盗んで凌寧妃に罪を着せれば、凌寧妃を罪人にできるだけでなく、化粧盒ひとつ管理できない皇貴妃さまの無能を喧伝できると。私たちは貴妃さまのご命令に従っただけです！」

「馬鹿なことを言わないでちょうだい。わたくしは無関係よ」

「お見捨てにならないでください！　貴妃さまにおすがりするよりほかないのです！」

「貴妃さまの御為にしたことなのです！　後生(ごしょう)ですから、お助けください！」

「うるさいわね、関係ないと言っているでしょう。どうしてかような嘘をつくのよ」

　蔡貴妃は気色ばんだ。足もとにとりすがる雪児を汚らわしそうにふりはらう。

「嘘をついていらっしゃるのは貴妃さまです！　貴妃さまは日ごろから皇貴妃さまを疎(うと)んじていらっしゃった。皇貴妃の宝座にのぼるのは自分だったのにと、染坊(そめや)の娘に芳仙宮を奪われたと悔しがっていらっしゃったではありませんか。貴妃さまにとって皇貴妃さまは邪魔者。だからこそ、私が芳仙宮に入るように仕向けたのでしょう」

「それはどういうこと？　あなたを私が引きとったのは、瑶扇宮(ようせんきゅう)での騒ぎがきっかけだったけれど、あれは蔡貴妃の指示だったというの？」

　そうです、と雪児が大きくうなずく。

「瑶扇宮で騒ぎが起こればかならず皇貴妃さまが仲裁なさる。怏芳儀が私を打ち殺すと言えば、皇貴妃さまは見かねて私を引きとってくださると……。蔡貴妃さまは芳仙宮に密偵を置きたがっていたのです。そのために私が快芳儀の裙を裂いて騒ぎを――」

「嘘よ！」

蔡貴妃は甲走った声をあげ、雪児めがけて絹団扇を投げつけた。

「皇貴妃さま、罪人の妄言をうのみになさらないで。わたくしは無実ですわ。この者たちは勘違いしているのでしょう。さもなければ、だれかがわたくしを罠にかけたのです」

「人を罠にかけるのは貴妃さまの得手でしょ」

許麗妃は扇子の陰で杏仁形の瞳を細めた。

「雪児を間者として芳仙宮にもぐりこませ、化粧盒を盗ませて凌寧妃と皇貴妃さまを陥れる。後宮一の才媛たる貴妃さまでなければ思いつかない姦計ですわ」

「……なるほど。あなたのしわざなのね、許麗妃」

蔡貴妃が許麗妃を睨みつける。

「あなたが奴婢たちに偽りの証言をさせているのでしょう。見直したわ。あなたのような色香しか取り柄のない女子がこれだけの陰謀をくわだてることができるとはね」

「卑劣な罠を仕かけた張本人でありながら無関係なわたくしに罪を着せようとなさるなんて見損ないましたわ。悪あがきせずに潔く罪をお認めになるべきですわよ」

「思えば、快芳儀はあなたのお気に入りだったわね。わかったわ。きっと快芳儀の献策でしょう。ろくに書物も読めないあなたがこんな計略を考えつくはずはないもの」

「妹妹たち、お黙りなさい」

蔡貴妃と許麗妃はなおも口をひらきかけたが、紫蓮が睨むと不服そうに黙った。

「冒太監、雪児と鯨面を取り調べて。ふたりの証言の是非をあきらかにするのよ」


日中、皇帝は暁和殿にて政務をとる。暁和殿は銀凰門の外、中朝の心臓部に位置する。妃嬪侍妾は皇帝に召しだされない限り訪ねることができないが、紫蓮は皇后同様、いつでも暁和殿を訪ねることが許されている。これも「寵愛」を演出するためである。

紫蓮が暁和殿の書房に足を踏み入れたのは、事件から二日後のことだった。

「点心をお持ちいたしました」

「よいところに来たな。ちょうど小腹がすいていたんだ」

政務がいち段落したのか、隆青は朱筆を置いて執務机を離れた。榻に腰かけ、紫蓮にも腰をおろすよう勧める。紫蓮は拝謝して榻に座り、惜香に食盒をあけさせた。

黄地緑彩の碗に盛られているのは、緑豆と薏仁米の粥だ。干香菇でとった素湯がふわりとやさしく香り、緑豆の色をひきたてるあざやかな枸杞子は赤い花が散ったよう。

「君が作ったのか？」

「いいえ。私は料理が不得手ですので、惜香に作らせました」

料理は得意だが、紫蓮が作ったものを出せば隆青はいちいち褒めなければならなくなる。ひとときの休息に気を遣わせたくないので、あえて自分では作らなかった。

「緑豆は汁粉にしてもうまいな。大棗(なつめ)と白玉を入れて……」

ふた口ほど食べたあとで、隆青はひとりごちた。さようですわね、とあいづちを打とうとしてやめる。隆青に甘味の話は鬼門。亡き皇太子奕信(えきしん)を思い起こさせるためだ。

甜点心(おかし)好きだった奕信は菜肴(おかず)や米飯(ごはん)よりも甜点心をたらふく食べて満腹になる癖があった。これでは健康に障ると太医に相談された隆青は、ひと月のあいだ、奕信に甘味を禁じることにした。奕信は素直に父帝の命に従って甘味を我慢していたが、あるとき、人目を忍んでこっそり食べた。不運にもそれが堅果(ナッツ)入りの甜点心であったために、夭折(ようせつ)してしまったのだ。爾来、隆青も甘味を口にしなくなった。彼は奕信のような無類の甘党だったそうだが、いまでは宴の席ですら甜点心のたぐいを食べない。

「それで、化粧盒の件はどうなった？　黒幕はわかったか？」

隆青は碗を卓に置いて話題を変えた。

「実は……」

宮正司(きゅうせいし)にて尋問を受けていた雪児と鯨面があいついで獄中で自死した。ふたりの証言以上の証拠が出てこなかったので、蔡貴妃の関与を立証するにはいたらなかった。また凌寧妃がかかわった証拠もないため、化粧盒事件はうやむやのまま幕引きするよりほかない。

「真相を暴くことができず申し訳ございません、主上」

「謝罪は不要だ。君はよくやってくれた」

面目しだいもなくうなだれた紫蓮の耳朶を、あたたかい玉音がそっと撫でる。

「化粧盒をあらかじめ偽物とすりかえておくとは気がきいている。不届き者どもはまんまと君の罠にかかったわけだ。はじめから雪児が怪しいと疑っていたのか？」

「いえ、私ではなく、虚獣ですわ。雪児の挙動が不審である点と、芳仙宮に仕えるようになった経緯をかんがみて、何者かの密偵ではないかと進言してくれました」

「なるほど。さすがは角太監の弟子だ。目端がきくな」

浄身したばかりの新参者は少監以上の高級宦官と師弟の契りを結ぶ。これは生涯つづく厳格なもので、徒弟は師父を実の父のごとく敬い、彼のそば近くに仕えながら宮廷のしきたりや宦官の仕事を覚えていく。少監に昇進したら師父のそばを離れて働くこともあるが、徒弟時代に受けた薫陶はその後の働きぶりにも大いに影響するそうだ。

虚獣の師父は司礼監掌印太監たる角蛮述。あまたの宦官の頂点に立つ老練家に師事していたのなら、目の鞘がはずれているのも道理であろう。

「雪児が何者かの走狗ならば、叡徳王よりおあずかりした化粧盒になにかしでかすかもしれないと警戒し、偽物を用意しました。大切な化粧盒を傷つけることなく叡徳王におかえしすることが叶い、安堵いたしましたわ」

「兄上は喜んでいらっしゃったぞ。王妃も気に入ったようだ」

叡徳王と隆青の続柄は、又従兄弟である。ただし、隆青は義昌帝の養子に迎えられているので、義昌帝の皇子たる叡徳王は年の離れた兄ということになっている。

「主上も皇貴妃さまになにかお贈りになってはいかがで？」

茶を運んできた銅迷が如才ない笑みを浮かべた。

「皇貴妃さまは後宮をよく治めていらっしゃいます。その労をねぎらわれては？」

「入宮してまだ三月です。ねぎらっていただくほどのことはいたしておりませんわ」

「謙遜するな。君のおかげで安心して毎日過ごせると皇后も褒めていた。余も助けられている。銅迷が言うように、労をねぎらわねばならぬな」

隆青は蓋碗をかたむけて茶をひと口飲んだ。

「兄上にならってなにか贈ろうか。欲しいものはあるか？」

「妃嬪が欲しいものは決まっています。主上のご来駕ですわ」

「そうだな。では、今夜は君を訪ねよう」

「ご聖恩に拝謝いたします。なれど、私ではなく素賢妃をお訪ねくださいませ」

「素賢妃？　前回召してからそれほど経つか？」

「前回の伽よりひと月ほどですわ」

「ひと月か。ならば今夜、召してもよいが」

「いいえ、それはなりません」

「君は妙なことを言うな。素賢妃を訪ねよと言いながら、龍床には侍らすなと？」

隆青が怪訝そうに首をかしげる。紫蓮は花がほころぶように微笑した。

「今朝、敬事房より報告がございました。素賢妃は身ごもってひと月になるそうです」

敬事房は皇帝の閨房のことをつかさどる衙門だ。后妃侍妾の月事の記録を精査し、乱れや不調があれば太医を遣わす。それでなくとも、太医院は定期的に後宮へ太医を遣わし、后妃侍妾の脈診を行うことになっている。太医の診察により懐妊したことがはっきりすれば、太医院はその旨を敬事房に報告し、敬事房から後宮の主である皇后――いまは鳳権を委任されている紫蓮のもとに吉報がとどく。原則として、懐妊した当人が直接、皇帝に報告することはない。それが許されているのは、皇后のみである。

「そうか、素賢妃が身ごもったか」

陽光に照らされたように龍顔があかるさをおびた。

「お慶び申しあげますわ、主上。皇后さま、安柔妃につづく慶事。喜ばしいことです」

「まことでございますねえ。後宮は安泰、ご懐妊につぐご懐妊で皇統は万年安泰。それもこれもわが国が有徳の君主をいただいているおかげかと。仁君の治世には麒麟があらわれると申しますので、聡明な皇子さまが続々とお生まれになるでしょう」

銅迷が子授けの神霊とされる麒麟を引きあいに出してお追従を言う。

「皇子であれば望ましいが、まずは平穏無事に生まれてくれることだ」

喜色満面であった龍顔に憂いの色がきざす。敬事房の記録を見れば、即位より六年間、幾人もの妃嬪侍妾が皇胤を宿してきた。しかるに、無事に生まれた御子は片手で数えられるほど。それも全員が示しあわせたように公主であった。

「万事、ぬかりなく調えますわ。元気な産声がお耳にとどきますよう」

皇子の誕生を切に願う。後宮はそのために在るのだから。


「皇后さま、安柔妃、素賢妃……つぎは皇貴妃さまですわね」

暁和殿の客庁を出たところで、惜香が笑みまじりにささやいた。

「私は無理よ。別れた夫には石女と言われたくらいだもの」

「またそのようなことをおっしゃって。昔の話ではございませんか」

「昔の話であればこそよ。あのころ、私は二十歳前だったわ。若くて健康だったのに子を産めなかった。中年増になったいまでは、なおさら難しいでしょう」

「龍床に侍りさえすれば身ごもる機会はございますわ。せっかく主上が今夜は芳仙宮を訪ようと仰せになったのに、侍妾をおすすめになるなんて」

「侍妾たちも主上のお召しを待ちわびているわ。可能な限り多くの者が寵幸に浴するよう心配りをするのは私のつとめ。おすすめするのは当たりまえのことよ」

「ご立派な御心がまえには敬服いたしますが、殿方は欲張りです。物わかりのいい良妻を頼もしく思いながら、甘え上手な女子を可愛いがるもの。ご寵愛を末永く賜るためにも、ときには賢夫人をおやすみになって、わがままをおっしゃってはいかがです？」

「あら、それは経験談？」

わざと意地悪く眉をつりあげ、紫蓮はちらりと惜香を見やった。

「あなたもそうして色太監を惑わせたのかしら」

「いやですわ、もちろん一般論ですわよ。愚夫が惚れこんでいるのはわたくしの色香ではなく料理の腕前なのですから。単に餌づけがうまくいっただけですわ」

ひどい言い草ね、と笑ったときだ。

大門のほうから高官たちが歩いてくるのが見えた。ひとりは猩紅の補服をまとった壮年の男、もうひとりは呉須色の補服を着た三十過ぎの男。前者は吏部尚書と内閣大学士の首を兼ねる蔡首輔、蔡貴妃の父親である。そして後者は翰林院侍講の――。

「皇貴妃さまにごあいさつ申しあげます」

ふたりはうやうやしく揖礼した。紫蓮は答礼し、型どおりの微笑を残して立ち去る。

翰林院侍講、楊忠傑。

うぶな小娘であったころの紫蓮を、弊履のごとく捨てた男だ。

第二章　月の憂愁

天子の寝殿、仙嘉殿。龍の巣とも呼ばれるこの殿舎は、妃嬪侍妾がはじめて龍床に侍る場所である。勇ましく反りかえる屋根の飾り瓦、朱塗りの円柱、明黄色の房を垂らした八角宮灯、極彩色に染められた斗栱や画梁、黄金の縁取りがきらめく大扉。目に映るすべてのものに威風堂々たる五爪の龍の装飾がほどこされている。

――大丈夫、粗相はしないわ。

敬事房太監に先導されて大門の敷居を跨ぎ、徐氏はごくりと唾を飲みこんだ。

徐氏が入宮したのは三年前、十七の春である。賜った位階は令姫。五職の最下位だ。侍妾のなかでいちばん位の低い御女とほとんど変わらない身分ゆえ、入宮後しばらくしてもいっこうにお召しがなく、それどころか後宮でもよおされる宴にすら出席を許されない始末だった。方々に賂を贈り、やっとのことで敬事房から遣いの者が来たときには秋になっていた。はじめての夜伽に舞いあがり、念入りに玉の肌を磨き、夕粧いをほどこして支度がととのったころ。皇帝付き首席宦官易太監の配下があわただしくやってきた。

「主上は仙嘉殿にお出ましになりません」

そんな、と青くなった徐氏は早々に立ち去ろうとする宦官につめよった。

「また……芳仙宮へお渡りになったのですか？」

当時の芳仙宮の主は丁黛玉。三千の寵愛を一身に受ける美姫は悋気深いことで知られていた。ほかの妃嬪侍妾が夜伽に指名されると、娼妓さながらの手練手管で皇帝の気を惹き、龍輦が芳仙宮の門前でとまるよう仕向ける。後宮一の妬婦の姦計により、彤記には毎晩のように皇貴妃の名が記され、悔し涙をのんだ美人は数知れなかった。

悪しき寵妃が龍床を横取りしたのだと唇を嚙んだとき、宦官は意外なことを言った。

「主上は恒春宮にお泊まりになります」

恒春宮は皇后尹氏の住まい。つつましく貞淑な尹氏は後宮の主らしく寛容な婦人で、妃嬪侍妾の夜伽を邪魔したことなどない。また、権門出身ゆえに皇帝にも一目置かれ、国母として敬意を払われていたが、丁黛玉ほど寵愛されていたわけではなかった。

「どうして恒春宮に？　皇后さまが……主上をおひきとめになったのですか？」

「主上御自ら、今夜は皇后さまのおそばにいらっしゃると仰せになりました」

「……ひょっとして、皇后さまはご病気で？」

「いいえ、皇太子さまが臥せっていらっしゃるのです」

翌朝、弔鐘が皇宮に響きわたった。皇太子奕信が薨御したのだ。

　皇帝はかなしみに沈み、龍床は后妃侍妾の柔肌(やわはだ)にあたためられることなく半年が過ぎた。その後、ふたたび敬事房の宦官があちこちの殿舎に慶報を持ってあらわれたが、徐氏は忘れ去られたままだった。風の噂で、憎き丁黛玉が不義密通を働いて冷宮(れいぐう)送りになったと聞いてひそかに溜飲(りゅういん)を下げたものの、はるか遠くから龍輦を拝むだけの毎日に不安はつのっていく。寵愛のおこぼれを求めて有力な妃嬪に取り入ろうと試みたところで、生来の要領の悪さが災いして醜態(しゅうたい)をさらし、無様な田舎娘(いなかむすめ)よと嘲笑(ちょうしょう)されるありさま。

　入宮して三年、一度も龍床に裸身を横たえることなく、徐氏は二十歳(はたち)になった。

　花の命は短い。故郷では仙娥(めがみ)のごとしと称賛された美貌もまたたく間にしおれてしまう。賂(まいない)にする銀子(ぎんす)を使い果たした徐氏は、いっそ龍輦の前に飛びだして皇帝の気を惹いてみようかと無謀(むぼう)な計画すら立てはじめていた。花の盛りを無為に費やすくらいなら、一か八かの勝負に出るほうがましだ。後宮では、待っているだけではなにも得られない。

　そんなことを考えていた徐氏のもとに、とうとう敬事房の花鳥使(つかい)がやってきた。

「おめでとうございます、徐令姫。今宵(こよい)、主上が御身をご所望です」

　贈りつづけた賂が功を奏したのか、天へ祈りが通じたのか、皇帝が寵愛を受けそびれた憐れな娘を思い出してくれたのか。なんにせよ、徐氏にも福運がめぐってきたのだ。

「徐令姫、どうぞこちらへ」

　八角灯籠が照らす朱赤の長廊を左に曲がり、敬事房太監は徐氏を耳房(わきべや)に案内した。

侍妾はここで裸にされ、女官たちに身体を調べあげられる。結わずに背中におろした黒髪も入念に調べられ、凶器を隠していないことが証明されれば、丸裸のまま緋金錦の衾褥にくるまれて宦官たちに担ぎあげられ、天子の寝間まで運ばれる。

そこで用意されている夜着をまとい、皇帝を待つ。妃嬪が自分の殿舎に皇帝を迎えるときも、この手順は厳守される。天下でもっとも尊い殿御の命を守るためである。

──ああ、やっと……。

衾褥にくるまれたまま龍涎香のにおいを吸いこみ、徐氏は胸がいっぱいになった。螺鈿細工の格天井が月灯に濡れてさながら銀漢のようだ。その輝きがこれまでの艱難をきれいに洗い流してくれた。ようやく天子にお目にかかることができる。皇胤を宿す機会を与えられる。お気に召してもらえるかもしれない。皇子を産めるかもしれない──。

衾褥ごと徐氏を牀榻におろし、宦官たちは退室する。室内には落地罩のむこうにひかえた彤史と徐氏だけだ。衾褥から出て、徐氏は彤史に手伝われながら艶紅の夜着に袖をとおした。期待に胸をふくらませながら、ひざまずいて皇上の御入来を待つ。

うるさいほどに鳴る鼓動にまぎれて、長廊をわたる足音が近づいてきた。扉がひらかれ、衣擦れの音が部屋に入ってくる。皇帝は御年二十八の堂々たる偉丈夫だという。きっと夢のような夜になるにちがいない。一天万乗の君に抱かれるのだから。

「……なんだ？」

薄闇に落ちた玉音が自分にむけられたものだと思い、徐氏はおもてをあげた。

目に飛びこんできたのは夜着姿の皇帝と、彼のとなりに立つ華奢な宦官。それが宦官だとひと目でわかったのは、高級宦官がまとう蟒服を着ていたからだ。しかし妙なことに、宦官は皇帝の袖をつかんでいた。まるで慕わしい男に甘える女のように。

宦官を枕席に侍らせた皇帝がいなかったわけではないが、今上が断袖家だという話は聞いたことがない。ましてや、龍陽の情人を仙嘉殿に連れこんだなどとは……。

現に皇帝は、袖を引く宦官をいぶかしげに見おろしている。

「まだ気づかないの？」

高く澄んだ声。男のものではないその美声は、甘ったるい媚態を隠そうともしない。

「……まさか、君は」

皇帝は目を見ひらく。まなじりが裂けんばかりに。

「ひどいひとね。ちっとも会いに来てくれないんだもの」

うつむき加減だった宦官が顔をあげ、妖花のように艶笑う。

「会いたかったわ、隆青」

恐れ多くも今上の字を愛おしげに呼ぶ宦官――否、蟒服姿の女。

「……黛玉」

天子の唇からこぼれた名は、冷宮に幽閉されているはずの、姦婦のものだった。

四月は桜桃の季節。禁園にて熟した桜桃は宗廟に供えられ、皇帝から群臣に下賜される。恩寵は後宮にもおよび、后妃侍妾も己が朱唇のごとき果実をついばむ。

ところが今年は桜桃の実りがすくなかった。収穫前夜の嵐が禁園を荒らしたせいである。宗廟への供え物はわずかな量ですむが、群臣と後宮のすみずみまでは到底いきわたらない。いかに配分すべきか、禁園を管理する司苑局は頭を悩ませ、紫蓮に判断を仰いだ。

「いかようにいたしましょうか、皇貴妃さま」

「もちろん、群臣が優先よ」

司苑局太監の問いに、紫蓮は迷わず答えた。

「天下のために粉骨砕身している群臣にはご聖恩がいきわたらなければならないわ。例年どおりになさい。場合によっては、後宮の取り分を減らしてもかまわないから」

群臣より後宮の女人たちを優先したとあれば、皇帝の沽券にかかわる。

「承知いたしました。……なれど、後宮のほうはいかがいたします？　先例にならいますと、后妃さまを優先して侍妾さまがたの恩賜を減らすことになりますが」

「それはいけないわ。ただでさえ、侍妾は妃嬪ほど天寵を受けられない。このようなときも恩賜を減らしては、侍妾が主上をお怨みするでしょう」

侍妾の恩賜も例年どおりになさい、と命じる。

「太上皇さま、皇太后さまには宗廟の供え物がそのまま献上されるからよいとして、皇后さまの取り分は確保できるわね？」

「当然でございます。むろん、皇貴妃さまの取り分も。しかしながら、妃嬪全員にはいきわたりませんので……」

「妃嬪の恩賜はまとめて恒春宮へ届けてちょうだい。私の分もふくめて」

「しかし、それでは蔡貴妃さまや許麗妃さまがお怒りでは」

「大丈夫よ。ちゃんと埋めあわせはするから」

釈然としないふうの司苑局太監を見送ってから数日後のことだ。

後宮では尹皇后主催の茶会がもよおされた。場所は青楓が涼風と戯れる蒼翠園。

茶席には紅玉のような桜桃と甜食房が腕によりをかけた宮廷菓子がならべられた。前者は尹皇后が皇帝より賜ったもの、後者は尹皇后の厚意で用意されたものだ。

桜桃が各殿舎に贈られなかったことで妃嬪たちは不満げだったが、尹皇后が惜しげもなくふるまったとあれば、たとえ不服でもおもてには出せない。蔡貴妃、許麗妃をはじめとして、妃嬪たちはおおむねにこやかに銘茶と桜桃を楽しんでいた。

「そういえばお聞きになりまして？　丁氏が冷宮を抜けだして仙嘉殿に乗りこんだとか」

「ええ、耳にしましたわ。噂では宦官に身をやつして主上に媚びを売ったそうですわね」

「主上は激昂なさってすぐさま追いかえしたと聞きましたわ」

「当然でしょう。あれほど寵愛されていたのに主上を裏切った姦婦ですもの」

「恥知らずですわね。いまさらどのような顔をして御前にまかりこしたのかしら」

「平然としていたのではなくて？　丁氏はふてぶてしい女でしたわ。きっと何事もなかったかのように主上を誘惑しようとしたのでしょう」

「しょせんは客商の娘ですもの。生まれ育ちが悪いので娼妓のようにふるまうのです」

「あら、娼妓のほうが貞潔かもしれなくてよ？　丁氏にくらべれば」

棘をまぶした笑い声が茶席を包む。

「危険をおかして冷宮から抜けだし、逆鱗にふれることを恐れず主上にお会いしたのなら、丁氏はいまだ復寵をあきらめていないのでしょうね」

蔡貴妃が白魚のような指で桜桃をつまんだ。

「あさましいわ。主上にお仕えしながら姦夫の子を孕んだ女が復寵をもくろむなど」

「不義密通のすえに身ごもるなんて、まさに禽獣の所業ですわ」

「丁氏が子を流さなければ、下賤の血が宗室に受け継がれていたかもしれません」

「汚らわしい匹夫の子が皇胤を名乗ることほど恐ろしいことはございませんわ」

「天が密婦をお裁きになったのでしょう。世の道理です」

「それにしても、丁氏ほど恩知らずな女子はいないわね」

許麗妃は柑橘の千層糕を口に運んだ。

「本来なら死罪となるところを主上が恩情をおかけくださって冷宮送りとなったのに、かような暴挙で後宮を騒がすとは、古の悪女も恥じ入る厚顔無恥な女子だわ」

「ええ、まことに。丁氏こそ、夫を裏切り、恩を仇でかえす希代の毒婦。天地神明がいまだにあの女狐を生かしていらっしゃることをいぶかしむばかりでしてよ」

いつもはいがみあっている貴妃派の妃嬪と麗妃派の妃嬪が、わが意を得たりとばかりにうなずきあう。両者が意気投合するのは丁氏の話題くらいのものである。

「黛玉姐姐は密通するようなひとではありません」

凌寧妃が声高に言うと、妃嬪たちの視線がいっせいに彼女を貫いた。

「黛玉姐姐は主上をだれよりもお慕いしていましたし、後宮随一の烈婦でした。たとえ不逞の輩に襲われても、夫を裏切るくらいなら死を選ぶようなかたです。主上にすべてを捧げていらっしゃった姐姐が不義密通を犯すなんて、けっしてありえません」

「妹妹ならそう言うでしょうね。丁氏びいきだもの」

蔡貴妃が絹団扇をもてあそんでくすくすと笑う。

「だけど、忘れているのではなくて？　丁氏の密通事件は東廠が暴いたのよ。主上の手足となって動く天下の東廠が丁氏に濡れ衣を着せたとでも？」

「ありえないことではないでしょう。東廠の長は宦官。刑余の人は袖の下しだいで右にも左にも転びます。黛玉姐姐を憎む者が仕組んだ謀でないとは言いきれません」

「よしんば謀だったとしても、自業自得ではないかしら。丁氏は傲岸不遜で失言が多く、みなに怨まれていたわ。禍福は門なし、ただ人の招くところ……けだし金言よね」

「噂話はそれくらいにしてちょうだい。主上からの贈り物をみなにくばるわ」

言いかえそうとした凌寧妃を目線で制し、紫蓮は笑顔をつくった。

「贈り物？　わたくしたち全員にですか？」

「ええ、そうよ。桜桃の件では妃嬪たちに我慢をさせたので、埋めあわせに素敵なものをくださったの。――虚獣」

うやうやしくうなずいた虚獣がかるく手を叩くと、宦官たちが描金の方盒を持ってきた。ふたをあけ、桜桃色の扇套につつまれた扇子を長卓にならべていく。

「これは瓓国の扇子よ。ひとりずつ好きなものを選んでちょうだい」

「風情のないくばりかたをなさいますのね。一本ずつおくばりになればよいのに」

許麗妃が小馬鹿にしたふうに鼻先で笑う。

「ちょっとした仕掛けがあるのよ。私がいちいち手渡したら、それこそ風情がないわ」

「仕掛けとは？」

「このなかに一本だけ、合歓花の絵が描かれている扇子があるわ。運よくそれをひきあてた者は今宵、碧落池の鴛瓦楼へ行きなさい。主上がお渡りになるわよ」

茶席がざわめいた。妃嬪たちは目の色を変えて長卓を見やる。

「最初に三つ断っておくわ。まず、私がよいと言うまで扇套をあけないこと。選ぶときはもちろん、自分の席に戻ってからもあけないで待って。つぎに、一度ふれたものをかえさないこと。指先がすこしでもふれたら、それがあなたの天運よ。そして、だれが選ばれても恨み言は口にしないこと。その者の幸運を祝福しましょう。よいわね？」

「まるで主上を掛け物にしたようですわね」

「実は主上のご発案なの。たまには変わった趣向も面白いだろうとおっしゃったわ」

「楽しそう。だけど、残念だわ。わたくしは参加できないのね」

尹皇后ががっかりしたふうにため息をつくので、紫蓮は微笑した。

「どうぞ、皇后さまも参加なさってくださいませ。あちらの長卓に合歓花の絵が描かれていない扇子を用意させています。いずれも風情のある逸品ぞろいですので、翡翠の指輪と金の指輪をつけている者たちと一緒にお選びください」

紫蓮が話しているあいだに、惜香がもう一台の長卓に扇子をならべていく。懐妊中の者、月事がある者は夜伽できないので、合歓花の扇子が当たらないように手配した。

「ただし、扇套から出してはなりませんわよ。運だめしなのですから」

「よいわ。なにが出るかわくわくするわね。龍床に侍ることができない者はわたくしと一緒にいらっしゃい。さっそく選びましょう」

尹皇后が立ちあがると、安柔妃、素賢妃がそれにならう。

「ずいぶん皇貴妃さまに有利な運だめしではありませんこと？」

蔡貴妃がにこやかな花のかんばせをくずさずに問うた。

「これだけの支度をなさったのですから、どの扇子が合歓花なのかご存じなのでしょ？」

「そうですわよ。皇貴妃さまがお選びになるのは不公平ですわ」

「では、位の低い者から順番に選んでいくことにしましょう。私は蔡貴妃のあとだから、最後に残ったものをとるよりほかないわ。それでいかがかしら？」

妃嬪たちはうなずいた。

「さあ、楼充華からよ。はじめてちょうだい」

尹皇后らが扇子を選んでいるあいだに、銀の指輪をつけた妃嬪たちがひとりずつ席を立っていく。悩みすぎて急かされる者、あっさり決める者、簡単な卜筮をして選ぶ者など、さまざまである。紫蓮は蔡貴妃が選んだあとで、最後の扇套を手にとって席に戻った。

「さて、全員にいきわたったわね。それでは扇套をあけましょう。まだ扇子をひらいてはだめよ。琵琶の音が響いたら、みなでいっせいにひらくわ」

全員が扇套から閉じた扇子を取りだすのを確認し、紫蓮は宮妓たちに目くばせした。涼風にとけだした琵琶の歌声にあわせ、扇子をひらく音が蝴蝶のはばたきのように響く。

「まあ、残念。私は運に恵まれなかったみたい」

紫蓮は如意と蓮花が描かれた扇子をひろげ、茶席を見まわした。

「僥倖を手にしたのはだれかしら？」

「わたくしですわ！」

許麗妃が得意げに声をあげた。ひらいた扇子をみなに見せつけるようにひらひらさせる。色あざやかな翡翠とともに描かれているのは、頬紅の刷毛のごとき合歓花。

「うらやましいこと。許麗妃は玉皇に愛されているようね」

蔡貴妃は宝相華模様の扇子を揺らめかせた。その目もとには鋭利な棘がひそんでいる。


「許麗妃も蔡貴妃も、それぞれに満足したようですわ。ひとまず安堵いたしました」

桜桃の茶会から三日後の夜。紫蓮は夜着姿で惜香に髪を梳いてもらっていた。

「司苑局から桜桃の数が足りないと聞いたときは、桜桃の多寡でひと悶着起きそうだわと思ったけれど、なんとか穏便におさまってよかったわね」

許麗妃が合歓花の扇子をひきあてたのは偶然ではない。

各扇套には鳥の模様を刺繍させておいた。そのなかには孔雀もあった。許麗妃が孔雀を好むのは後宮じゅうのだれもが知るところ。下位の妃嬪たちは当然、孔雀を避ける。先に孔雀模様の扇套を選んだことが許麗妃の耳に入れば、怨みを買うからだ。

許麗妃に合歓花をひかせたのは、茶会の翌々日が蔡貴妃の誕辰であったため。后妃のなかで誕辰祝いの宴をもよおしてもらえるのは皇后のみだが、上位の妃嬪も寵愛の多少によってはごく内輪の祝宴をひらいてもらえることがある。蔡首輔が貪官汚吏の摘発で一定の成果をあげたこともあり、今年は隆青が直々に蔡貴妃の誕辰を祝うつもりでいたが、そうすれば許麗妃が妬心を燃やすのは避けられない。ゆえに桜桃の茶会にかこつけて許麗妃に花を持たせたのだ。なお、鑾国の扇子は茶会のためにあらためて用意させたものではなく、かねてから后妃にくばられることが決まっていた下賜品である。

「蔡貴妃も許麗妃も、それぞれ福を得ましたので、今宵は皇貴妃さまの番ですわね」

「なんだか申し訳ないわ。連日のご公務でお疲れになっていらっしゃるのだから、夜はゆっくりやすんでいただきたいのだけれど」

　夜伽に指名されるたび、喜びよりもうしろめたさが勝る。寵愛される皇貴妃を演出するためだとわかってはいても、隆青に余計な気を遣わせているようで心苦しい。

「わが愚夫曰く、愛する妻の笑顔を見れば百の疲れも一瞬で吹き飛ぶそうですわよ」

「ごちそうさま。夫婦円満の秘訣をご教示願いたいものだわ」

「それはもちろん、妻が夫を尻に敷くことですわ」

　まあ、と笑いあったとき、虚獣が化粧殿に入ってきた。

「早いわね。もう主上がお見えになったの？」

「いえ、説太監がまいりました」

　通すように言うと、敬事房太監の説太監が入室してきた。

「主上はこちらにお見えになりませんので、皇貴妃さまはおやすみください」

「そう。どちらにいらっしゃったの？　鳳戯牡丹を用意しなければならないわ」

鳳戯牡丹は夜伽の通知書だ。通常は皇后の印璽を捺した文書だが、現在は皇貴妃の印璽により発行されている。

むろん、それは建前にすぎず、皇帝はいつでも好きな妃嬪のもとに通うことができるが、急な夜伽の変更があったときも、形式として鳳戯牡丹を発行することになっている。

「鳳戯牡丹はけっこうでございます」

「じゃあ、侍妾をお召しになったのね。その者の名は？」

皇帝が侍妾を召す場合、鳳戯牡丹は不要である。侍妾は自身の殿舎に皇上を迎えることができないため、龍床に侍るのに皇后の許可はいらない。

「今宵はどなたもお召しではございません。ご公務のあとに体調をくずされ、暁和殿にておやすみになっていらっしゃいます」

「まあ、暁和殿で？　金烏殿ではなく？」

后妃侍妾と同衾しない夜、皇帝は金烏殿でやすむものだが。

「高熱でお倒れになったのです。太医が診察いたしたところ、夏感冒だということです。深刻な病状ではございませんが、金烏殿までお運びいただくのは玉体に障りがあるということで、しばらくは暁和殿で療養なさいます」

「おそばにはだれかお仕えしているの？」

だれか、のうちに奴婢はふくまれない。后妃がそばにいるのかと問うたのである。

「いえ、どなたも」

「では私がまいりましょう。惜香、支度をなさい」

化粧をして髪を結い、衣をあらためなければ。夜着姿では中朝に出られない。

玉輦から降りて暁和門をくぐると、白髯をたくわえた老齢の太医が出迎えた。皇帝の主治医をつとめる盛太医である。

「主上のご様子は？」

「薬湯をお召しあがりになり、横になっていらっしゃいます」

「熱はさがって？」

「いまのところはまだ。薬餌の効き目があらわれしだい、やわらぐかと」

薬湯は数刻ごとに飲ませる必要があるという。次回の薬餌を煎じるため、盛太医は別室に下がった。紫蓮は臥室の套間に入り、小声で銅迷に様子を尋ねる。

「たったいま、おやすみになったところです」

「先日の夜伽がご負担だったのかしら」

「主上は大丈夫であらせられますから、夜伽はご負担にはなりません。ご公務のお疲れが重なったせいでしょう」

「皇太后さまにはご報告を？」

「さきほど、錦河宮に遣いをやりました」

臥室に入り、床帷がおろされた牀榻のまえであいさつの言葉は口にせずに万福礼をする。つねのように「立て」との下命はないので、寸刻後に礼のかたちをとく。

夕靄のような床帷をひらくと、あおむけになっている隆青のおもてが目に入った。精悍な顔は高熱のせいで火照り、男らしい眉は苦しげにひきしぼられている。

牀榻そばの小卓に置かれた洗面器の水がぬるくなっているので、とりかえさせる。冷たい水で布を湿らせてかたくしぼり、汗ばんだひたいや首まわりをそっと拭いていく。

——ご無理をなさっていたのだわ。

後宮は朝廷にくちばしを挟んではならないので、政の諸問題についてはなにひとつわからないが、悩みの種は尽きないのだろう。せめて内朝にいるあいだは心をやすめてほしいけれど、後宮には後宮の問題があるのでそういうわけにもいかない。

御前に仕えるようになり、皇上とは気苦労の絶えない立場なのだと痛感した。華麗なる九重の宮で起き伏しし、錦衣をまとって肥肉厚酒に舌鼓を打ち、三千の美姫を侍らせて楽しみにふける。人びとが想像する天子の暮らしぶりは実情をあらわしていない。

彼らは隆青が朝から晩まで国事に心を砕いていることを知らないし、身のまわりに仕える者たちをいつも気遣っていることも知らない。四六時中だれかがそばにいて彼の言行を記録し、わずかな失言すら史書に残ってしまうことも。随従なくしてはどこにも出かけられないことも。ひとりになれる時間などないことも。后妃侍妾と過ごす夜の数には政治的な思惑がからみ、睦言をかわすときでさえ龍衣を脱ぐことができないことも。

万民が夢見るほど、天子は安逸を貪っているわけではない。鍛えあげられた双肩がいくら逞しくても、天下の重みが始終のしかかってくれば大きな負担になる。なお悪いことに彼には、それをおろすすべがないのだ。ひとたび玉座にのぼってしまったからには。

――私には、どうしようもないことだけれど……。

紫蓮は皇貴妃だ。皇后ではない。したがって、隆青のとなりには立てない。また、隆青に愛されている女でもない。男女の愛で彼を癒すことはできない。紫蓮にできるのは、隆青の負担を可能なかぎり減らすこと、それに尽きる。彼がほんのわずかでもひと息つく時間を持てるように、一日でも多く愛する女人と平穏な夜を過ごせるように。

「主上、お目覚めですか？」

隆青が何事かつぶやいて身じろぎしたので、紫蓮はやんわりと声をかけた。すると、いきなり手をつかまれる。逃がすまいとするかのように、強く。

「……すまない」

武芸に慣れた手のひらが熱く滾っている。

「主上にお仕えするのが私のつとめですから、お気になさらず。お水をお召しあがりになりますか？　ずいぶん汗をかいていらっしゃるご様子ですので――」

「間違いだった……君を、娶ったのは」

低くかすれた声に胸を貫かれ、紫蓮は動けなくなった。

「……いや、ちがうな……。俺の過ちは……」

ひそやかな宮灯。したたるしずくが沈痛なまぶたを濡らす。

「君を、愛したことだ――黛玉」

雞人が拍子木を叩いて夜明けを告げるまえに、紫蓮は御前を辞した。皇貴妃の身分では、暁和殿にてひと晩過ごすことが許されないためである。

「丁氏はよほど主上に寵愛されていたのね」

芳仙宮の自室に入ってひと息つき、紫蓮はなにげないふうを装ってつぶやいた。

「ええ、それはもう董月嫣もかくやとばかりに」

惜香は古の覇王の寵姫の名をあげてうなずく。

「主上が皇太子でいらっしゃったころ、丁氏は太上皇さまの勅命で皇后さまに従って東宮に嫁ぎました。むろん正妃ではなく、側妃としてですが」

「中流とはいえ、丁家は官族よね？　妃嬪たちは客商の娘と言っていたけれど……」

「本姓は房と申します。茶商の娘ですわ。東宮に嫁ぐ際に丁家の養女となったのです」

「それほどに主上が熱望なさった花嫁ということね」

政略的にはなんの意味もない婚姻。その裏には個人的な理由があるはず。

「立太子前に市井でめぐりあったそうですわ。熱烈な恋だったと聞いております」

王世子と茶商の令嬢。ともに十五の少年少女。

「主上が恋を……。きっと魅力的な女人だったのでしょう」

「絶世の美貌をお持ちではありませんでした」

「では？」

「お人柄に少々……いえ、大きな瑕瑾がございまして。たいへんご気性の激しいおかたでしたの。高慢で鼻っぱしが強く、気まぐれで、わがままで、嫉妬深くて。殿方にしてみればそのような女子にこそ可愛げがあるのでしょうが、わたくしは感心しませんでしたわ。丁氏は皇太后さまにいつも口答えして、不遜な態度でしたもの」

「皇太后さまと確執があったの？」

「なにもございませんわ。皇太后さまは卑賤の出身である丁氏にもやさしくしてくださいました。それなのに丁氏ときたら、身に余るご恩情に感謝もせず、一側妃の分際で皇太后さまの面目をつぶすようなことばかりしていましたのよ。寵愛をかさに着て皇后さまを侮っていましたし、主上の母君であらせられる洪列王妃にも無礼を働いていました」

義母李太后、生母洪列王妃。隆青に嫁げばふたりの姑に仕えることになる。側妃の身分なら正妃たる尹氏にも敬意をはらうべきだが、丁氏はことごとく軽んじた。

「そもそも、御子も産んでいないのに主上のご即位に伴って皇貴妃に冊封されたのが間違いのはじまりです。芳仙宮に入るなり、後宮の主のごとくふるまいました。その威勢たるや、いまの蔡貴妃や許麗妃の比ではございません。丁氏はたびたび主上を明けがたまでおひきとめするばかりか、朝礼を怠って散策に出たり舟遊びしたりするありさまで。寵愛のおこぼれを狙う妃嬪侍妾は進んで丁氏におもねり、しだいに恒春宮は閑散とするようになりました。反対に芳仙宮には妃嬪侍妾が進物を持参して足しげく通い、挙句の果てには朝礼のまねごとまではじめて。皇后さまにたしなめられても聞く耳を持たず、皇太后さまに罰せられればわたくしを虐げて怨みを晴らそうとしましたわ。さらには自分が龍床に召されないと悋気を燃やして夜伽を妨げ、あろうことか主上さえ罵倒しました。わたくしは長く宮仕えをしておりますが、あれほど傍若無人な皇貴妃は見たことがございません」

太上皇に小言を賜った隆青が寵愛を加減することはあったものの、入宮から廃妃にいたるまで、丁氏ほど天寵をほしいままにした妃はいなかった。

「だれよりも寵愛され、後宮で思いのままに権力をふるっていたのに密通するなんて……もともと浮気なたちなのかしら……。そういうかたもいるとは聞くけれど」

あるいは、子をなせなかったからだろうか。三千の寵愛を一身に受けながら、丁氏は御子を産んでいない。一度だけ懐妊した記録があるが、不幸にも流産している。

「とにかく、たちの悪い婦人ですわ。冷宮送りになったあとも、頻繁（ひんぱん）に自害するふりをしては主上の気を惹こうと躍起（やっき）になっています」

「主上はお見舞いにいらっしゃることがあるの？」

「いいえ。冷宮にお運びになったことはございません。それどころか、主上は丁氏の名すらけっして口になさいませんわ。過分な寵愛を賜っておきながら、皇恩にそむいた罪深い女ですもの、思い出すのも不快でいらっしゃるのでしょう」

それは……ちがうだろう。おそらく、思い出すのが不快だから口に出さないのではない。思い出すのが恐ろしいのだ。胸に残った埋火（いけび）がふたたび燃えあがりそうで。

中朝（ちゅうちょう）は盈涼園（えいりょうえん）。歴代の皇帝が涼をとった水榭（すいしゃ）は芙蓉（はす）池に浮かぶように造られている。水面と戯（たわむ）れる垂柳（しだれやなぎ）は目にも涼しく、軒（のき）につるされた玉片はときおり凜（りん）とした音色を奏で、むせかえるような暑気をしばし忘れさせてくれる。

烈日をさえぎる屋根の下には四名の客人の姿があった。

かたどおりのあいさつをかわしたあと、隆青はみなに椅子（いす）を勧めた。すぐに女官が冷茶を運んでくる。茶菓として出されたのは、氷水で冷やした水晶葡萄（すいしょうぶどう）である。

「こたびはご心配をおかけしました、父王（ちちうえ）、母妃（ははうえ）、ならびに兄上、嫂上（あねうえ）」

洪列王高元炯、洪列王妃祝彩媚。ふたりを父王母妃と呼ぶことができる機会は、義昌帝の皇太子に立てられてからめっきり減ってしまった。公の場では太上皇と李太后が父母なので、こうして私的に会うときだけ、ふたりをそう呼ぶことが許されている。

「もう起きていていいのか？」

父は巌のような手で水晶葡萄を一粒つかみ、口にほうりこんだ。

「大丈夫ですよ、父王。十分やすみましたので」

「痩せ我慢ばかりするおまえのことだ、『大丈夫』などあてにならぬな」

「ずいぶん信用がないようで」

「ないとも。おまえは無理をしがちだ。あれもこれもとひとりで抱えこんで、勝手に苦労を背負いこむ。すこしは気をぬくことを覚えればよいのだが」

「肝に銘じます」

隆青が笑うと、父はいぶかしむふうに息子の両肩を見やる。

「肩が薄くなったな。鍛錬を怠っているんじゃないか？」

「王世子時代同様に毎朝欠かしていませんよ」

「そのわりには筋肉が落ちているぞ。よし、これから俺が稽古をつけてやる。外に出ろ」

「やめてくださいよ、あなた」

母は立ちあがろうとした父の袖を引っ張った。

「この暑さのなかで稽古なんて身体に毒ですよ。ましてや隆青は病みあがりなのに」

「感冒（かぜ）にかかったのは筋肉が弱っているせいだ。身体を鍛えるのがいちばんの薬だ」

「あなただってこの春は感冒で寝込んでいたじゃないですか」

「俺は剣の稽古をして治したぞ」

「あら、そうかしら。熱が下がったあとも寝床から出ずに、あれやこれやと私を呼びつけていませんでした？　お粥（かゆ）だって私が食べさせてあげなければ食べなかったし、寝るまえには歌を歌ってほしいなんておっしゃっていたでしょう」

「……彩媚どの、その話はふたりだけの秘密だと約束しただろう」

「まあ、ごめんなさい。うっかりしていましたわ」

父にこそこそと耳打ちされ、母はあわてて口もとを絹団扇（きぬうちわ）で隠した。

「なるほど、母妃こそが父王を癒（いや）す妙薬だったわけですね」

華甲（かんれき）を迎えてもなお筋骨隆々たる父が病床で母に甘えている姿を想像すると、思わず笑みがこぼれる。両親は昔から仲睦まじい。父は側妃を持たずに母だけを寵愛し、三人の息子と四人の娘をもうけた。偕老同穴（かいろうどうけつ）の契りとはまさしく両親のことだ。

――俺も父王のようになるだろうと思っていたのだが。

王世子のままであれば、後宮を持つこともなかった。父のように愛する女人を正妃として娶り、側妃を持つことなど考えもせずに仲睦まじく暮らしただろう。

「……ともあれ、大事なくてよかった」

父はしかつめらしい顔つきで咳払いした。

「おまえが倒れたと聞いたときは肝が冷えたぞ」

「肝が冷えたどころの騒ぎではありませんでしたわ。元炯さまったら、朝から晩まで『心配だ、心配だ』ってつぶやいていらっしゃったのよ。『心配したってどうしようもないんだから、続報を待ちましょう』と言えば、いったんはおとなしくなるけれど、すぐにまた騒ぎだすの。夜中に参内すると言いだしたときには引きとめるのに苦労したわ」

「彩媚どのはのんきすぎる。隆青が倒れたと聞いても平気で湯浴みなどしていた」

「あなたが湯浴み中に入ってきたんでしょう。湯船につかっていた私を担ぎあげてそのまま出かけようとしたんだから。もう、あきれ果てて笑ってしまったわ」

「気が動転していたんだ。また、賊龍の案が起きたのかと……」

忌まわしい事件の名を口にしたことを後悔したのか、父は言葉を打ち切った。

「一報を聞いたときは、私もあの件が頭によぎった」

父のむかい側に座す巴享王高秀麒が茶杯をかたむけた。秀麒は叡徳王高垂峰の異母弟だ。年齢は垂峰よりひとつ下。隆青にとっては再従兄だが、現在の続柄では兄である。父は秀麒と懇意なので、隆青も幼いころから親しんできた。

「ちょうど先日、本を貸しただろう？　あれがまずかったのではと危ぶんだ」

「まずかったとは？」

「頁や背などに毒を仕込むこともできるからな。もちろん私はそんなことはしないが、だれかの策略ならありうる。賊龍の案で透雅兄上が東廠の鞫訊を受けたように、とうとう私も鬼獄入りかと戦々兢々としていたぞ」

「戦々兢々？　嘘をおっしゃってはいけませんわよ、秀麒さま」

水晶葡萄に手をのばしつつ、巴享王妃念玉兎が非難めいた目つきで夫を見やる。

「もしかしたら鬼獄の内部を見てまわれるかもしれないと浮きたっていらっしゃったくせに。主上が臥せっていらっしゃるときに不謹慎ですわよと再三たしなめても、万一のためだと言って、荷づくりをして錦衣衛を待っていらっしゃったじゃないですか」

「鬼獄に入る機会なんてそうそうないんだぞ。身がまえるのは当たりまえだろう」

「あんなところに入る機会がたびたびあったら、命がいくつあっても足りませんわよ」

「私だって罪人として入獄するのは気が進まない。見物させてもらえればそれがいちばんなんだが、色太監が許可してくれないんだからしょうがない」

「許可されなくて当然ですわ。脱獄法を巷間に指南することになるので見せられないという色太監の言いぶんは至極もっともです」

秀麒は封土を持たぬ親王だ。したがって任国に赴くことも政務をとる必要もないので、余暇を利用して文筆活動に励んでいる。以前、鬼獄から脱走する男の小説を書くため東廠に取材を申しこんだところ、きっぱり断られたそうだ。あきらめきれずに何度か侵入を試みたが、その都度、発見されてつまみだされてしまうとぼやいていた。

「色太監は頭がかたい。宦官にしては融通がきかないな」

「兄上の影響力は絶大なので危惧しているのです。どうかご理解ください」

苦笑し、隆青は母に顔をむけた。

「父王も兄上も嫂上も余を心配してくださっていたのに、母妃だけはさほど案じてくださらなかったようですね。息子としていささかさびしい思いですよ」

「あら、心配する必要はないでしょ？　だってあなたのそばには李皇貴妃がいるもの」

「そうだな。大事にいたらなかったのも李皇貴妃のおかげだろう。よくよくねぎらっておくのだぞ。病を癒してくれる妙薬は大切にしなければ」

父と母が視線をかわしあったとき、紫蓮が水榭に入ってきた。

「ちょうど君の話をしていたところだ」

「まあ、私の？　悪いお話でなければよいのですが」

「君は余の妙薬だと話していたんだ」

ひとしきり談笑したあと、紫蓮はみなを舟遊びに誘った。

「そろそろ日ざしが弱まってまいりましたわ。もしよろしければ、水面を散策しませんか？　夕照芙蓉が咲きはじめるころあいですので、間近で眺められるかと」

紫蓮が父母と玉兎を連れて水樹を出ていく。船酔いすると言って断った秀麒につきあって、隆青は水樹に残った。

「丁氏が夜伽に乱入したと聞いた」

「……もうお耳に入りましたか」

「悪事千里を走るというからな。冷宮をぬけだして仙嘉殿に侵入した廃妃など前代未聞だ。市井にも噂がひろがりはじめている」

「汗顔の至りです」

「差し出口をするようだが、主上は丁氏に恩情をかけすぎてはいないか」

落陽が軒の吊るし飾りに砕かれ、丹塗りの円柱に光の炎を飛び散らせている。

「丁氏は……房氏は大罪を犯した。本来であれば、房氏一門はとうに族滅されている。ご聖恩により極刑をまぬかれているにもかかわらず、反省の色なく、房氏はたびたび奸計を弄して主上を冷宮に呼びこもうとし、さらには夜伽を妨害して龍顔に泥を塗った。この期におよんでなおも厳罰に処さないのは、御身のためにならないと思う」

かえすべき言葉もなく、隆青は夕映えのなかを行く小舟を見やった。

「わが母……栄氏も赦されざる過ちを犯した。ゆえに栄氏一門は天下から抹消された。無辜の血も多く流されているから、あれが十全の結果だったとは言いたくない。さりとて、ほかの結末があったとも思えない。栄氏の罪はまちがいなく極刑に値した」

秀麒が語っているのは、崇成帝高遊宵の妃嬪であった栄玉環が腹を痛めて産んだ息子、すなわち秀麒を殺めようとした事件――月燕の案である。

「天子は非情でなければならないと、かつて父皇がおっしゃっていた。たとえ寵愛する者であっても、罪を犯せば容赦なく処罰すべきだ。むやみに残虐である必要はないが、冷酷にならざるを得ないときに決断をためらうのは、いっそ悪辣だと」

男であるまえに、夫であるまえに、父であるまえに、天子であれ。人の心を捨てよ。人の情を捨てよ。人の倫を捨てよ。玉座にのぼれば、それらは己を蝕む毒となる。

践祚前夜に父帝より賜った言葉が鋭い刃となって、煮えきらない胸裏を切り裂く。

「……とはいえ、簡単に割りきることができれば苦労はないな。私は一親王だから好き勝手なことができるが、主上はそうもいかない」

秀麒は長息して扇子をひらいた。

「こんなことを言えば奇妙に聞こえるかもしれないが、私は亡き母に感謝している」

「それは……いかようなわけで？」

栄玉環に殺されかけたとき、秀麒はわずか五つであったという。実の母に刃物で襲われたうえ、大罪人の子となったのだ。怨んでも怨みきれないのが人情だと思うが。

「月燕の案が起きなければ、主上の苦悩は私のものだったかもしれない。情けないことに、私はそれが恐ろしいんだ。私には到底できない。だれかの、命の責任を負うことは」

池のほうで玉兎の笑い声が聞こえた。

「だれを生かし、だれを殺すか、幾たびも選択を迫られる。選択の結果がもたらす悲喜劇にひとりで責めを負わねばならない。だれも肩代わりしてはくれない。途中で投げだすことは許されない。……私には絶対に耐えられないという気がする。生来、為政者の器がそなわっていないのだろうな。そのことを悲運だとは思わないが、もし、まかりまちがって玉座にのぼっていたら、非業の池で溺れて……遠からず破滅しただろう」

雲母を散らした扇面に残照が反射する。きらきらと、涙痕のように。

「いまの私が在るのは、ほかならぬ母のおかげだ。母が私を帝位から遠ざけてくれた。君主たるにふさわしくない天子から、万民を守ってくれた。母は凱の青史において大逆人にちがいないが、私と万民にとっては恩人といってもいいのではないかな。玉座の重みに耐えられない君王はわが身を破壊するか、天下を破壊するか、あるいはその両方だから」

夕風が吹きぬけ、吊るし飾りを物憂げにもてあそんだ。


天幕の下で、黄浅緑の絹が風にたゆたっていた。

「わあ、草原の色だわ！」

凌寧妃は跳びはねた。帽子についた粒瑪瑙の垂れ飾りがしゃらしゃらと鳴る。

「藍で染めたあと黄蘗で染めると、青空の下にひろがる草原を写しとったみたいな色になるのね。緑の染料なんて使ってないのにふしぎだわ」

「意外に思うかもしれないけれど、緑を染める単一の染料というものは存在しないのよ」

紫蓮は凌寧妃の結い髪に手をのばして、落ちかけた帽子をかぶせなおした。

「青葉は使えないの？　あんなにあざやかな緑色をしているんだもの、月草みたいに摺染めにしたら、きれいな緑が出るんじゃない？」

「残念ながら草木の葉が持つ色はとても脆弱なの。水に遭うと流れてしまうし、時間が経てば変色してしまうわ。だから緑を染めるときは青と黄を套染して色を出すのよ。ふつうは藍で下染めをして、そのうえから黄蘗や刈安、梔子などの黄の染料をかけるわね。藍の濃さ、黄の染料の種類、ひたす回数を変えていけば、いろんな緑が生まれるの。ちなみに藍と黄蘗からつくった緑は妹妹が言うように草原の色になるけれど、藍と刈安から出した緑はもっと濃いめの色になるわよ。たとえるなら、あなたの瞳の色かしらね」

へえ、と凌寧妃が碧眼を輝かせ、黄浅緑の絹にふれる。

「残念。まだ湿ってるわ。ねえ、どうして天幕の下に干すの？　これだけ日ざしが強いんだもの、天日干しにすればすぐに乾くでしょ？」

「黄蘗は陽光に弱いのよ。陰干しにしないと色がくすんでしまうわ」

猗夫人の一件を経て、凌寧妃は染め物に関心を抱いてくれたようだ。頻繁に芳仙宮を訪ねてきては紫蓮の作業を手伝ってくれる。作業のあとにはかならず惜香手製の甜点心が出てくるので、あるいはそちらが目当てかもしれない。

いずれにしても、あかるい笑顔が見られるようになったことはよい兆候だ。

「さて、仕事はすんだから川遊びに行かない？　ここよりは涼しいはずよ」

「川遊び？　皇宮の外に行くの？」

「いいえ、後宮からは出ないわ。含景溝に行くのよ」

後宮の東側に含景溝と呼ばれる人工の渓谷がある。風流天子と名高い聖楽帝が寵愛していた憂妃とめぐりあった場所を再現したものだという。濡れ衣を着せられた憂妃が処刑されたあとは長らく放置されていたが、隆定帝の御代にふたたび整備され、いまでは真夏に涼をとる場所のひとつとなっている。

「甜点心も持っていく？」

「ええ、たくさんね。でも、そのまえに着がえましょう」

「着がえ？　面倒くさいわね、このままでいいじゃない」

凌寧妃が着ているのは染め物用の作業着である。結い髪にかぶった帽子だけは鬼淵ふうなのでややちぐはぐだが、全体的には紫蓮とおなじく奴婢も同然の恰好だ。

「だめよ。この恰好では大門の外に出られないわ」

「これ、涼しくて楽だから気に入ってるのに」

「気楽な恰好もよいけれど、出かけるときくらいはお洒落しましょう」

「お洒落といっても、着がえなんて持ってきてないわよ」

「大丈夫よ。私のものを貸してあげるから」

「あなたのものって襦裙でしょう？　いやよ、襦裙なんて」

「いま着てるのだって襦裙じゃないの」

「……これはいいのよ、小難しい着つけなんかないもの。でも、ふつうの襦裙はいろいろとうるさいでしょ。変な着かたをして笑いものになりたくないわ」

まちがった帯の結びかたを教えられて恥をかいたことがいまだに忘れられないようだ。

「じゃあ、私もおなじものをおなじように着るわ。おそろいの装いなら、たとえ笑いものになるとしてもふたり一緒よ」

言いくるめて化粧殿に連れこみ、女官たちに命じて着がえさせる。

「まあ、素敵。とっても似合うわね」

紫蓮は屛風のむこうから出てきた凌寧妃をしみじみと眺めた。

潑剌とした健康的な肢体をつつんでいるのは立ち領の胡服ではなく、裙を胸までひきあげて高い位置で帯を締めた斉胸襦裙。

筒袖の上襦に躍る橘色の花喰鳥は捺染であらわし、裙は暈繝染で縹色と夏虫色を交互に染めわけて、右から左へとさわやかな縞模様をつくっている。腕にかけた甕覗色の披帛には纐纈の波紋が浮かび、さながら湧き水をまとっているかのようだ。

「寸法がぴったりなんだけど……ひょっとして、あたしのために作った？」

「そうよ。あなたにいつか襦裙を着せようともくろんでいたの。着心地はどう？」

「悪くないわね。胡服より涼しいし、裙が雲みたいにふわふわしているわ」

凌寧妃はくるりと回ってみせた。心なしか、足どりが軽い。

「襦裙にあわせて髪型も変えなくちゃね」

「いいわよ、髪はこのままで。どうせあたしに合う仮髪なんてないでしょ」

「仮髪を使わない髪型もあるわよ。さあ、いらっしゃい。結ってあげるわ」

凌寧妃を化粧台の椅子に座らせ、帽子をはずす。複雑に編んで結われた白金の髪をほどき、櫛で梳いて香油をつけ、狐の耳のような双螺髻に結いあげていく。髪の色がひきたつよう髻の根本に細い色帯を結んで、翡翠の髪飾りと茜染めの絹花を挿した。

「……髪が黒くないから変じゃない？」

菱花鏡のなかで、凌寧妃が不安そうに見つめかしてきた。

「すごくきれいよ。まるで生糸のようね」

「蔡貴妃や許麗妃は白髪みたいって笑ったわ」

「白は貴重な色よ。陽や善、純潔を象徴するもので、瑞応の色でもある。白鹿、白虎、白烏、白狼、白駒、みんな瑞獣とされているわ。それにね、染色は白からはじまったといわれているの。麻や葛で織った衣服を着ていた上古の人びとは、しだいにその布を水や日ざしにさらしたり、灰を用いたりして白くすることを学んだのよ。白がなければ、紅も藍も黒も緑も紫もなかった。いわば、すべての色の生みの親よ」

「つまり、えらいってこと？」

「とくべつということよ。あなただけの色だから」

こちらをむくように言って、凌寧妃のひたいに臙脂で花鈿を描く。

「他人とちがうものを持っているなら、それがあなたの宝物よ。大切になさい」

あざやかな紅の荷花がひたいに咲けば、玉のかんばせはいっそう輝きを増す。

「素敵ね！　凱の女のひとみたいだわ！」

凌寧妃が鏡に映った自分を見てはしゃぐので、紫蓮は笑った。

「あっ！　あなたはあたしと髪型がちがうわね。どうしておなじにしないの？」

「双螺髻は若い娘向きなの。私はいい歳だからこちらのほうが似合うわ」

紫蓮はねじりあげたような髷をひとつだけつくる単螺髻に結っている。

「だめよ！　あたしとおなじものを着るって言ったんだから髪型も一緒にして」

「髪型まで一緒にするなんて言ってないわよ」

「いいからおなじにしてよ！　おそろいがいいの！」

凌寧妃が駄々をこねるので、仕方なく惜香に命じて髪を結いなおした。

「あらまあ、おふたりはほんとうの姉妹のようですわよ」

「お世辞はやめてちょうだい。この歳で双螺髻なんて恥ずかしいわ」

「恥ずかしがることなんかないじゃない。すごく似合うわ。色帯も髪飾りもおんなじだし、髪の色以外は全部おそろいになったわね！」

若づくりに見えはしないかと落ちつかないが、凌寧妃はご満悦である。

「さあ出かけましょう、姐姐」

凌寧妃が紫蓮の手を握ってぐいぐい引っ張る。紫蓮は苦笑してされるままになった。

輿をならべて含景溝にたどりつくと、さらさらと流れる水音に耳を洗われた。ゆるやかな渓谷には翡翠を砕いたような清水が満ち、木漏れ日を受けてきらめきわたっている。

「あら、先客がいるようね」

龍爪槐の下に人影を見つけた。侍妾だろうか、一心不乱に読書している。

「皇貴妃さま」

声をかけようとして近づくと、あちらがさきに立ちあがって万福礼した。

「だれかと思ったらあなただったの、素賢妃」

妃嬪らしからぬ質素な襦裙を着ていたので見間違えてしまった。

「悪阻はもうよいの？」

「はい。皇貴妃さまにいただいた薬がとてもよく効きました」

ひかえめに微笑む素賢妃は齢二十四。六年前、今上の即位に伴って入宮した。

柳葉の眉が涼しげな楚々とした佳人だが、どことなく印象が薄い。あまりに奥ゆかしすぎるのだろうか。口数はすくなく、朝礼でもこちらから名指ししない限り発言をつつしんでいる。実家は官族としては中流よりやや上といったところで、蔡家や許家ほどの権勢はない。寵愛争いに腐心する様子もなく、物静かな淑女だ。色にたとえるなら生成り色。洗練された美しさがあるが、極彩色が咲き乱れる後宮ではさして目立たない。

「太医から部屋にこもってばかりいるとよくないと言われましたので、気晴らしもかねて涼を求めにまいりました」

「それはよかったこと。暑いからといってひきこもっていては気が滅入るもの」

「おふたりもお散歩ですか？　おそろいの装いが素敵ですね」

「私はともかく、凌寧妃は可愛らしいでしょう。白狐の精みたいじゃない？」

凌寧妃は返事をしない。紫蓮のうしろに隠れている。

「ここは別世界のように涼しいわね。水音が心地よいわ」

「ほんとうに。おかげで読書がはかどります」

「なにを読んでいたの？」

「先月、束夢堂から出たばかりの双非龍の新作です」

書名を見せられ、紫蓮はうなずく。

「それね。私も読みたいと思っているのよ。皇后さまから貸していただく予定なんだけど、まだ皇后さまが読み終わらないとおっしゃっているから待っているところ」

「私はもうじき読み終わりますわ。お貸しいたしましょうか」

「ぜひお願い。楽しみだわ。そうそう、甜点心を持ってきたの。あなたも一緒にいかが」

「よろしいのですか？　でも、凌寧妃が……」

凌寧妃はふてくされたように頬をふくらませていた。

「妹妹は素賢妃と一緒に甜点心を食べるのがいやなの？」

「このひと、蔡貴妃の腰巾着だもの。あたし、きらいだわ」

腰巾着というほど熱心に媚びへつらうわけではないが、叔父が蔡首輔の配下であるためか、素賢妃は蔡貴妃と親しく付きあっている。蔡貴妃も経書にあかるく聡明な素賢妃を気に入っているようで、妹分としてなにかと目をかけている。

「意地悪なことを言わないで。みんなで甜点心を食べましょう」

ぶうたれた凌寧妃をなだめすかし、木陰にそれぞれ筵を敷いて腰かけた。惜香が食盒から銀製の器を出して甜点心をとりわけ、おのおのの筵にならべる。

「素賢妃は読書が好きよね。どんなものを読むの？」

「小説、史書、詩賦、詞集、戯曲……読み物ならなんでも読みます」

「お気に入りは？」

「さあ、とくにこれといったものは」

「双非龍の小説が好きなのではないの？」

「新作が出れば読みますが、とりわけ好みというわけではありません」

「後宮一の読書家なのに、好みの作品はない？」

ええ、と素賢妃は困ったふうに首をかたむける。

「おかしな話ね。いつ見ても読書しているから、てっきり小説や詩賦が好きなのかと」

「きらいではありませんが、どんな読み物もしょせんは作り物ですから」

「史籍は？　歴史は作り物ではないでしょう」

「かたちある古の文物は歴史そのものですが、史籍は史官が書き記した文章にすぎません。歴史そのものではなく、史官による物語です。いわば、歴史の亡骸といえましょう」

「やけに史官に手厳しいのね」

「史官に悪感情はございません。文士や詩人もおなじです」

素賢妃は冷たい緑豆茶をひと口飲んだ。

「どんな事件も、どんな感情も、だれかの筆をとおした時点で鮮度が落ちてしまいます。紙面に残されたものは、それがいかなる美辞麗句で飾られていようとも、どれほど劇的な表現でつづられていたとしても、いまこの瞬間の輝きには到底かないません」

「たとえば、この風景も？」

「さやかな水音、水面のきらめき、翡翠の鳴き声……どれも生き生きとしています。これを後世に伝えるために詠まれた詞があるとして、いま私たちが体験しているものとそっくりおなじでしょうか。いかに言葉を尽くそうと、私たちの目に映る色、耳に届く音や風のにおいをまったく損なわずにあらわすことはできないでしょう。なぜならこれらは生もので、言葉にはそれらをそのままのかたちで保つ力がないからです。真の美しさはけっして筆墨ではあらわせません。言葉に閉じこめた瞬間から、体験は色褪せていきます」

「なるほど、興味深い意見だわ」

「ごめんなさい。つまらない話でしたね」

「面白い話だったわよ。あなたが意外に饒舌だということもわかったわ」

「あたしは退屈。なにを言ってるんだかさっぱりわからないし」

凌寧妃はうんざりした様子で蜜棗の涼糕を口につめこむ。

「難しいことじゃないわ。素賢妃が言いたいのは、いまを書き記すことはできても、余すところなく紙面に保存することは不可能だということよ。この瞬間は二度と味わえない貴重なものだから、大切にしなければならない。そうよね、素賢妃？」

「はい。小説がいかにもそれらしく語る贋物の事実より、やけどするほどに熱く滾っている生身の事実のほうがより値打ちがあると思います」

「ふん、くだらない。どうでもいいわよ、そんなこと」

「やけにとげとげしいわね、妹妹」

「だってつまらないんだもの。姐姐たちは小難しい話が好きよね。詩賦がどうの、史書がどうのって。丁姐(ていねえさま)がなつかしいわ。丁姐は難しい話なんてしなかったもの。楽しい話題であたしを笑わせてくれたし、面白い遊びをいろいろ教えてくれたし……」

凌寧妃は膝を抱いて小さくなった。

「丁姐、いまごろどうしていらっしゃるかしら。冷宮に閉じこめられて、ひとりぼっちで、さびしくて泣いていらっしゃるかも……。会いに行きたいけれど、門衛が門を開けてくれないし……食べ物を届けることも、文のやりとりも許してくれない。ひどすぎると思わない？　丁姐は無実なのよ？　密通なんてだれかの陰謀にちがいないのに」

「妹妹は丁氏と仲がよかったそうね」

「鬼淵から来たあたしにやさしくしてくれたのは丁姐だけだったもの。丁姐がいなかったら、あたし、ここの暮らしにいやけがさして、後宮から飛びだしてたかも」

ねえ姐姐、と上目遣いで見つめてくる。

「一緒に冷宮に行ってくれない？　あたしだけじゃ追いかえされるけど、姐姐が一緒なら入れると思うの。だって、姐姐は皇貴妃さまでしょ？　門衛も皇貴妃さまの命令には逆らわないはず。姐姐を丁姐に紹介したいし……」

「いけないわ、凌寧妃」

きっぱりと言い切ったのは紫蓮ではなく、素賢妃だった。

「丁氏との接触はかたく禁じられているわ。もしひそかに面会したことが主上のお耳に入れば、かならず逆鱗にふれるでしょう」

「どうして丁姐に会うことがそんなにいけないことなのよ？　ただ、ちょっとおしゃべりしたいだけなのに……おかしいわ！」

「それは言っても仕方ないことよ。勅命なのだから」

でも、と凌寧妃が気色ばんで筵を叩いたときだ。蔡貴妃付き内監がやってきた。

「蔡貴妃さまが素賢妃さまをお召しです。瑞明宮までお運びくださいませ」

「きっと編纂の件でしょう。蔡貴妃さまの御名で閨秀詩人の詩文集を編むことになったのですが、私も微力ながらお手伝いさせていただいているのです」

「まあ、素敵ね。仕上がったら、私にも見せてちょうだい」

素賢妃を見送ったあと、凌寧妃は紫蓮の腕にしなだれかかってきた。

「姐姐、お願い。丁姐に会わせて」

「丁氏のことなら、主上にお願いしなさい。私に言われても困るわ」

「主上は丁姐のことを誤解していらっしゃるもの。かねてから何度も頼んでいるけど、聞きいれてくださるどころか、丁姐の名を出すなって叱責されてしまうのよ。このごろでは怒られるのが怖くて、主上の御前では丁姐の話題を出すこともできないわ」

「だったら、あきらめるしかないでしょう」

「丁姐はあたしの恩人なの。恩人がひどいあつかいを受けているのに無視するなんて恩知らずだわ。せめてひと目だけでも会えたら、安心するのに……。ほんのちょっとでいいの。丁姐の顔を見て、声を聞いて、おしゃべりしたい。身のまわりのもので足りないものがあるならあたしのものをあげたいし、丁姐が好きだった猗夫人も持っていきたい。そんなことじゃ全然恩がえしにならないけれど、なにもしないでいるのはつらいわ……」

木漏れ日のしずくがうなだれた凌寧妃の頰に玉の涙を結んだ。

異国の後宮で暮らす心細さゆえか、凌寧妃は年齢よりもすこしく幼い。婀朶王姫のように慕う丁氏と離れ離れになって、さびしさに押しつぶされそうなのだろう。

――婀朶王姫とは、おそらくもう二度と会えないものね……。

大好きな異母姉と生き別れになったうえ、天子の箱庭でめぐりあった二人目の姉とも引き裂かれてしまうとは、草原の美姫の数奇なさだめに同情を禁じえない。

「わかったわ。私から主上に頼んでみましょう」

「ほんと?」

「頼んでみるだけよ。あまり期待しないで」

「ありがとう!　あたし、姐姐のこと大好き!」

緑陰に咲いた少女の笑顔が紫蓮の胸にささやかな感傷を呼び覚ました。

凌寧妃とおなじ十六だったころ、紫蓮は晴れやかに笑うことを忘れていた。婚家の人びとから浴びせられる冷罵が若い娘らしい色彩を日々削ぎ落としていたせいだ。

凌寧妃には自分のようになってほしくない。


結論から言えば、丁氏との面会は却下された。隆青は丁氏の名を聞くだけで不機嫌になり、かの廃妃への怒りがたいへん深いことを思い知らされた。

「丁氏は大罪人だ。かかわりを持つ必要はない」

最愛の寵妃に裏切られたのだから、いまだに勘気がとけないのも道理であろう。

「面会がだめならせめて、文を送ることをお許しくださいませ。凌寧妃にとって丁氏はもうひとりの姉なのです。文だけでも届けられたら、なにがしかの慰めになりましょう」

取りつく島もない隆青に根気強く懇願した結果、凌寧妃が月に一度、丁氏に文を送ることは許可してくれた。ただし、返信を受けとってはいけないという。

紫蓮がそう伝えると、凌寧妃は肩を落とした。いままでは文すら送れなかったことを考えれば、いくらかましだ。凌寧妃は気をとりなおして文を書いた。もっとも、彼女は凱語を書けないので、紫蓮が代筆した。使った信箋は猗夫人の花びらで染めたもの。猗夫人そのものは送ることが許されなかったため、せめて色だけでも届けることにした。

「丁氏の罪って……ほんとうに密通だけなのかしら」

ひととおり目をとおした帳簿を閉じて、紫蓮はひとりごとのようにつぶやいた。

「もっと大きな罪を犯しているのではない？　たとえば、政を左右するような……」

「なぜそうお思いになるのです？」

かたわらに立つ虚獣が、氷がたっぷり入った桶のうえで団扇を動かしている。あけはなたれた綺窓からなだれこんでくる暑気がほのかな冷風に退けられていく。

「丁氏との面会すら厳禁なのは妙だと思うのよ。たしかに姦通は大罪だわ。でも、いっさいの接触が禁じられるほどかしら。記録によれば、義昌年間以前には后妃が冷宮を訪ねたこともあったらしいわ。いちおう、宮正司の許可をとらなければならないようだけれど」

冷宮は宮正司が管理しているためである。

「主上が丁氏に激昂なさっているからではございませんか」

「それなら丁氏はとっくに死を賜っているはずでしょう。廃妃ですませてくださったのだから、恩情をかけてくださったのはまちがいないわ」

うわ言で丁氏の名を呼ぶほどだ、隆青は彼女に未練があるのだろう。

「旧情を重んじて賜死を免じてくださったことと、徹底して凌寧妃を丁氏から遠ざけることが、どこか矛盾しているように感じるの」

丁氏になにがしかの情があるなら、文のやりとりくらい許してもいいはずなのに。

「丁氏が流産したのはいつの話？」

「いまから三年前ですので、宣祐四年の晩春です」

「どういう経緯だったのかしら」

「べつだん変わったことはなかったそうです。懐妊三か月目に丁氏が突然、腹部の痛みを訴えて倒れ、太医の診察を受けたところ、流産したことがわかったとか」

「毒物の可能性は？」

「宮正司が捜査しましたが、毒が盛られた形跡は見つかりませんでした」

しかし丁氏は納得せず、毒を盛られたにちがいないと強く訴えていた。

「皇后さまをはじめとして、蔡貴妃、許麗妃など、手あたりしだいに疑いをかけ、それぞれの殿舎に乗りこんで罵倒したらしいですね。妹分の凌寧妃すら疑惑からは逃れられず、丁氏が凌寧妃をひどく打擲したとの記録もございますので、まさに杯中の蛇影に侵されていたのかと。しまいには錦河宮に乗りこんでひと騒ぎ起こしております」

李太后が黒幕だと決めつけた丁氏は、事もあろうに刃物をふりまわして暴れた。

「丁氏は正気を失っているという噂が流れました。皇太后さまを弑そうとするほどに錯乱しているので皇貴妃たる資格はないと。蔡貴妃、許麗妃ら多くの妃嬪は事態を憂慮し、連名で文書をしたため、丁氏を廃妃すべきと主上に上奏しました」

一時、丁氏の廃妃問題は朝廷をも騒然とさせた。蔡貴妃の父が首輔をつとめる内閣は廃妃を進言したが、隆青は廃妃ではなく無期限の禁足処分を言いわたした。

「つまりそのころには、丁氏の不貞は暴かれていなかったのね」

「不貞の事実があきらかになったのは同年の秋です」

「相手はだれだったの？」

「当時の敬事房太監であった、屋太監です。ふたりはたびたび密会しており、宮正司の調べでは、丁氏が流産したのは屋太監の子であったということです」

「宦官と私通して身ごもったというの？　ありえないでしょう」

「そうとは限りません。ふたたび生ずることは、ままありますので」

「……そうなの？」

　ふしぎなことに、と虚獣は切れ長の目もとをくずさずにうなずく。

「宦官は浄身してから三年ごとに検査を受けます。これが験勢です。験勢は司礼監が主管し、及第者は私白、落第者は私黒と呼びます。私黒は再手術を受けてふたたび浄身しなければなりません。後宮で間違いが起こってはいけませんので。かく言う私も十年ほど前に私黒となってしまい、再手術を受けました。経過は良好ですが、もしご不審があれば、司礼監にお命じになって臨時の験勢を受けさせることも可能です。后妃侍妾には、側仕えの宦官が私白であることを確認する権限が認められています」

　虚獣はこともなげに言うが、験勢が宦官にとって屈辱であることは容易に想像がつく。ましてや女主の命令で験勢を受けさせられるなど、辱め以外のなにものでもあるまい。

「あなたに不審はないわ、虚獣。信じているから」

紫蓮は微苦笑した。

「屋太監は験勢を受けなかったのかしら」

「そのようです。司礼監太監に賂をわたし、ごまかしておりました。残念ながら、かようなことも起こりえます。むろん、頻繁ではございませんが……」

虚獣が言葉を濁したとき、惜香が甜点心を持ってきた。

「凌寧妃が火急の用件でお目通りを願い出ておりますわ」

「火急の用件？　なにかしら」

「それは皇貴妃さまにお会いしてから申しあげると……。たいそうあわてた様子でしたわ」

いぶかしみつつも、通すように命じる。

「……姐姐！」

書房に駆けこんできた凌寧妃は真っ青な顔をしていた。

「たいへんなの！　あたし、どうしたらいいかわからなくて……！」

「落ちついてちょうだい。話を聞くから」

うろたえる凌寧妃をなだめて榻に座らせる。とりあえず睡蓮茶をすすめた。ひと口飲んだが、なかなか話しだせないらしく、しきりに惜香と虚獣を気にしている。

「ふたりとも信用できるわ。安心して話して」

凌寧妃は帯にさげている荷包から紙をとりだし、おそるおそる紫蓮にわたした。

「……これを見て」

信箋だ。ほんのりと染まったやわらかな水紅色――それは異国の薔薇の色。

「丁氏宛ての文に使った信箋ね。どういうこと？　文字の部分がおもてになっているけど」

紫蓮の手蹟ではない。凱語でもない。胡語だろうか。

「おもてはあたしが書いたの。鬼淵語で。……実はこれ、丁姐宛ての文のなかにこっそり入れておいたの。丁姐は鬼淵語が読めるから……」

「なんと書いたの？」

「……この信箋のうらに返事を書いて冷宮から運びだされる屑物のなかに入れてって」

冷宮の屑物は冷宮では焼却されず、後宮内の焼却場に運ばれて各殿舎のそれと一緒に処分される。屑物でさえ後宮の外に持ちだすことは禁じられている。

「丁氏から返信を受けとったのね。あれだけだめだと言ったのに」

「……ごめんなさい。でも、相談すれば許してもらえないと思ったの」

「返信の内容は？」

「……読んでみて。凱語で書いてあるから」

うなだれる凌寧妃を横目に、紫蓮は信箋をひらいた。流麗だが、やや右下がりの手蹟を目で追っていくにつれて、血の気がひいていく。

「ねえ……あたし、どうしたらいいと思う？　丁姐は濡れ衣を晴らしてほしいって書いているけど、これがほんとうなら、そんなこと、簡単にはできないし……」

「この件、だれかに話した？」

凌寧妃は力いっぱい首を横にふった。

「今後も口をつぐんでいなさい。だれにも話さないで」

「でも、丁姐が……」

「あなたは丁氏からなにも受けとっていない。いいわね？」

「これが真実かどうか、あなたは知っているのでしょう？」

凌寧妃を送りだしたあと、紫蓮は惜香に水紅色の信箋をわたした。

『私は密通なんてしていない。皇太子を殺したから廃されたのよ』

皇太子殺しを隠蔽するため、丁氏は不義密通の濡れ衣を着せられ冷宮送りになった。すべては李太后の指示であり、隆青の意思ではない。このまま姦婦の烙印を押されて一生を終えるのは不本意だから、冤罪を晴らして冷宮から救いだしてほしい。

流れるような水茎の跡は恐るべき事実を語っていた。

「……皇太后さまの指示ではございません。丁氏の廃妃は主上がお命じになりました」

惜香は信箋を折りたたんで視線を落とした。

「事件が起きたのは宣祐四年、賊龍の案からちょうど十一年後でした。主上の朝廷も安定のきざしを見せはじめ、忌まわしい惨劇の記憶が薄れようとしていたころです」

丁氏が当時六歳だった皇太子奕信を毒殺した。

「堅果入りの甜点心を食べたことが死因ではなかったの？」

「いえ、まさにその堅果入りの甜点心こそが皇太子さまを弑した毒なのですわ」

丁氏の禁足がとかれて数日後の出来事である。奕信が唐突に体調をくずした。太医が診察したところ、堅果を食べたことによる症状が出ているという。ちょうどその直前、奕信は丁氏を訪ねており、ふたりは芳仙宮の内院で遊んでいた。

「側仕えの目を盗み、丁氏は皇太子さまに堅果入りの甜点心を食べさせました」

「事故ではなかったの？　丁氏は皇太子さまの体質を知らなかったのでは……」

毒殺に利用される恐れがあるため、奕信の体質については秘匿されていたはず。知っていたのはごく身近な人間だけだろうから、丁氏が知らなかったとしてもふしぎはないが。

「いいえ、故意にやったことですわ。ほかならぬ丁氏自身がそう白状しました」

太医院が総力をあげて治療にあたったが、奕信は朝日を浴びることなく夭折した。

「事件が公にされなかったのは……主上の御代にさしさわりがあるから？」

天下があたらしい時代を受け入れはじめた矢先に、皇貴妃が皇太子を毒殺するというおぞましい事件が起きた。これが公になれば、人びとは賊龍の案を思い出すだろう。短命に終わった皇帝たちを思い起こすだろう。それは単なる不幸な過去の記憶にとどまらず、宣祐帝の治世への不信にもつながりかねない。とりわけ六歳の子どもを無残に殺した張本人が後宮一の寵妃であったことは、最悪の事態にちがいなかった。悪意のある見方をすれば、隆青の過ぎた寵愛こそがいとけない皇太子を殺めたともいえるのだ。

「その件にかんしては太上皇さまのご裁断です」

治世の混乱を避けるため、太上皇は奕信の薨御は事故であったと公表させた。

「とはいえ、わずか六つの童子を殺めた残忍な女を後宮にとどめることはできないと主上はご聖断を下され……丁氏の密通事件が起きたのです」

姦夫とされた屋太監が私黒でありながら再浄身を拒否していたことは事実である。優先的に丁氏を龍床に送りこむため、彼女から多額の賄賂を受けとっていたことも周知の事実であった。さらには官職売買、違法賭博、汚職高官との癒着など複数の余罪もあったが、その程度の罪なら大半の上級宦官が手を染めており、決め手にはならない。

「屋太監が丁氏の密通相手に選ばれた最大の理由は阿芙蓉を所持していたことです」

淡々とした口ぶりから察するに、虚獣も丁氏廃妃の真実を知っていたようだ。

「愚かしいことですが……宦官のなかには〝再生〟のためにありとあらゆる秘薬を服用する者がおります。秘薬とされるものには阿芙蓉もございまして……」

〝再生〟を夢見た屋太監は寵妃と情を通じた姦夫となり、凌遅刑に処された。阿芙蓉の所持だけでも極刑なので、いずれにせよ彼の末路は決まっていた。

「丁氏は密通の罪で廃妃されて冷宮送りになりましたが、処分が甘すぎるのではないかとの批判はあちこちから聞こえておりましたわ。とくに妃嬪たちは丁氏の復寵を恐れて、姦婦は処刑すべきだと口々に申しました」

死を賜わる代わりに、丁氏は庶人に落とされた。冷宮に閉じこめられ、外界とのかかわりをいっさい絶たれて、己の罪業と向きあう時間だけが与えられた。

真実を知っていろいろと得心がいったものの、胸にわだかまった苦い情動はいっそう強くなった。息子を殺されてもなお、隆青は丁氏を切り捨てられない。廃妃丁氏は――茶商の娘房黛玉は、それほどまでに天子の心をつかんで離さないということだ。


それから十日と経たずに事件は起きた。

「これはいったいどういうことだ?」

夜、芳仙宮を訪ねてきた隆青は人払いをすませ、紫蓮に竹紙をつきつけた。

「……申し訳ございません」

「謝罪の言葉を聞きたいのではない。どこから話がもれたのかと訊いている」

冷ややかな綸言に鞭打たれ、紫蓮はくずおれるようにひざまずいた。

「宮正司に調べさせておりますが……いまのところはなにもわかっておりません」

後宮じゅうに怪文書が出回っている。内容は皇太子奕信の薨御は事故ではなく弑逆であり、死因となった堅果入りの甜点心を食べさせたのは丁氏だと暴露するものだ。

「凌寧妃にはけっして口外せぬようにと釘をさしましたので、翠清宮からもれたわけではないはずですわ。凌寧妃が丁氏の返信を受けとるために接触した屑物係の宦官の行方がつかめておりません。ひょっとすると、その者が……」

「もとはと言えば、君の監督が行き届いていないのが原因だ」

怒気もあらわに言い放ち、隆青は怪文書を投げ捨てた。

「丁氏に文を送ることに余は反対だったが、君がどうしてもと懇願するからやむなく許可した。君を信用して任せたんだ。ところが君は余の信頼を裏切り、凌寧妃が丁氏宛ての文に細工するのを見落とした。凌寧妃の愚行を阻止できなかった。余は君にあらゆる権限を与え、もっとも位の高い寵妃として遇している。それは今回のような事態を未然に防ぎ、後宮を安定させるためだ。凌寧妃を甘やかして問題を起こさせるためではない」

申しひらきの言葉もなく、紫蓮はぬかずく。

「噂は外廷にまでひろがりつつある。凌寧妃が丁氏から受けとった文が流出したのだと、宮中のだれもが噂しているぞ。君が凌寧妃に甘い顔をしたばかりに、朝廷までもが動揺しているわけだ。いったいどうやって責任を取るつもりだ？」

それでなくとも氷炭相容れぬ蔡家と許家に諍いの火種を与えてしまった。蔡氏一門は非難の矛先を隆青に向けて丁氏の処刑を求め、許氏一門は隆青に味方して恩を売ろうとするだろう。朝廷は真っ二つに割れ、これを発端にして政争が激化するかもしれない。

「万死に値する罪を犯しました。ひらにご容赦くださいませ」

赦しを乞う資格もないと知りながら、ひれ伏すよりほかにできることはない。

「君には失望した、皇貴妃。こんなことになるなら文など許可しなければよかった。君を信用したのが仇になった。よりにもよって、奕信の死の真相がもれてしまうとは」

「……恐れながら、主上。ひとつ申しあげてもよいでしょうか」

なんだ、と隆青は荒っぽく問う。紫蓮はおもてをあげた。

「どうして丁氏を生かしていらっしゃるのです？」

危険な問いだとわかっていた。逆鱗にふれるであろうと。戦々兢々としながら言葉が口から滑りでるのをとめられなかったのは、胸にわだかまった苦い感情のせいだろうか。

「丁氏を公に裁けないことは存じておりますが、冷宮送りだけでは処分が軽すぎるのではございませんか。偽りの罪状である不義密通でさえ、死罪が妥当ですわ。旧情をかんがみれば刑場に引ったてるのは非情かもしれません。されど、死罪には賜死という方法もございます。賜死ならば、妃嬪としての面目を損なわずに丁氏を罰することができます。丁氏が死を賜っていれば、凌寧妃が勅命に逆らって丁氏の返信を受けとることもなかったでしょうし、皇太子さまの事件の真相がかようなかたちで暴かれることもなく――」

「君はこう言いたいのか。今回の騒動は余が招いたことだと」

　底冷えのする玉音が紫蓮の耳朶を叩いた。

「己の過失は棚上げにして、主君を責めるわけだな。余がさっさと丁氏を殺しておけば、君が凌寧妃に出しぬかれて失態を犯すこともなかったと？」

「そのようなことはけっして……。ただ、主上は丁氏に未練をお持ちのようですので、丁氏を正しく裁くことをためらっていらっしゃるのではと愚考いたしました」

　勘気に満ちたまなざしを受け、紫蓮はつとめて龍顔をふりあおぐ。

「主上にとって丁氏がとくべつな女人であることは存じております。なれど、丁氏が犯した罪は冷宮で一生を費やしても償えるものではございません。丁氏は次代の天子を弑しました。大凱の未来を損なったのです。誅九族となるべき大逆無道な行いに正当な罰を下さずに、主上はいったいどのようなお龍顔で天下を睥睨なさるおつもりですか？」

　房黛玉は毒だ。蒼生が待ち望んだ新帝を惑わす毒花だ。

「こたびの件、たしかに私の過失ですわ。凌寧妃に用心が足りませんでした。さりながら、時間の問題であったこともまた事実でしょう。丁氏はいまも生かされており、先だっては仙嘉殿に侵入するという軽挙で後宮を騒がせております。身に余るご聖恩を賜ってもなお、丁氏には改悛のきざしがございません。それでも死をお命じにならないのは、いかなる理由があってのことでしょうか。その理由は天下万民より重いものなのでしょうか」

重いから切り捨てられないのだ。そんなことは百も承知だけれども。

「御身は一天の君であらせられます。大業のまえでは、女人ひとりの命など惜しんではなりません。どうか情けをかけるべき相手をおまちがえなきよう。悔い改めることを知らぬ咎人は天下を腐す毒。罪にふさわしい罰を与えなければ兆民に示しがつきません」

ふたりのあいだに横たわったのは、ふれれば弾け飛びそうな沈黙。

「……なるほど、よくわかった」

隆青は薄く笑った。

「楊侍講が君を離縁した理由が」

絶句した紫蓮を残して、夫の足音が遠ざかっていく。とこしえの決別のように。


「おまえの賢しらな顔には反吐が出る」

かつての夫、楊忠傑に言われた台詞が毒持つ棘のように胸に突き刺さっている。

忠傑が青楼遊びでこしらえた借財を嫁資で返済したとき、あたらしく迎えた妾に正妻らしく寛容に接したとき、泥酔した忠傑を眠らずに介抱したとき。紫蓮が夫のためを思って行動したときは決まって、忠傑は顔をしかめて不快感をあらわにした。

まちがったことをした自覚はない。いつだってすべきことをしてきた。感謝されなくても、褒められなくても、陰口を叩かれても、嘲笑されても、恨み言はいっさい口にせず、与えられた役割にふさわしい言動を心がけてきたつもりだ。

しかるに、夫には理解されなかった。ほかのだれに悪罵(あくば)されようと、夫にさえ理解してもらえるなら、それだけで満足だったのに。

愛してほしいとは言わない。情はおのずから生まれるもの。腕ずくで求めたところで得られはしない。愛(いと)しい女人がいるなら、彼女を寵愛すればいい。可愛がって甘やかして、夜ごと抱いて眠ればいい。紫蓮には絶対に見せない顔を見せて、紫蓮が聞いたこともないようなやさしい声で睦言(むつごと)をささやいて、ふたりだけの蜜月にひたればいい。

紫蓮は夫の愛ではなく、理解を求めた。寵愛ではなく、評価を欲した。妻として、伴侶(はんりょ)として、人生をともに歩む盟友として、認めてほしかった。

それすらも得られなかった。紫蓮は夫に愛されない女であるばかりか、夫のとなりに立つことさえも許されない女なのだった。

――しかもそれは、過去の話ではない。

二度目はちがうと思っていた。今回は失敗すまいと。そして、こうなった。またしても紫蓮は夫に背をむけられた。追いすがって赦(ゆる)しを乞わなかったのは、皇貴妃たる矜持(きょうじ)のせいではない。追いすがって赦しを乞うという発想すら、なかったからだ。

「あなたにはふたつの罪があるわ、皇貴妃」

李太后が餌をまくと、あざやかな錦鯉が争って水面に口を出した。池のおもては紅鬱金の絹をひろげたようにはためき、夕映えの反射が砕いた水晶のごとくきらめいた。

「ひとつめはなにか、わかっているわね？」

「私の監督不行き届きで、丁氏の文が流出しました」

後宮は黄昏園。紫蓮は李太后に伴われて散策に来ていた。言うまでもなく、散策は口実にすぎず、譴責のために呼びだされたのである。

「あなたはうかつにも凌寧妃を信用しすぎたのよ。ひょっとしたら、あの子があなたを陥れるために仕組んだ罠だったかもしれないのに」

「それは……」

「凌寧妃はあなたになついていた。毎日仲よくおしゃべりしていたわね。それがお芝居ではないと、なぜ言いきれるのかしら？　ここは後宮なのよ」

なにも言いかえせない。うかつだったのは事実だ。凌寧妃に甘すぎたことも。

「後宮では微笑みを浮かべて近づいてくる者にこそ警戒しなければならないわ。悪人は悪人の顔で近づいてきてはくれない。もっともらしい善人の顔でにこやかにあいさつをしてくるのよ。やさしい言葉も、あたたかい笑顔も、敵意を隠す道具にすぎない。妹妹、姐姐と呼びあう姉妹ごっこの裏側で、互いが互いを陥れるため、卑劣な奸計の爪を研ぐ」

ときならぬ夕風が背中を撫でた。寒気がして、腕にかけた披帛を肩にひきあげる。

「己が後宮に身を置いていることを忘れ、淩寧妃に隙を見せた。それがあなたの第一の罪。もうひとつの過ちがなんなのか言ってみなさい」

「……丁氏について意見すべきではございませんでした」

そうね、と李太后はため息をついた。

「妃嬪侍妾の命は主上の掌中にある。生かすも殺すもご宸襟しだいよ。しかも丁氏はすでに裁かれ、処分が下されている。新参者のあなたがいまさら蒸しかえす道理はない」

うなだれたまま、紫蓮は無残に砕ける落霞紅の水面を見つめていた。

「皇貴妃は妃嬪のなかでもっとも高位だけれど、しょせんは妃嬪でしかないわ。己が妃嬪であることを忘れ、皇后気どりでご宸断に意見した。これがあなたの第二の罪」

李太后は視界を染める落陽に目を細めた。

「正直に言って、がっかりしたわ。あなたなら、それくらいのことはわきまえていると思っていたのだけど。どうやら見込みちがいだったようね」

紫蓮は黙した。いっそ怒鳴られるほうがましだ。静かなる失望は錆びた刃物で丁寧に肉をえぐられるような痛みをもたらす。

「あなたが丁氏の処刑を進言して主上の逆鱗にふれたと、みなの噂になっているわ。なかにはひそかに賛同する者もいるでしょう。丁氏はひどく憎まれていたから。よくぞ言ってくれたと胸のうちで喝采している者がいてもおかしくないわ。でもね、こたびの一件であなたに同情する者はひとりもいないわよ。すくなくとも表向きは」

　なぜなら、紫蓮をかばえば丁氏の死を望むことになり、隆青の怒りを買うからだ。

「あなたは失寵した。あの日はあなたが夜伽をつとめる日だったのに、主上は龍床に腰かけもせずに出ていってしまわれた。それがなによりの証拠。こんなことでと思うかもしれないけれど、まさに〝こんなこと〟で失寵するものなの」

　失寵した妃嬪はみじめよ、と李太后は水面に餌をばらまいた。

「波がひいていくように人が離れていくわ。いままであなたのご機嫌とりに必死だった者からあからさまに軽んじられ、あたりまえに消費していたものがあなたを飛び越えてほかのだれかに届けられるようになる。後宮はそういう場所よ。寵愛の多寡がそのままあなたの値打ちになる。あなた自身の能力や人徳はいっさい関係ない。主上に寵愛されているか否か、その一点だけを見て、すべての人間があなたを敬うか蔑むか決めるのよ」

　錦鯉が互いを踏み台にして餌を奪いあう。激しい水音と無数の色彩が入り乱れるそれは、生きとし生けるものの宿命である生存を懸けた戦いの縮図。

「今回のことはよい教訓になったでしょう。しばらく冷遇されるでしょうが〝自ら作せる孽〟なのだから、甘んじて耐えるしかないわね」

　李太后は側仕えの太監がさしだした水盆で手を洗った。

「目下の急務は、一日も早く天寵をとりもどすこと。後宮は寵愛されぬ女子が権力をふるえる場所ではないわ。妃嬪侍妾を統率し、後宮の安寧を保つには天寵が不可欠よ。主上の寵愛がなければ、皇貴妃の宝冠も金璽も役に立たないのだと自覚しなさい」

「お気を落とさないでくださいまし」

ひとりきりの夕餉のあと、居室でぼんやりしていると、惜香が茶を運んできた。

「皇太后さまはさしてお怒りではございませんわ」

「そうかしら……。とてもお怒りになっているご様子だったけれど」

青花の蓮が咲く蓋碗を受けとり、そっとふたをあける。ふうわりと舞いあがった香ばしいにおいは羅漢果のもの。ほのかに夏蜜柑のにおいも混じっている。

「いいえ、ほんとうに激昂なさっているときはひと言しかおっしゃいません」

「ひと言って？」

「『斬れ』ですわ。三年前、わたくしはそう言われました」

皇太子奕信の死を防げなかったことを責め、李太后は惜香に死を命じた。

「幸いにも、太上皇さまがおとりなしくださったので死罪を免ぜられ、杖刑五十のうえ浣衣局送りとなりましたの。それから一年ほど浣衣局で馬桶洗いをしておりました」

夫である東廠督主色亡炎が別件で手柄を立てたため、惜香は女官に復帰した。

「苦労したのね」

「いいえ、ちっとも。営妓だったころにくらべたら、苦労とはいえませんわ」

「え？　あなたは営妓だったの？」

「あらま、お話ししておりませんでした？」

営妓とは軍営に所属する妓女だ。将兵や軍吏を色香と技芸で楽しませるという。

「実はわたくし、月燕の案の生き残りなのです」

月燕の案は崇成十一年に起きた血なまぐさい事件である。時の皇上、高遊宵の成妃栄玉環が犯した皇族殺しの罪により、栄氏一門は誅九族となった。

「罪妃栄氏はわたくしの伯母にあたります。月燕の案が起きた当時、わたくしは二つでした。父兄は処刑され、母は流罪になったそうです。栄家の十五以上の男子はひとり残らず処刑されましたが、十五未満の男子と婦女子は奴婢にされました。わたくしは幼かったので奴婢夫婦にひきとられて養育されることになったのですわ」

十五になった惜香は営妓として客を取りはじめた。

「軍営は豺狼の巣窟ですわ。色事よりも女を痛めつけることを楽しむ粗暴な客ばかりで、営妓たちには生傷が絶えませんでした」

聞くところによれば、妓女が忌みきらう客は武官と宦官であるという。前者は暴力的な行為を好み、後者は猟奇的な行為を好むからだ。

「営妓として働きはじめて二年後……わたくしは最悪の男に気に入られてしまいましたの」

その男は西域遠征で軍功を立てた武官だったが、嗜虐趣味のある兇漢で、幾人もの営妓をなぶり殺しにしており、しかもその残虐な殺しかたを自慢にしていた。

「あの男はわたくしが栄家の生き残りだと知ると、賭けを持ちかけてきました。半年間、あの男に仕えて身ごもらなければわたくしの勝ち。落籍したのち、銀五十両をくれてやるというのです。ただし、もし身ごもったら、あの男の勝ちとなり……」

腹を裂いて胎児を引きずりだすと、武官は禽獣の声で笑った。

「もとより断ることなどできません。営妓は官身――官に隷属する賤の女ですから」

豺狼の子種を宿さぬよう細心の注意をはらったにもかかわらず、惜香は孕んでしまう。

「一刻も早く堕胎せねばならないのに、あの男は四六時中わたくしをそばに置きたがるうえ、もうひとりの営妓にわたくしを監視させて身ごもった兆候がないかどうか調べさせました。その営妓はわたくしの幼なじみで、姉妹のように親しくしていた女子です」

彼女は兇漢の慰み物になる惜香を不憫に思い、あれこれ世話を焼いてくれた。

「けれど、秘密はうちあけませんでしたわ。長年、奴婢暮らしをしてきて、他人ほど信頼できないものはないと思い知っていたからです。自分ひとりでなんとかしようとして、何度も機会を逸しました。秘密を暴かれるかもしれないと怯え、日ごと焦燥ばかりがつのって……情けなくも心がくじけてしまい、あの妓に相談したのです」

幼なじみの密告により、惜香の懐妊は獣にも劣る悪鬼の耳に入った。

「彼奴は嬉々としてわたくしの腹を裂こうとしました。人間を喰らう鬼（ばけもの）ですら、あれほどおぞましい顔はしていないでしょう。わたくしは必死で抵抗し、命からがら逃げだしましたが、恐怖のあまり足もとがおろそかになって、水路に落ちてしまいましたの」

牡丹雪（ぼたんゆき）が降りしきる夜であったことが幸いし、武官は追跡をあきらめた。

「冷たい水のなかで気が遠くなって、このまま死ぬのだろうと思いましたわ。いっそ死んだほうがましだ、もっと早くこうなるべきだったと。生きていてもどうせ地獄の亡者より悲惨な人生なのですもの、心残りなんてございませんでした」

惜香は流され、そして助けられた。のちに皇太后の鳳冠（ほうかん）をいただく李皇貴太妃（りこうきたいひ）に。

「水路は複雑に枝分かれし、そのうちのひとつが張女郎廟（ちょうじょろうびょう）のそばをとおっていました。わたくしを見つけてくださったのが早朝に神廟（しんびょう）の付近を散策なさっていた皇貴太妃さまでしたの。手厚い介抱を受け、わたくしはあたたかい寝床で目覚めました。枕辺に座っていらっしゃるご婦人が皇貴太妃さまだなんて、どうして想像できたでしょう」

李皇貴太妃は太上皇のおともをして張女郎廟に参詣（さんけい）していた。

「わたくしが半ば寝ぼけて『王母（おうぼ）さまですか』と言うと、皇貴太妃さまは微笑なさいました。その微笑みの美しさは死ぬまで忘れられません」

惜香は流産していた。医者の見立てによれば、子壺（しきゅう）がいちじるしく傷ついているので、今後は懐妊することが難しくなるということだった。

「李皇貴太妃さまは太上皇さま最愛の寵妃であらせられます。わたくしなど御簾越しに拝謁することさえかなわぬ雲の上の貴人でいらっしゃるのに、ご逗留のあいだじゅう、一介の営妓にすぎぬわたくしをたびたび見舞ってくださいましたの。はじめのうちこそかしこまってろくに言葉も出ませんでしたが、皇貴太妃さまがやさしく話しかけてくださるので、尋ねられるままにわたくしの境遇などをお話しいたしました」

李皇貴太妃は惜香を憐れみ、落籍してくれた。

「身体が癒えるまで張女郎廟で暮らし、その後はこのまま残って女道士になるもよし、嫁ぎたい相手がいるなら嫁ぐもよし、どこかで働きたいなら働くもよし。いずれにしても口利きをしてやるから、なにも心配はいらない。そうおっしゃってくださいましたの」

「あなたは皇貴太妃さまにお仕えすることを希望したのでしょう」

「それ以外、考えられませんでしたわ。どんな仕事でも喜んでつとめますから、どうかおそばに置いてくださいとお願いしました。さりながら女官の経験はございませんので、最初は最下級の宮女として洗濯や掃除をしておりましたわ。それでもじゅうぶん幸せでしたが、数年後、光栄なことに女官に登用していただき、皇太后さまのお側仕えに」

「そして、いちばん信頼される女官になったのね」

「いちばんかどうかはわかりませんが、三本の指には入っているかもしれません」

惜香は誇らしげに微笑する。

「皇太后さまによれば、後宮が平穏無事だったのは義昌年間だけだそうですわ」

「義昌帝の御代、後宮は空だったのよね？」

「空ではございませんわよ。李皇后さまがいらっしゃいましたから」

太上皇高遊宵の重祚に伴い、皇太后李氏は皇后に冊立された。義昌帝は高齢であることを理由に妃嬪侍妾を迎えなかった。恒春宮以外の殿舎は主なき七年間を過ごしたわけだが、これはあらたな皇子の誕生が望まれていなかったことを意味している。義昌帝は宣祐帝即位までのつなぎで重祚したので、皇位継承が混乱しかねない事態を避けたのだ。

「おなじ夫に仕える女人がふたり以上いれば、諍いは避けられぬもの。どんなに留意して心配りをしていても、だれかがだれかを陥れます」

「……あなたも凌寧妃が私を陥れたと思う？」

「断言はできませんわ。証拠はございませんので。ただ、凌寧妃のわがままが発端であることは事実です。慈悲が仇になることを忘れず、今後はより慎重に行動なさいまし」

「ええ、そうね。まずは主上に謝罪しなければ。寵愛を――」

皇貴妃さま、と囲屏のむこうから虚獣の声が割って入った。

「魯院使がお目通りを願い出ております」

「こんな時間に？　いったいなにがあったの？」

院使は太医院の長。定期的なあいさつ以外で会うことが多いのは主治医の太医と、太医院の次官たる院判なので、わざわざ院使が訪ねてくるのはよほどのことである。

「悪い知らせです。素賢妃が毒を盛られ、流産しました」


紫蓮が素賢妃の居所である黎雲宮の客庁に入ったとき、すでに役人はそろっていた。

隆青と尹皇后が榻にならんで座っているのは、ふたりが夕餉をともにしていたからだろう。蔡貴妃、許麗妃とその取りまきもそれぞれ席につき、凌寧妃は月洞窓のそばに腰かけている。紫蓮は決まりの悪さをこらえて、隆青と尹皇后に万福礼した。隆青に「立て」と言われ、感謝の言葉を述べたあとで、尹皇后のそばに用意された椅子に座る。

──私のもとに知らせが来たのは最後だったわけね……。

以前なら、魯院使はまっさきに芳仙宮を訪ねていたはず。しかし、紫蓮は失寵している身。あとまわしにされるのが後宮の流儀というものだ。

「素賢妃の容態はいかがですか？」

「安定しているわ。ついさっき、薬を飲ませてやすませたところよ」

尹皇后は大きくふくらんだ腹部をいたわるようにさすりながら答えた。

「毒を盛られたとうかがいましたが……」

「夕餉前に飲んだ薬湯に紅花が混ぜられていたそうなの」

紅花は瘀血をのぞいて痛みをやわらげ、血の道をととのえる良薬だが、流産をひきおこす作用があるため、妊婦にはけっして用いられない。

「なぜ紅花だとわかったのです?」

「ふだんの薬湯より苦いので、素賢妃はすこし飲み残したの。それを女官が片づけそびれていたから、太医に調べさせたところ、紅花が多量にふくまれているとわかったのよ」

夕餉後、素賢妃は腹部に痛みを訴えて太医を呼んだ。太医が駆けつけたときにはおびただしく出血しており、母体を守るため子をあきらめるしかない状況になっていた。

「あの物静かな素賢妃がつねになく取り乱して、『私は家族に恵まれないのです』と泣いていたわ。かわいそうなことね」

「ほんとうに……気の毒ですわ」

素賢妃は幼いころに家族を惨殺されている。

犯人は素氏の父に怨みを持つ人間で、知人を装って邸にあがりこみ、夜中に刃物で親兄弟をむごたらしく殺害した。素氏だけは母の機転で棚のなかに身を隠していたので助かったが、兇漢が亡骸の腸を貪っているあいだずっと、息をひそめていたという。

――幼くして家族を喪ったうえ、わが子まで亡くしてしまうなんて。

素賢妃のかなしみはいかばかりであろうか。わがことのように胸が痛む。

「紅花といえば、不心得者が芳仙宮から盗んだ染料のなかにもありましたわね」

蔡貴妃が宝相華模様の扇子をゆるりと動かして小首をかしげた。

「芳仙宮から盗まれたのも紅花、素賢妃に盛られたのも紅花。奇妙な偶然の一致ですこと」

「偶然ならばよいのですが……」

安柔妃はふくみのある笑みを浮かべた。

「素賢妃は貴妃さまと親しくしておりましたので、皇貴妃さまにとっては目ざわりだったのかもしれません。素賢妃が皇子を産めば、厄介な存在になりますもの」

「あら、それならあなたも危なくてよ、妹妹。くれぐれも気をつけなさい」

「冗談にしてはたちが悪いわよ、蔡貴妃。私は皇后さまに代わり後宮をあずかっているの。御子の誕生は慶事。だれが身ごもっても、無事に生まれることを望むわ」

「おやさしいことをおっしゃいますのね。丁氏の処刑を進言したその口で」

紫蓮が返答に窮すると、蔡貴妃は柳眉をひそめて嘆息した。

「主上の寵妃であったかたを処刑せよとおっしゃるくらいですもの。親切そうな言葉の裏にどれほど冷酷な本音を隠していらっしゃるのか、想像するだに恐ろしいわ」

「ほんとうに怖いこと。お会いになったこともない丁氏のことを敵視なさるのだから、毎日顔をあわせているわたくしたちは、なんと思われているのやら」

許麗妃はわざとらしく蛾眉を震わせ、合歓花の扇子でおもてを隠す。ほかの妃嬪たちもひそひそとささやきあって、紫蓮から目をそらした。

――これが皇太后さまのおっしゃっていた〝自ら作せる孼〟ね……。

失寵後、妃嬪たちはあからさまに紫蓮を軽んじるようになった。朝礼には欠席者や遅刻者が続出し、通路や園林（ていえん）ですれちがう際にわざとあいさつをしない者もいる。寵愛の有無がこれほどあざやかに影響をおよぼす。短慮の代償は想像以上に高くついた。

「凌寧妃も気をつけなさい」

蔡貴妃はかたくなに口をつぐんでいる凌寧妃を見やった。

「あなたは丁氏ととくに懇意（こんい）だったもの。丁氏を排除したがっている皇貴妃さまにとっては、敵も同然でしょう。きっと甘い言葉で手なずけて、あとで始末するつもりよ」

凌寧妃はなにも言わなかった。ちらりと紫蓮に投げられた鋭い視線が物語っている。丁氏の処刑を進言したことで、凌寧妃からは敵と見なされてしまったのだ。

無理もないことだと、紫蓮は反論せずに微苦笑だけをかえした。

「それで、薬湯に紅花を盛った者はだれなのです？」

「いま宮正司（きゅうせいし）が調べている」

ぶっきらぼうに答えたのは隆青だった。凭几（ひじかけ）にもたれ、紫蓮を見ようともしない。

隆青と会うのは実に十日ぶりだ。これほど期間があいたことは、入宮以来はじめてである。いままでは七日以内にかならず会っていた。寵愛される皇貴妃を演出するために。

――私はうぬぼれていたのだわ。

いつしか寵愛されることに慣れていたのだ。隆青に理解を示され、敬意をはらわれることをあたりまえと思っていた。十年つれそった伴侶にでもなったつもりで。

とんだ思いあがりだ。紫蓮は隆青の伴侶でもなければ想いびとでもない。波乱の多い後宮を安定させるため、皇貴妃として雇われたにすぎない。いわばもっとも高貴な使用人であり、ときおり床をともにする婢女なのだ。愛されているわけでもなく、長年の信頼を勝ち得ているわけでもないのに、分不相応なふるまいをした。自分を本物の寵妃と勘違いし、なにを言っても許容されると思いこんだ。隆青に愛想をつかされるはずだ。李太后に叱責されるはずだ。己の立場をわきまえない人間は愚物以外の何物でもない。

「主上、下手人を見つけました」

沈黙の淵に沈んだ客庁に、冒宮正が駆けこんできた。隆青が下手人を入室させるように命じると、冒宮正は配下の宦官に目くばせして年若い婢女を連れてこさせる。

「この婢女が薬湯に紅花を混ぜたと申しております」

「……お、お赦しを！　お赦しください……！」

床にひたいを打ちつけた婢女は両頰を赤く腫らしていた。鞫訊の際にひどく打擲されたのだろう。結い髪は乱れ、唇の端には血がにじんでいる。

「だれの差し金だ？」

矢のごとき綸言が降り、婢女の肩がびくりとはねあがった。

「白状せぬなら、おまえの身柄を東廠にひきわたす」

「は、白状します！　なんでもしますので、どうかそれだけは……！」

婢女は髪をふりみだして首を横にふる。

「ならば早く申せ。黒幕はだれだ？」

「そ、それは……」

婢女の視線が妃嬪たちの花顔をさまよう。妃嬪たちは視線をむけられるのも汚らわしいというように顔をそむけ、扇子や袖口でおもてを隠した。

「……なぜ私を見るの？」

血走ったまなざしに射貫かれ、紫蓮は困惑した。

「皇貴妃さまがお命じになったではありませんか！　素賢妃さまを流産させよと！」

婢女は上座にいる隆青をふりあおいだ。

「私は皇貴妃さまのご命令に従っただけなのです！　ほんとうはかような罪深いことはしたくありませんでしたが、皇貴妃さまに従わなければ家族に害をおよぼすと脅されてやむなく……。恐ろしい罪を犯したことはまちがいありませんが、私は皇貴妃さまの手先にすぎません！　けっしてみずから進んでしたことではないのです！」

まあなんてこと、と蔡貴妃は雪風に吹かれたように震えた。

「皇貴妃さまが毒を……。いったいどうしてそんな残酷なことをなさったの」

「素賢妃さまが皇子を産めば蔡貴妃さまの勢力がさらに強くなって皇貴妃さまのお立場が

危うくなるので、いまのうちに御子を流してしまえと命じられました」

「おぞましい！　安柔妃が言っていたとおりだわ」

蔡貴妃は青ざめた顔で安柔妃を見やり、怯えた様子で紫蓮を見た。

「丁氏を処刑せよとおっしゃるくらいですから冷酷なかたなのだろうとは存じておりましたが、まさかまだ生まれていない御子さえも情け容赦なく排除なさるとは……」

「早合点はやめてちょうだい。私がこの婢女になにかを命じたことはないわ。ましてや妊婦が飲む薬湯に紅花を入れるよう命じるなんて、ありえないことよ」

「では、どうしてこの者はこうもはっきりと皇貴妃さまを名指しするのです？」

「何者かの指図でしょう。私に濡れ衣を着せようとしているのだわ」

紫蓮は床に這いつくばっている婢女にむきなおった。

「嘘をついてはあなたのためにならないわよ。だれの指示なのか、正直に話しなさい」

「皇貴妃さまこそ、嘘をつかないでください！　家族の命が惜しければ言うとおりにしろとおっしゃったでしょう！」

「私はあなたの家族のことを知らないし、あなたを脅迫したこともないわ」

「いい加減にお認めになったら、皇貴妃さま？」

許麗妃は扇子をぱちりと閉じた。

「婢女が観念して白状しているのですから、これ以上しらをお切りになっても無駄ですわよ。素直に罪を告白し、主上のお赦しを乞うべきですわ」

「あさましいこと。この期におよんで無様に言い逃れようとするなんて」

「染坊(そめや)の娘が分不相応にも芳仙宮の主になったものだから、思いあがったのでしょう」

「きっと最初から野心があって主上を誘惑したのよ。ほかの妃嬪には御子を産ませず、自分が国母になるつもりではないかしら？」

「もしかしたら、皇后さまの御身も狙っているのかも……」

「まあ怖い！　血も涙もない鬼女とは皇貴妃さまのことですわね！」

貴妃派も麗妃派もここぞとばかりに非難の言葉を口にする。だれも紫蓮の言い分に耳をかたむけようとはしない。一婢女の証言だけで紫蓮が黒幕だと決めつけている。

もしこれが失寵前の出来事なら、紫蓮に味方する者もいただろう。寵妃に恩を売っておけば、なにかと得をする。しかし、失寵した妃嬪に肩入れしても得るものがない。利益がなければ、人は他人を助けない。利害にさとい後宮の人びとなら、なおさらだ。

「……おやめください」

鷦鷯(みそさざい)が描かれた囲屏(びょうぶ)の陰から、夜着に上衣(うわぎ)を羽織った素賢妃が足を引きずるようにして出てきた。女官に支えられねば立っていられないほど憔悴(しょうすい)している。花のかんばせは蠟(ろう)のように青白く、ほつれた髻から黒い雨だれのような髪がひとふさ垂れていた。

「主上、皇后さまにごあいさついたします」

「礼はよい。椅子に座れ」

ひざを折って万福礼しようとした素賢妃をとめ、隆青は銅迷に椅子を用意させた。

「なぜ床を離れた？　やすんでいなければだめだろう」

「申し訳ございません。薬湯から紅花が出たと聞いて、ひょっとしたら皇貴妃さまが疑われているのではないかと思い、やすめとの勅命にそむいてはせ参じました」

「なぜ皇貴妃が疑われていると？」

「二月ほど前、芳仙宮から紅花餅が盗まれましたので、その件と今回の事件を結びつけて皇貴妃さまを疑うかたがいるのではないかと……」

「結びつけるもなにも、あなたの婢女が皇貴妃さまに命じられたと証言しているのよ」

蔡貴妃は優雅なしぐさで蓋碗をかたむけた。

「婢女の証言だけで犯人と決めつけるわけにはまいりません。皇貴妃さまは日ごろから私たち妃嬪を慮ってくださいます。そのようなかたが私に毒を盛るなんて……考えられません。濡れ衣の可能性もございますので、もっとよく調べるべきです」

「いったいだれが恐れ多くも皇貴妃の位にあるおかたに濡れ衣を着せるというの？」

許麗妃は嘲笑を飛ばして扇子をひらく。

「主上のご寵愛を失って狼狽なさったのではなくて？　あなたが皇子を産んだらなおさらご自分のお立場がないと危ぶんで、かような暴挙に出たのでしょう」

「もし皇貴妃さまが黒幕なら、紅花は使わないのではございませんか？　お手もとから紅花餅が盗まれており、疑いがかかるのは必定なのですから」

「それこそが狙いかもしれないわよ」

安柔妃は指甲套をいじりながら気だるげに言う。

「あえて紅花を使うことで濡れ衣を装ったのでは？　皇貴妃さまなら紅花以外の毒を使うはずだという思いこみを利用し、罪を逃れる算段なのでしょう」

「きっとそうだわ。皇貴妃さまは狡猾だもの」

「紅花餅が盗まれたのも自作自演だったのかもしれませんわよ」

「化粧盒の事件そのものが、皇貴妃さまが仕組んだ計略だったのではなくて？」

「さすが染坊のご令嬢だわ。箱入り娘のわたくしたちとちがって世間というものをよくご存じだから、奸智に長けていらっしゃるのねえ」

「二夫にまみえる姦婦ですもの。どんな恥知らずなことも平気でするに決まっているわ」

「お黙りなさい」

ぴしゃりと言い放ったのは尹皇后だった。

「主上の御前で見苦しいわよ。言葉をつつしみなさい」

「みな、罪人が正しく裁かれることを求めているだけですわ」

「天子の御子を殺めた非情な黒幕には、相応の罰が下されなければ納得できません」

「ええ、そのとおりよ。残忍な犯行には厳罰が必要だわ」

尹皇后は隆青にむきなおり、居住まいをただした。

「この件はわたくしがあずかります。宮正司に捜査させて真相をあきらかにし、みなの怨みを晴らしましょう。それでよろしいでしょうか」

「皇后に任せる。真犯人がだれであろうと、その者は誅九族だ」

隆青は席を立ち、素賢妃に歩みよった。

「歩くのもつらいだろう。余が抱えてやる」

「そんな、恐れ多いですわ……」

「恐縮することはない。余は君の夫だ。つらいときは頼ればよい」

戸惑う素賢妃を軽々と抱きあげて客庁を出ていく。

「黒幕はとうぶん眠れない夜を過ごすことになりそうですわねえ」

「刑に服せばたっぷりやすめますわよ。地獄の寝床で」

天子が欠けた部屋を妃嬪たちの嗤笑が埋め尽くした。


「昨夜は災難だったわね、李皇貴妃」

事件から一夜明けた。紫蓮は朝礼のあとで尹皇后にひきとめられた。

皇后付き女官が冷たい甜湯を運んでくる。群青色の玻璃の器には龍眼と蓮子が沈んでいた。銀耳に映える真っ赤な枸杞子は紅玉のかけらを散らしたかのようで目にも美味だが、舌を喜ばせるすっきりとした甘さにもいっかな心が躍らない。

「蔡貴妃たちは勝手なことを言っていたけれど、気にしないで。わたくしはあなたを信じているわ。あなたが非道な行いをするひとじゃないということはわかっているから」

尹皇后が味方してくれるのは不幸中の幸いだ。

――これがほんとうに善意から出た言葉なのかは、わからないけれど。

あさましいようだが、ここは後宮。自分以外はだれひとり信用してはならない。

「皇后さまには感謝の言葉もございませんわ。丁氏の件でもご迷惑をおかけしているのに」

奕信の死は公には不慮の事故のままであり、故殺とするのは丁氏の妄言だと隆青は群臣に断言した。それでも噂はまことしやかにささやかれつづけている。紫蓮が丁氏の処刑を進言したことが、かえって噂を裏づけてしまったのだ。本件を流言飛語として片づけるのは難航するだろう。かえすがえすも、己の軽挙が悔やまれる。

「真実はあかるみに出るものだわ。遅かれ早かれ」

尹皇后は白玉の羹匙で蓮子をすくい、花びらのような唇をひらいた。

「丁氏が生きている限り、いつかこんなことが起きるのではないかと危惧していたの。あのかたは……自分が注目されるためなら、どんな手段もいとわないから」

群青色の器を茶几に置き、小さくため息をもらす。

「本音を言えば、あなたの進言には賛同したわ。……事件当時、わたくしは丁氏が死を賜(たまわ)るものだと信じて疑わなかった。皇太子殺しの罪は族滅(ぞくめつ)。残虐(ざんぎゃく)な罰だとしても、それが大凱(このくに)の法だわ。けれど主上は、丁氏を冷宮送りになさった。正義はなされなかった。……もちろん、主上のお立場を考えればそうするのが最善だったとわかっているわ。真実を暴くことより、朝廷の安定のほうがはるかに大事だということは……」

茶几にのせられた白い手がふるえを封じこめるようにぎゅっと握られる。

「……だけど、どうしても赦せないのよ。丁氏がいまもって生きていることも、悔やむ様子さえなく、主上の寵愛をとりもどそうと画策していることも。……せめて丁氏が懺悔(ざんげ)していたら、奕信の無念もすこしは薄らいだかもしれない。でも、あの女子(おなご)は……丁氏は反省なんてしないわ。奕信を殺めたことを、自分の手柄とさえ思っているのよ」

丁氏は子どものあつかいがうまく、奕信は彼女にとてもなついていた。とくに蹴鞠(けまり)の名手だったので、奕信は嬉々として丁氏と鞠を追いかけまわしていたという。

「あの日、奕信は禁足(きんそく)があけた丁氏に会うため芳仙宮を訪ねたわ。禁足中に自分でつくったあたらしい鞠を持って。一緒に行くべきだったと、どれほど後悔したかわからない。悔やんでも悔やみきれないわ。なぜ、あの子を送りだしてしまったのかと……」

尹皇后は懐妊中で、残暑にあてられて体調をくずしており、太医(たいい)からは外出をひかえるよう言われていた。不運が重なった。丁氏にとっては、千載一遇(せんざいいちぐう)の好機であった。

「恒春宮に戻ってきたとき、奕信は意識がなかった。ぐったりしていて、身体じゅうに発疹が出ていたの。女官によれば、芳仙宮を出るまえからすこし様子がおかしかったそうよ。吐き気をこらえるようなそぶりをしていたと……。だけど、あの子が大丈夫だと言うから、そのまま輿に乗せて芳仙宮をあとにした。その直後よ。奕信が嘔吐したのは」

女官が機転をきかせて太医を呼びにいかせたので、奕信を乗せた輿が恒春宮の大門をくぐってからほとんど時を置かずに太医が駆けつけた。

「頭が真っ白になったわ。堅果なんて食べるはずがないのに……。奕信は聞きわけのよい子だったもの。わたくしの言いつけをちゃんと守っていたわ。主上にしばらく甜点心を禁じられて、かわいそうだったけれど、食べたい気持ちをがんばって我慢していた」

丁氏はそこにつけこんだのだ。ふたりだけの秘密にしようと言い、奴婢の目の届かぬ場所でこっそり甜点心をわけあって食べた。粉々に砕いた胡桃が練りこまれた赤豆糕を。それは単なる甘味にすぎなかった。しかし、奕信にとっては猛毒にほかならない。

「真夜中、奕信はようやく気がついたの。そのとき、丁氏からもらった甜点心を隠れて食べたとうちあけてくれたわ。丁氏は親切心から甜点心をくれただけだから、咎めないでほしいって。何度も謝っていたわ。父皇、母后、ごめんなさいって、何度も……」

奕信は両親との約束を破ったせいで天罰が下ったと思っていた。

「あの子が息をひきとったとき、これは夢だと思ったわ。じきに醒める悪夢だと。でも、事実だった。奕信はもう二度と……目覚めなかった」

　七日七晩、尹皇后はわが子の亡骸から離れなかった。八日目の朝、隆青に説得されて泣く泣く奕信を沐浴させ、寿衣に着がえさせて柩におさめた。

「この段階では、丁氏を責める気持ちはほとんどなかったの。丁氏は奕信が堅果を食べられないことを知らないと思っていた。疑いたくなかった。きっと事故なのだと自分を納得させようとしたわ。丁氏は好物を禁じられている奕信を憐れんで、純粋な親切心で甘味を食べさせてあげただけだと。……だけど、それは間違いだったわ」

　ある妃嬪が芳仙宮から音楽が聞こえてくると尹皇后に密告した。天下はいとけない皇太子の喪に服している。いまやこの国では音楽を奏することが禁忌となっていた。

「女官に調べさせたら、事実だった。わたくしは譴責するために丁氏を呼びだしたわ。けれど、丁氏は病を理由に顔を見せない。そういうことはめずらしくなかった。丁氏はわたくしを侮っていたから。仕方なく訪ねていくと、たしかに音楽が聞こえてきたわ」

　丁氏は内院で舞の稽古をしていた。彩なす鸞鳥の舞衣をひるがえし、晴れ晴れとした玉のかんばせに、あでやかな笑みを浮かべ。

「服喪中は音楽を奏してはならないのよと諭すと、丁氏は悪びれもせずに……」

　――皇太子殿下の薨御は、私にとっては祝い事ですから。

「丁氏はわざと堅果入りの甜点心を食べさせたのだと、まるで自慢話のように話したわ。

自分の子は生まれなかったのに、皇太子が生きているのは不公平だからと……」

尹皇后は愕然とし、彼女らしくもなく取り乱して丁氏につかみかかった。

「どこで意識が途切れたのか、思い出せない。あんなにかっとなったのは、生まれてはじめてだったから……。気がついたときには、自室の牀榻に寝かされていたわ」

尹皇后の胎に宿っていた第二子は兄のあとを追っていた。

「先日のあなたのように、丁氏に死をお与えくださいと主上につめよったこともあったわ。主上は沈痛なお龍顔で、『時機ではない』とおっしゃった。あの事件から間を置かずに丁氏に死を命じれば、寵妃が皇太子を弑したと公言するようなものだと……」

寵妃が皇太子を弑した。この事実が天下にひろまれば、宣祐年間の支柱が揺らぐ。

「丁氏が冷宮送りにされても、心は晴れなかった。廃妃ですむ罪ではなかった。丁氏はわたくしから愛し子をふたりも奪ったのよ。それなのにあの女子は罰を受けていない。いまものうのうと生きて、寵妃にかえり咲くことを夢見ている」

奕信はもう二度と甜点心を食べられないのに、と尹皇后は涙声でつぶやいた。

「きっと一生、丁氏を赦せない……。国母たるわたくしが怨憎に囚われていてはいけないとわかっているけれど、自分をおさえられないの」

「それは自然なことですわ。わが子を喪った母のかなしみはいつまでも消えません」

紫蓮にも覚えがある感情だ。うつろな身体に宿った、焼けつくような喪失感は。

「丁氏に報いを受けさせたい。己の罪を命で贖わせたい……。奕信を思い出すたびに、そんなことばかり考えてしまうわ。おかしなものね。丁氏が死んだところでなにも変わらない。あの子たちが帰ってくるわけではないのに」

「皇后さま……」

「ごめんなさいね、李皇貴妃。あなたがつらいときにめそめそしている場合じゃないわよね。……丁氏の名を聞くと思い出してしまうから、つい」

尹皇后は手巾で目もとをぬぐった。

「天網恢恢にして失わずというわ。丁氏もいつか報いを受けるでしょうし、あなたを陥れた犯人も天罰からは逃れられないでしょう」

ええ、とうなずいたときだ。皇后付き太監が入室してきた。太監は紫蓮にあいさつしたあとで尹皇后に耳打ちする。尹皇后の顔色がさっと変わった。

「……宮正司から連絡があったわ。尋問を受けていた黎雲宮の婢女が自死したそうよ」

天網恢恢にして失わず——古の嘉言がむなしく響いた。

七月七日は乞巧節である。中朝の園林にて七夕の宴がひらかれた。

百種の色絹で飾られた穿針楼がそびえる宴席には、華麗な衣装に身を包んだ后妃のみならず、梁冠をいただいた皇族と文武顕官が集った。

瑠璃(るり)の杯に注がれた明星酒(みようじようしゆ)は天漢(あまのがわ)の水を思わせ、花のかたちを模して揚げた乞巧果子(かし)は糖蜜の甘い香りをただよわせる。玉簫(ぎよくしよう)の歌声は鳳首箜篌(ほうしゆくご)の音色とまざりあい、宮妓(きゆうぎ)たちが霓裳羽衣(げいしようい)をひるがえせば、髻(もとどり)に挿した金の飾り櫛(ぐし)が星明かりを弾く。銀盤に盛られた佳饌(ごちそう)、鈴を転がすような笑い声、前王朝の美姫を詠(うた)う詞(し)、機知に富んだ会話。

宴の楽しみは尽きない。あたかも永遠につづくかのように。

皇貴妃の席は玉座のそば近くだったが、隆青はこちらを見ようともしなかった。その様子を揶揄(やゆ)するように、蔡貴妃や許麗妃がお気に入りの妹妹(まいまい)たちと視線をかわしあう。

やがて雑劇(ざつげき)の時間になる。毎年のように招聘(しようへい)される煌京(こうけい)一の老舗劇班(げきだん)が自慢の花形役人(やくしや)を勢ぞろいさせて、七夕伝説を題材にした恋物語を演じはじめた。

若い男女が運命的な出会いを果たし、互いに恋心を抱いた場面で紫蓮は席を立った。虚獣を玉座に遣わし、体調が悪いので中座する旨(むね)を伝えさせる。

とくにひきとめられなかったので、宴席の喧騒(けんそう)を離れ、園林の大門(でぐち)へむかう。大門の前で待たせていた玉輦(ぎよくれん)に乗りこもうとしたとき、虚獣にとめられた。

「轅(ながえ)と座席の接合部に亀裂が入っております。危険ですので、お乗りにならぬよう」

「おかしいわね……。来たときにはなんの問題もなかったのに」

紫蓮はしばし眉をひそめ、かすかに苦笑した。

自然に入った亀裂ではない。何者かが故意に入れたものだ。担ぎ手をつとめる宦官(かんがん)たちは宴の最中も玉輦のそばにひかえていたから、彼らのだれかが――あるいは全員が后妃のだれかに銀子をもらって細工したのだろう。気づかずに乗った紫蓮が転んで怪我をすれば傑作だ。皇貴妃が玉輦から転げ落ちたと、浣衣局の宮女までもが嘲笑うだろう。

　これが寵愛なき妃嬪の日常なのだ。みなに軽んじられ、みなの失笑を買う。

　虚獣が代わりの輿を手配するあいだ、紫蓮は散策して暇をつぶすことにした。惜香が持つ彩灯を頼りに、方塼が敷きつめられた小径を歩く。道なりに植えられた錦木が臙脂を塗ったように色づいている。夜風にうなじを撫でられ、紫蓮は金天をふりあおいだ。

　夜空を流れる星の大河。銀砂子をまいたようなそのきらめきにしばし見惚れる。

　いまごろ、牽牛と織女は一年ぶりの逢瀬を楽しんでいるのだろう。ふたりの睦言はどのようなものだろうかと想い描いてみるものの、まるで想像がつかない。紫蓮とは無縁の世界だ。滾るような恋情も、身を焦がすような逢瀬も、甘くやさしい寝物語も。

　天漢をふりあおぐとき、女たちは自分の牽牛に思いをはせるはずだ。丁氏にとっては隆青がそうだった。烏鵲橋をわたれば、待ちかまえていた彼が手をさしのべてくれた。

　では、紫蓮は？　天漢のむこう岸にだれがいるのだろうか？

　そんなことを考える自分に笑ってしまう。喜鵲たちも紫蓮のために橋をわたしてはくれまい。どうせ川岸で紫蓮を待つひとはいないのだから。

　恋に恵まれなかったことをすこしさびしいとは思うが、不幸だとは思わない。きっと縁がなかったのだろう。人生はなにもかもを与えてくれるわけではない。

紫蓮に必要なのは恋ではなく、天子の寵愛だ。見せかけだけのものでよい。寵愛という名の匣であればよいのだ。中身はがらんどうでも、かたちさえ、ととのっていれば。

「寵愛って、むなしい言葉ね」

長いため息が夜陰に吸いこまれて消えた。

「愛という文字が入っているけれど、『愛』からいちばん遠いものだわ」

綺羅で飾った空匣。ふたをあければ、翡翠をちりばめたうつろがつまっている。

「お気を落とさないでくださいまし。主上のお怒りはじきにとけますわ」

そうね、とこたえて、だれにともなく微苦笑する。

失寵は長続きしないだろう。なぜなら隆青は紫蓮を必要としているから。女としてではなく、皇貴妃として。紫蓮を寵愛しなければ、紫蓮に後宮の安寧を守らせることができない。ために宸怒は遠からずとかれて、紫蓮はふたたび寵愛されるようになる。

紫蓮はきっかけをつくるだけでよい。隆青がふたたび芳仙宮の表門をくぐれるようにお膳立てをすればよいのだ。紫蓮にとって、復寵はこれほどにたやすい。

――愛がないからこそ、簡単なのだわ。

隆青と丁氏の仲があれほどこじれているのは、ふたりのあいだに愛があったからだ。愛しあっていたから、互いに過ちを犯したのだ。愛すればこそ、憎まずにいられないのだ。

復寵がたやすいということは、紫蓮は二人目の房黛玉になれないということである。

「この時期になると思い出すわ」

「七夕にとくべつな思い出が？」

「いいえ、七夕ではないの。中元節の数日前に……流産したことがあるのよ」

離縁から二月後、身ごもっていることがわかった。前夫の子であることはまちがいない。楊家を訪ねて相談したが、とうに夫婦の縁は切れているとつっぱねられた。

「懐妊を理由に復縁を狙っているのだろう」

ほんの二月前まで夫だった男は脂粉のにおいをただよわせながら嗤い、そのかたわらでは妾たちが悪意で化粧した笑みをふりまいていた。

「嘘に決まってるわ。三年も身ごもらなかった石女が急に孕むわけないもの」

「みっともないわねえ。素腹のくせに孕み女のふりなんて」

「あら、ほんとうかもしれないわよ。老爺に隠れて間男をひきいれていたのかも」

「こんな色気のない女の閨に忍びこむなんて、とんだ物好きがいたものね？」

こうなることは予測できた。けれど、愚かにもほんのすこし期待してしまった。

懐妊しない嫁に値打ちはないと言われた。ならば、懐妊すれば値打ちがあるということだ。孕んだのだから、嫁として妻として、認めてもらえるのではないかと期待した。

「楊家から追いかえされて、その帰り道に川に身を投げようとしたわ」

離縁したあとで子を産んでも、前夫の子だとは思われない。密通して孕んだから離縁されたのだと噂される。あるいは離縁後すぐに男とねんごろになるほど不身持なのだろうといわれる。いずれにせよ紫蓮は淫婦の烙印をおされ、実家からは絶縁されるさだめ。

孕み女がたったひとりで生きていけるほど、やさしい世のなかではない。

染師として生きようにも、女染師は男のそれよりも安い給金でこき使われる。食いつめれば再嫁するか、春をひさぐか——わが子ともども身投げでもするか、選択肢は限られている。再嫁しても夫に恵まれないかもしれず、春をひさげば花柳病を得るやもしれず、母子ともども身投げするなら、いまそうしたとしても結果はおなじだ。

「まさか、ほんとうに身投げを……？」

「しなかったわ」

できなかった、と言ったほうが正確かもしれない。

「やっと宿ってくれた命をむざむざ殺すことはできなかった」

紫蓮は伯父に事情をうちあけ、生まれた子を伯父の養子にしてもらえないかと頼みこんだ。伯父は快く引き受けてくれたうえ、秘密裏に出産できるよう手配してくれた。

「父には秘密にしなければならなかった。産むことを絶対に許してくれないもの。継母にも話せなかったわ。継母は嘘をつけないひとで、父に問いつめられたら隠せないから」

腹部のふくらみが目立ちはじめるまえに病に罹って、静養のため伯父の母方の実家へ身をよせる予定だった。先方には話をつけてあり、出産までの手はずもととのっていた。

「伯父さまは女の子じゃないかとおっしゃっていたけど、私は男の子だと信じていたわ。なぜって、男の子を育てている夢を見たからよ。歳は六つくらい、背丈はこれくらいで、内院で風箏揚げをして、元気に駆けまわって……」

童子の上気した頰の色や笑みを刻む唇の色がまなうらに焼きつくほど鮮明な夢だった。

「素賢妃とおなじよ。薬湯を飲んだあと急に具合が悪くなって、そのまま……」

「……だれのしわざだったのです？」

「父よ」

紫蓮が伯父と道ならぬ仲になり、不義の子を身ごもったと思いこんだらしい。

「前夫の子だと言っても信じてくれなかった。私は伯父さまを慕っていたから、誤解を招いたのでしょう。伯父さまは彩霞染坊にいられなくなって母方の実家の染坊に戻ったわ」

紫蓮の浅慮が生まれるはずだった命を殺め、伯父の居場所を奪った。

「考えてみれば、私ってあきれるほど愚かね。自分ではうまくやっているつもりで、得意になって……失敗して、大切なものをなくしてばかり」

どうすればよかったのか、いまだにわからない。あのときは、あれが最善だと思った。だが、結果を見れば、正しい方法ではなかったのだろう。

「ちょうど中元節の二日前だった。二晩泣いて、中元節の日には紙袍を焚いて供養した。

小さな、ほんの小さな紙袍だったの。あっという間に、燃えてしまった……」

天にのぼっていく煙を眺めているうちに、視界は涙の淵に沈んだ。

「あの子のこと、ときどき夢に見るのよ。変な話よね。男の子か、女の子かもわからないけれど、とても元気なの。楽しそうに笑って、小さな手で、私の手を引っ張って……」

詮無いことだ。喪ったものは二度と戻らない。

「吉夢ですわ。じき、皇貴妃さまのもとに御子がお戻りになるという暗示でしょう」

「……そうだとよいのだけれど」

半年近く龍床に侍っても、なんのきざしもなかった。紫蓮にとっては、あの子が最初で最後のわが子だったのかもしれない。

「女官どののおっしゃるとおりです。吉夢ですよ、それは」

長身の男が夜闇の薄氷を破って出てきた。七夕節にあわせて鵲橋補子を縫いつけた呉須色の袍服をまとい、烏紗帽をかぶっている。翰林院侍講の楊忠傑だ。

「皇貴妃さまにごあいさついたします」

忠傑が慇懃に揖礼する。忌々しいほどに如才ないそのしぐさ。礼儀正しく、誠実そうに見える。もしこれが初対面なら、紫蓮は彼に好感を持っただろう。

「礼はけっこうですわ。未来の内閣大学士どのに頭を下げられるなんて恐れ多いこと」

「なにをおっしゃいますやら。御身に首を垂れるのは至極当然のことですよ。主上のご寵愛を一身に受けていらっしゃる皇貴妃さまなのですから」

芝居がかった口ぶりで言い、忠傑は女好きのするおもてを星影にさらした。

「吉夢をご覧になったとのこと、つつしんでお慶び申しあげます」

「言祝いでいただく必要はございませんわ。怨女の戯言とお聞き流しになって」

それでは、と立ち去ろうとした紫蓮の耳に忠傑の嘆息が突き刺さる。

「いくら吉夢をご覧になったところで、皇貴妃さまは空閨をかこっていらっしゃる。これではは皇胤を授かるはずもございません。なんともはや、おかわいそうなことだ」

背後で忠傑が扇子をひらく音がした。

芙蓉も及ばず　美人の粧い
水殿　風来たって珠翠香し
却って恨む　情を含んで秋扇を掩い
空しく明月を懸けて君王を待ちしを

聞こえよがしに宮怨詩を口ずさみながら、一歩一歩、近づいてくる。

「皇貴妃さまも汪婕妤にならい、長信宮に退かれるおつもりで？」

汪婕妤は燎王朝の恭帝に仕えた妃嬪だ。美貌と才気により恭帝に愛されたが、歌妓であった雪姉妹に寵愛を奪われ、皇太后が住まう長信宮に仕えてさびしく余生を送った。

「私の進退があなたに関係ありまして？」

「ないとは言えません。私と皇貴妃さまはかつてともに褥をあたためた仲ですから」

忠傑は端整な目もとに甘ったるい微笑を刻んだ。

「わが妻であったころも、あなたは身ごもらなかった」

「……一度は身ごもりましたわ」

紫蓮が睨むと、忠傑は「そうでした」とわざとらしくひざを打った。

「さりとて、その一度だけだ。巷間には家畜のように子を産む女人もおりますが、皇貴妃さまはそのようなご婦人ではないようですね」

「無礼ですよ、楊侍講。皇貴妃さまを侮辱するなど」

「侮辱しているつもりはございませんよ、女官どの。皇貴妃さまは尊いご身分であらせられるので、年中孕んでいる下賤の女とはちがうのでしょうと申したまで」

ぱちりと扇子を閉じ、これ見よがしに渋面をつくる。

「しかし、後宮では畜生腹こそ重んじられるもの。皇貴妃さまにはお気の毒ですが」

「ご同情に感謝いたしますわ、楊侍講。そろそろ失礼してもよろしくて？　気分が悪いと言って退座したのにあなたと立ち話しているのをだれかに見られたら、あらぬ誤解を招きますわ。それとも、あなたはそれが目的で私に声をかけたのかしら」

「とんでもない。皇貴妃さまをお助けするためにはせ参じたのです」

「あなたに助けていただくいわれなど――」

ないわ、と言おうとしたとき、忠傑が小さな彩漆の合子をさしだした。

「西域の秘薬です。ひと匙ずつ七日以上つづけて飲めば月事がとまり、懐妊の兆候があらわれます。ただし、七日つづけて飲まなければもとに戻りますのでご注意を」

「……いったいどういうことですの」

「失寵した妃嬪が寵をとりもどすのにいちばん有効な手段は懐妊です。御子を授かったと言えば主上はふたたび芳仙宮にお渡りくださるでしょうし、頃合いを見て流産したと言えば憐れんでくださいます。どちらにしても、天寵は皇貴妃さまのものだ」

「おやさしいこと。弊履のごとく捨てた前妻に助言してくださるとは」

「助言ではなく、献策ですよ、皇貴妃さま」

闇のなかからこちらをうかがうだれかに気づいたように、忠傑は声をひそめた。

「私が知る限り、主上にとって丁氏はあまりにもとくべつな女人です。勅命で冷宮送りにされたあとも、御心は変わっていない。丁氏の処刑を進言したのは悪手中の悪手でした。主上はあなたを疎んじていらっしゃるだけではなく、憎悪さえ感じていらっしゃるはず。そのような状況であなたが復寵するのは容易ではございません」

「……だから懐妊を装えと？　それは主上を謀るということですわよ」

「主上がお気づきにならなければ、謀ったことにはなりません。皇貴妃さまは聡明なかただ。きっとうまく処理なさるでしょう」

紫蓮は敵意をこめて唇をゆがめた。

「ずいぶん親切にしてくださるのね。どういう風の吹きまわしかしら」

「昔の誼ですよ。他意はございません。……と言いたいところですが、もちろん下心はあります。あなたが復寵なさり、主上に対して発言力を強めてくだされば、私も皇貴妃さまの福のおこぼれをちょうだいできましょう」

「たとえば、私があなたの栄達を後押しするというような？」

紫蓮はかるく目を細め、暗がりに身をひたしている忠傑をまじまじと眺めた。

「そういえば、噂で耳にしましたわ。あなた、翰林官の座席が危ういんですって？」

先代内閣の長であった加首輔が多額の収賄で失脚してから、忠傑は出世の道が危ぶまれている。加首輔の愛娘を正室に迎え、姻戚となっていたことがかえって仇になり、東廠の追及を逃れるのに四苦八苦したという。約束されていた侍講学士への昇進が立ち消えとなったばかりか、翰林院での立場は日に日に悪くなり、留任すら累卵の危うきにあるとか。

「さすが皇貴妃さまだ。耳が早くていらっしゃる」

忠傑は気味が悪いほど朗らかに微笑した。

「九陽城は薄氷の上にございます。幾百の敵をまえにして、たったひとりで戦うのは無謀です。互いに助けあい、持ちつ持たれつの関係で苦難を乗りこえるべきかと」

「なるほど。同舟相救うというわけですわね」

紫蓮は合子を受けとった。ふたをあけて、赤朽葉色の粉末を星影にひたす。

「よいものをいただいたわ。自分だけではなく、ほかにも使えそう」

「……ほかにも、とおっしゃいますと？」

その問いには答えずに、紫蓮は艶笑をかえした。

「末永くおつきあいしましょう、楊侍講。持ちつ持たれつ、ね」


「後宮に持ちこまれる物資を調べましたが、それらしいものは出ておりません」

東廠督主色太監の報告を、隆青は凭几にもたれて聞いていた。

「奇妙なことがひとつ……先日、素賢妃に毒を盛った婢女の遺体を調べたところ、阿芙蓉中毒の症状が確認できました」

「また阿芙蓉か」

叡徳王の化粧盒事件にかかわった女官と宦官の骸からも阿芙蓉中毒の症状が出ていた。

「重度の中毒者なら、阿芙蓉のためにどんなことでもするだろうな？」

「断腸の案の黒幕は阿芙蓉を餌に手下を操っておりました。阿芙蓉が皇宮にまで入りこんでいることを考えれば……同様の事態が起きてもふしぎではないかと」

豊始四年に起きた断腸の案は、太上皇と豊始帝が御親祭の最中に毒を盛られた事件だ。この一件により、皇太后を輩出したこともある名門呉家は族滅された。

「ひきつづき、内密に捜査せよ。遺体から阿芙蓉が出たことは伏せておいたほうがよいだろう。黒幕に気取られては、逃げられる恐れがある」

御意、と色太監は首を垂れた。

「恐れながら主上、皇貴妃さまとなにか諍いでもございましたか？」

隆青が視線をあげると、色太監は年齢を感じさせぬ美貌に笑みを刷いた。

「差し出口であることは重々承知のうえですが、このところお龍顔色がすぐれぬご様子ですので、御心につかえがおありなのではないかと案じております」

「宦官は主の顔色を読むのがうまいな」

隆青はかるく笑って、青磁の蓋碗をひきよせた。

「素知らぬふりも堂に入っている」

国内外のいたるところに密偵をもぐりこませている東廠の筆頭が、隆青と紫蓮の諍いの顚末を聞きおよんでいないはずはない。

「おおかた、菜戸に口利きを頼まれたのだろう」

「なにもかもご存じでいらっしゃる。恐れ入ります」

色太監は恐縮したふうに肩をすぼめた。

「私が耳にしたところでは、皇貴妃さまは過ちを悔いていらっしゃるようです。みずからを省みることのできる者には汚名返上の機会をお与えください」

「菜戸だけでなく、おまえも皇貴妃びいきか？」

「ひいきするつもりはございませんが、主上には御心をやすめられる場所が必要です」

「恒春宮ではその任を果たせぬと？」

「皇后さまは国母という重責を背負っていらっしゃいます。それだけでもたいへんなご負担なのですから、ご宸襟を安んじるお役目はほかのかたにお任せするべきでしょう」

「それが皇貴妃だとおまえは思うのだな」

「皇貴妃さまはそのために入宮なさいました。主上に愛でていただくためではなく、主上のご負担をすこしでもかるくするために」

「しかし皇貴妃は、己の立場をわきまえず容喙し、余の勘気をこうむった」

「主上を想うがゆえの過ちです。ご婦人にはよくあることですよ。夫を慕うあまり、つい言葉が過ぎてしまう。けっして悪意はないのですが、夫婦の諍いの原因になります」

「実感がこもった意見だな。経験談だろう」

隆青は蓋碗をかたむけた。冷めた龍頂茶が鬱屈とした喉をすべり落ちていく。

「おまえはどうやって対処しているんだ？　菜戸の過ぎた言葉に」

「まずは頭を冷やすために距離と時間を置きます。冷静になったら、相手の立場になってなぜそんな言葉を口にしたのか黙考します。その際はこちらの感情を思案の外に置くことが重要です。あくまで相手の情動を推しはかるのが目的ですので、己に目をむけてはなりません。彼女の胸裏に入りこみ、彼女の目線で事件を――わが身を見ます」

色太監は翡翠のような碧眼をやんわりと細めた。

「そうすればおのずと、そこに敵意以外のものがあることに気づきます。かなしみや苦しみ、不安や嫉妬、恋しさやいたわり……舌先から放った意味とはべつのものを、彼女は伝えようとしていたのだと。それがわかれば、互いのきずなはいっそう深まりますよ」

色太監が退室したあと、隆青は朱筆をとって黙々と政務を片づけた。うずたかく積みあげられた奏書はいくら決裁しても減る気配がない。

――潮時だな……。

そろそろ紫蓮を復寵させなければならない。これ以上、紫蓮を冷遇していては、彼女の入宮前の後宮に立ちかえってしまう。

いや、とうに状況は悪くなっている。素賢妃の流産事件は最たるものだ。わざわざ毒物に紅花を用いて芳仙宮の関与をにおわせた。何者かが失寵した紫蓮に追いうちをかけたのだろう。丁氏の文を流出させたのも、紫蓮を貶めんとする者のしわざかもしれない。

紫蓮に後宮を治めさせるには、彼女を寵愛しなければならない。その理屈に異論はないが、彼女と顔をあわせるのは気乗りしなかった。紫蓮を厭うているのではない。憎んでいるのでもない。認めたくはないが、おそらくは——恐れているのだ。彼女の聡明さは隆青が犯してきた数々の罪過を容赦なく暴いてしまう。真実という刃を喉首につきつけられ、反駁できなくなって逃げだした。紫蓮から、過去から、己の罪から。

四海天下の主たる皇帝がこの体たらくかと、われながらいやけがさす。

「主上、皇后さまがお見えです」

銅迷が言うので、通すように命じた。懐妊中の尹皇后が暁和殿まで足を運ぶとはめずらしい。隆青は水晶の筆架に朱筆を置いて、尹皇后を迎えた。

「紙袍が仕上がりましたので、ご叡覧くださいませ」

尹皇后が目配せすると、皇后付き女官が進みでた。女官が捧げ持つ方盆には竹紙製の小さな袍がのせられている。紙袍は蒼海を思わせるすがすがしい天藍色に染められ、萱草色の顔料で天翔ける四爪の龍が描きだされていた。

「よいな。これならきっと奕信に似合う」

紙袍は紙製の冥器のひとつだ。七月十五日の中元節には紙銭とともに焚いて、死者を供養する。紙袍のほかにも紙冠、紙鞋、紙馬、紙車、紙人形などを燃やして黄泉に送り、亡きひとがあの世で何不自由なく豊かに暮らせるよう願うのである。

「こちらは紙菓子ですわ」

尹皇后に促され、もうひとりの女官が方盆をさしだした。そちらには色紙でかたちづくった月餅や寿桃をはじめとして、紅菱酥、豌豆黄、青艾餅、棗糕……たくみに本物に似せた色とりどりの甜点心が盛られている。どれも奕信の好物ばかりだ。

「紙菓子か、面白い趣向だ。奕信が喜ぶだろう」

「これは李皇貴妃の発案ですの。祭壇に甜点心を供えるだけでなく、黄泉に届けてはと。わたくしが奕信の好物を教えると、このように本物そっくりにつくってくれました」

「そうか、皇貴妃が……。どうりでよくできているはずだ」

手にとってみると、ほのかに甘いにおいがする。香りもつけているらしい。

「李皇貴妃は宝冠と金璽を返上して蟄居しております」

尹皇后は紫蓮から返上されたという皇貴妃の宝冠と金璽を太監に持ってこさせた。

「蟄居だと？　そんな勅命を出した覚えはないが」

「みずからそうしているのですわ。李皇貴妃は罪を犯しましたから。こちらがお詫び状です。ご宸断を仰ぎたいということでしたので、あずかってまいりました」

尹皇后が一通の封書をうやうやしく献上した。

隆青は封書を受けとり、封をあけて水縹色の信箋をとりだす。波紋のような文様が浮かびあがった紙面にたおやかな水茎の跡が躍っていた。

罪妃共婧可からはじまる文章は凌寧妃の軽挙を許してしまったわが身の不明を詫び、分をわきまえず僭越な発言をして逆鱗にふれたことを平身低頭して深謝している。

　さらにはつぎのように記されていた。〝自ら作せる孽〟により皇貴妃としての面目を失ったことで、妃嬪たちを統率できなくなり、後宮の安寧を守れなくなってしまった。このままでは皇后さまの負担が増える一方である。

　染坊の出戻り娘にすぎなかった自分を見出してくださった皇太后さまのご期待にこたえられず、お詫びの言葉もない。かような体たらくで芳仙宮の主を名乗るわけにはいかないので、すみやかに位を退き、冷宮に居を移すべきだと思う。

　すでに身辺を整理し、支度はととのえている。あとは冷宮行きの勅命を待つばかり。願わくは一刻も早く尸位素餐の賤妾を廃され、あたらしい皇貴妃をお迎えになるよう。ほんの短いあいだではあったが、主上にお仕えできたことはたいへんな名誉であり、深く感謝している。最後は太上皇ならびに今上の万歳と、李太后ならびに尹皇后の千歳を心より祈念し、大凱のとこしえの繁栄を願う雅文でしめくくられていた。

「李皇貴妃の罪はけっしてかるいものではございませんが、このように深く反省しております。なにとぞ、わたくしに免じてご寛恕くださいますよう」

　尹皇后が大きな腹を抱えて跪拝しようとするので、隆青はあわててとめた。

「やめよ。身重なのだから、ひざまずいてはいけない」

「いいえ、ひざまずかせてくださいませ。もとはと言えば、わたくしがふがいない皇后であるばかりに後宮が乱れ、ご宸襟(しんきん)をわずらわせてしまっているのです。このうえ入宮して間もない李皇貴妃が廃妃されたとなれば、内廷(ないてい)は禍(わざわい)の巣窟(そうくつ)であると喧伝するも同然。尹氏は国母(こくも)と呼ばれる位に在りながら妃嬪ひとり監督することもできないのかと、官民のそしりを受けましょう。すべてはわたくしの咎(とが)ですわ。李皇貴妃を罰せられるなら、わたくしにも罰をお与えくださいませ。さもなければ、天下に顔向けできません」

なおもひざまずこうとする尹皇后の手をとり、隆青はかすかに笑った。

「たしかに皇貴妃は十分反省しているようだ。ここは君の顔を立てて赦すとしよう」

龍輦(りゅうれん)が紅牆(こうしょう)の路(みち)を行く。暁和殿を出たあたりから雨粒がちらつきはじめた。短い逢瀬(おうせ)のあとでふたたび引き裂かれた牽牛と織女を天漢(あまのがわ)が憐れんでいるらしい。しとしとと降る絹の雨は、龍輦に立てられた大ぶりの傘に弾かれ、憂(うれ)わしげに鳴いている。

——共紫蓮は妃嬪になるために生まれたような賢女だ。

失寵した女人は寵愛を取りもどそうと躍起(やっき)になるものだ。銅迷(どうめい)に袖(そで)の下をわたしてとりついでくれるよう頼んだり、配下に手製の小物を持たせて寄こしたり、あたらしい寵妃(ちょうひ)にすりよって皇帝の視界に入ろうとしたり、果ては龍輦を待ち伏せしてつめよったりする者もいる。どれほど高位でも、どれほど才気煥発でも、どれほど芸達者でも、寵愛がなければ奴婢(ぬひ)にさえ侮(あなど)られるのだから、必死になるのは無理からぬことだろう。

その苦衷に理解を示しつつも、隆青は彼女たちが駆使するくさぐさの媚態に辟易している。妃嬪侍妾は愛だの恋だのとうわ言のようにくりかえして慕情を訴えるが、彼女たちが求めているのは天子の寵愛であって、隆青の愛情や恋情ではない。熱っぽいまなざしや甘ったるいささやきはどこかひとりよがりで、むなしく上滑りしている。

ところが紫蓮はまったくちがう。彼女は安易に恋や愛を口にしない。己のつとめに邁進し、与えられた配役を演じるために努力して、媚態ではなく赤誠で仕えてくれる。

自分で暁和殿を訪ねることもできたのにそうしなかったのは、尹皇后と隆青の顔を立てるためだ。紫蓮と隆青の仲をとりもてば、尹皇后は後宮の女主として威信を保つことができる。さらには隆青も、尹皇后のたっての願いで紫蓮を赦したということにすれば、九陽城の主としての体面を保ったまま、ふたたび芳仙宮の表門をくぐることができる。

下手に騒ぎたてず、みずから宝冠と金璽を返上して蟄居することで、皇帝と皇后の面目を立てて事態をまるくおさめる。皇貴妃としてこれ以上の良策はない。

やがて龍輦は芳仙宮の門前でとまった。朱塗りの門扉がひらかれ、隆青は龍輦からおりて外院に入る。垂花門をくぐって内院に足を踏み入れると、方塼敷きの小径に素衣姿の紫蓮がひざまずいていた。黒髪は結わず背におろされ、うつむけられた玉のかんばせはうっすらと翠眉を描いたのみで、白粉のにおいもなく、臙脂もひいていない。

綺羅も金銀も身にまとっていないのに、けぶる霧雨のなかに沈んだその姿は喪に服した仙女のように神々しく、雨に打たれた玉簪花のように美しい。

「立ちなさい」

濡れた方塼に額ずこうとした紫蓮をとめ、隆青は彼女の両手をとって立ちあがらせた。

「いけませんわ、主上。お召し物が濡れてしまいます」

紫蓮は距離をとろうとしたが、かまわず抱きよせて傘の下に引きいれる。そのまま正房に入り、惜香を呼んで紫蓮を着がえさせるよう命じた。客庁にて待っていると、あたらしい襦裙に着がえた紫蓮が入室してくる。濡れた髪は簡単に結いあげているが、臙脂はつけないままだ。隆青は手招きして、紫蓮を自分のとなりに座らせた。

「これは君にかえそう」

銅迷とその配下に持たせた宝冠と金璽をさし示す。

「君以外に、これに値する妃嬪はいない。そんなことは君だって百も承知だろう。だからこそ、詫び状を添えて返上した。余が君を廃妃できないことを見越したうえで」

「主上はなんでもご存じでいらっしゃいますのね」

君ほどじゃない、と笑って、隆青は紫蓮の手をそっと握った。

「手が冷えている。長いあいだ、ひざまずいていたのか？」

「いいえ、ほんの一刻ほどですわ。欽天監に問いあわせたところ、今日の入日から雨が降るということでしたので、頃合いを見計らって、外に出ておりました」

欽天監は天文や暦をつかさどり、天候や天災などの予報を行う。

「なるほど、その手があったな。君が策士だということを忘れていた」

「主上に対して策を弄するなど不敬の極みであることは重々承知のうえですが、この状況をあまり長引かせるのは得策ではないと思い、あえてかようなまねをいたしました」

お赦しを、と紫蓮はしとやかに首を垂れる。

「いや、助かった。余も和解のきっかけを捜していたから」

なにげなく紫蓮の手に視線を落とす。妃嬪にしては爪が短いのは、染め物をする際に邪魔になるからだろう。けっして箸より重いものを持ったことがない繊手ではない。花や小鳥を愛でるためではなく、まめまめしく働くために用いられてきた手だ。

「君には、ずいぶんひどいことを言った。……すまなかった」

「まあ、なんのことでしょうか？　心あたりがございませんわ」

紫蓮はふしぎそうに小首をかしげてみせた。

「空とぼけるのが案外下手だな。ほんとうは気にしているのだろう？」

反駁しようとした紫蓮を視線で制し、隆青は長息する。

「あの日、君が進言したことはすべて正しい。まちがっていたのは余だ」

「……正しいことがつねに最良とは限りませんわ」

「しかし、正道は正道だ。君が言っていたとおり、余が丁氏を生かしつづけたために奕信の件が漏れた。……もっと言えば、丁氏を後宮に入れたことが――いや、丁氏を娶ったことがそもそもの過ちのはじまりだった」

齢十五の元宵節。綺羅星のごとく輝く幾万の灯籠の下で、隆青は房黛玉に出逢った。

「丁氏は……黛玉はがらの悪い男たちにとりかこまれていた。元宵にはよくあることだ。灯籠見物に来た令嬢が破落戸にからまれているのだろうと思って、助けようとした」

くわしく話を聞いてみると、男たちに声をかけたのは黛玉だった。

「この人たちがいやがる女人を無理やり連れていこうとしていたから注意したのよ」

義俠心に駆られた黛玉はあとさき考えず男たちの非道を大声で責めたてた。

「その隙にからまれていた女人は逃げたのだが、彼女の代わりに黛玉が男たちに連れていかれそうになったわけだ。護衛も連れていなかったから当然のなりゆきだが、黛玉は怯えるふうもなく、破落戸相手に一歩も引かず、威勢よく啖呵を切っていた」

男たちが黛玉に手をあげようとしたので、隆青は止めに入った。

「錦衣衛の武官のふりをしたら、破落戸どもはいっせいに逃げていったよ。ところが、黛玉には逆に警戒されてしまった。錦衣衛の悪名は天下に轟いているからな」

その日はそのまま別れ、数日後の昼下がりに大路で偶然再会した。

「やはり護衛も連れずにうろついて、不審な男を尾行していたんだ。男が阿芙蓉のようなものを持っていたので、根城をつきとめて官府に訴えるつもりだと息巻いていた」

「まさか若い娘がたったひとりで？　あまりに無謀ですわ」

「義気に富んでいるのはけっこうなのだが、度が過ぎていた。橋から落ちた童子を助けるために川に飛びこむわ、盲目の老婆に頼まれて用心棒のまねごとをするわ、闘鶏用の鶏を勝手に逃がすわ……鉄火肌で、むこう見ずで、危なっかしくて目が離せない」

「そのようなご気性が主上の御心をとらえたのですね」

世の不正に憤り、弱き者のために悪と戦おうとする黛玉の短気な正義感にふりまわされているうちに、いつのまにか心を奪われていた。

「だが、余は父皇——義昌帝から皇太子に指名された。思いがけないことだったよ。余は一王世子にすぎず、いずれは洪列王位を継いで親王として生きていくはずだったのだから。皇子でもないのに東宮の主に選ばれたことは僥倖ではなく、災厄だった」

隆青は拝辞しようとした。玉座につけば後宮を持たなければならないから、自分にはつとまらないと。そのときには早くも黛玉を娶ることを考えていた。

「父皇はとうに黛玉のことをご存じだった。まったく、東廠は敵にまわしたくない。余と黛玉がどこでどう出会ったか、どのように逢瀬をかさねたか、全部筒ぬけだった」

房黛玉を王世子妃に迎えることはまかりならぬ、と義昌帝は断言した。

「側妃にも選侍にも迎えてはならぬという。なぜなのか、まるでわからなかった」

たしかに商人の娘を王世子妃に据えるのは難しいかもしれない。されど、側妃や選侍なら名門でなくてもよいはずだ。事実、商家から側妃や選侍の娘を迎えた皇族はいる。

「……理由を聞いて、合点がいった。そして、悟ったんだ。父皇はけっして、彼女を見逃してはくださらぬだろうと……」

房家は月燕の案で誅九族に処された栄氏一門の生き残りだった。

「栄氏一門は月燕の案にて族滅された。しかし、からくも処刑を逃れた者たちがいた。とある獄吏が罪人たちから賄を受けとり、獄死したことにして彼らを逃がしたらしい。遺体をあらためた際に替え玉であることが発覚し、父皇は栄家の残党を殲滅せよと東廠に命じた。一族を滅ぼされた怨みを晴らすため、いつの日か彼らは朝廷に——大凱に牙をむくだろう。争乱の火種は消し去らねばならぬ。たとえそれが、か細い残り火であろうと」

東廠は血眼になって罪人一族を捜しまわり、ひとつひとつ確実につぶしていった。

「最後の残り火が茶商房無我と、その愛娘……黛玉だった」

重祚前から、義昌帝は隆青を皇太子に目していた。つまり隆青の素行は事細かに調べられていた。隆青とめぐり逢ったばかりに、黛玉はその出自を暴かれたのだ。

「丁氏は……出自を承知していたのですか？」

「いいや、彼女は知らない。房無我は娘になにも教えていなかったんだ」

隆青は立太子を受ける代わりに、黛玉を側妃として娶りたいと申し出た。

「太上皇さまは、側妃に迎えてはならぬとおっしゃったのでしょう？」

「それは〝王世子として〟だ。皇太子として、ではない」

皇太子として、ならば「王世子妃に」ではなく、「皇太子妃に」迎えることはまかりならぬと言ったはず。義昌帝はあえてほのめかしたのだ。抜け道があることを。

「黛玉の気性は、後宮暮らしには鬼門だ。彼女を娶るなら、彼女しか娶らない覚悟をしなければならない。出逢った瞬間にそんなことはわかっていた。……しかしもはや、ほかに選択肢はなかった。余のそばに置くことでしか、彼女の安全を守れなかったんだ」

東廠は房父娘に目をつけている。隆青が黛玉にかかわらなくなれば、すぐにでもふたりは消されるだろう。目下、房父娘が生かされているのは、隆青が黛玉と恋仲だからだ。もっと言えば、その関係を利用して隆青に立太子を承諾させるために、黛玉は生かされているのだ。すべては義昌帝――太上皇の采配。一糸の抜かりもない。

「案の定、黛玉を説得するのに難儀した。彼女は側妃になってまで余に嫁ぎたくないと言った。余をひとり占めできないなら、嫁ぐ意味がないと」

黛玉は他人と夫を共有できる女ではなかった。

「余も、黛玉を後宮に閉じこめることには気が進まなかったよ。だが、余が娶らなければ彼女は始末されるだけだ。東廠は――父皇は恩情をかけてはくれない」

秘密裏にふたりを国外へ逃がす計画を立てたが、東廠はそれすら義昌帝に報告した。天子の目が、耳が、そこらじゅうにいる。煌京から出ることさえ不可能だ。

「どうやって丁氏を説得なさったのですか？」

「説得は不成功に終わった。黛玉を説き伏せられるのは黛玉だけだ」

一度は生別を決意した黛玉自身が隆青の側妃となることを望んだ。

「それほどにおふたりは離れがたくなっていたのですね」

ああ、そうだ。隆青も黛玉も、互い以外を恋うことができなくなっていた。

「即位に伴い、黛玉を皇貴妃に立てた。本来なら貴妃や麗妃……いや、もっと下でも妥当だった。出自もさることながら、黛玉は一度も孕んでいなかったからな」

「蔡氏や許氏よりも下位では、丁氏が納得しなかったでしょう」

「それもあるが、実を言えば余の希望だ。皇后にできないならせめて皇后につぐ位につけてやりたかった。……愚かなことだな。天子が私情で皇貴妃を選ぶとは」

その結果、隆青は奕信を喪った。かけがえのない、愛し子を。

「世評からは想像できぬだろうが、黛玉はやさしい女だった。反骨心が強すぎて母后や皇后とはうまくいかなかったけれども、無類の子ども好きで、幼子をあやすのが得意だった」

市井で生きていれば、彼女はよき母になったはずだ。

「後宮が黛玉を変えた。無邪気でまっすぐだった心根をねじ曲げ、妬心ばかりを太らせて、冷血な鬼女になり果ててしまった。……ちがうな。余のせいだ。余が彼女の生きかたをくるわせた。後宮では生きられぬ女を、この極彩色の獄に閉じこめたから」

入宮当初の彼女と、冷宮に送られる彼女は、まるで別人だった。

「いったいどうすればよかったのかと、いまでもときおり自問する。後宮に入れず、市井で囲っていれば……。いっそはじめから黛玉をどこか安全な場所へ逃がしていれば……。いくら探しても正答は見つからない。畢竟、出逢ったこと自体が間違いだったんだろう。彼女を愛したせいで余は、黛玉を……みなを不幸にしてしまった」

滑稽なことだ。四海天下を睥睨する皇上が愛する者ひとり幸せにできないとは。

「余はいずれ……君も不幸にしてしまうのだろうな」

騙し討ちのようなかたちで入宮させた共紫蓮。いつの日か彼女も後宮の色に染まり、善心を失い、憎悪をみなぎらせて、黛玉のようになってしまうのだろう。

「余は君を愛することができぬ。君だけではなく、ほかの后妃たちも。黛玉がいるからではない。余が天子だからだ。天子が愛するのは兆民であって、わが子や后妃ではない。天子には情も愛もない。余にできるのは、寵愛を与えることだけだ。そしてその寵愛とは綺羅で飾った空匣で、いつでもとりあげることができる代物にすぎない」

天子は人であってはならない。長らく玉座に在った太上皇の訓戒を思い出す。

「余は君を寵愛する。君に利用価値があるあいだは。結果、君を不幸にしても、詫びの言葉ひとつ口にしない。そういう男なのだ、君が嫁いだ相手は」

君の夫は人でなしだと、ため息まじりにつぶやいた。

「余に嫁いだことを、君はきっと後悔する。なぜ入宮させたと余を怨む日が来るだろう。それでも、君は寵愛を受けねばならぬ。余が君を必要とする限り」

隆青は屏風のむこうにひかえている銅迷を呼んだ。

「夜伽の支度はととのっているか」

「万事、ぬかりございません。ですが、皇貴妃さまには湯浴みをしていただかねばなりませんので、しばらくお待ちいただくことになるかと」

妃嬪の殿舎で夜伽をさせる場合も、仙嘉殿でのそれと同様に、湯浴み、寝化粧、裸体の検査と旧来の手順を踏まなければならない。

「待っているあいだに奏書の残りを片づけておこう。皇貴妃よ、書房を借りるぞ」

立ちあがろうとした隆青の手を、紫蓮が強く握った。

「主上はまちがっています」

ゆるぎない意志を映す瞳が隆青を射貫いている。

「あなたごときに私を変えることなどできません。あなたごときに私を不幸にすることなどできません。私の生きかたは私が決めます。私の幸も不幸も、私が決めます。どんな苦難に見舞われたとしても、私が自分を不幸せだと思わなければ不幸とはいえません。すべては私の胸三寸ですわ。ご宸断が入りこむ余地はございません」

「……皇貴妃」

「私の人生を、私の生きかたを無断で裁かないでください。勝手に不幸になると決めつけられて、勝手に憐憫を垂れ流されて、迷惑千万ですわ」

腹立たしげに言い捨て、紫蓮は袖を榻に叩きつけるようにして立ちあがる。

「寵愛の有無にかかわらず、私は幸福です。これからさきもずっと幸福に生きてみせます。逆境にあってもどこかに福を見つけて、自分を幸せにしますわ。ご聖恩なんてあてにならないもの、端から頼りにしていません。私が頼りにするのは私自身ですから」

隆青をまなざしで射貫いたまま、紫蓮は扉を指さした。

「話はすみました。おひきとりくださいませ」

「……しかし、夜伽を」

「憐れみという名の寵愛などけっこうです。私には矜持がございますの。追いすがって涙ながらにお慈悲を乞う？　そんな恥はさらしません。不憫な女と私を蔑むかたに二束三文の恩情をねだるくらいなら、皇上に逆らった女と天下にそしられるほうがましです」

虚獣、と紫蓮は呼んだ。すぐさま虚獣が屛風の陰から出てくる。

「主上がお帰りになるわ。お見送りしなさい」

「とんでもないことをなさいましたわね！　主上を追いかえすなんて！」

青い顔をした惜香の手につかまって、紫蓮はひろい湯船に裸身を沈めた。

隆青を追いかえしてからいくらも経っていない。夜伽のために用意された湯はもうもうと湯気をあげ、真珠のように散らされた茉莉花の花びらが甘い香りを放っている。

「皇貴妃さまがまた主上を怒らせたと、後宮じゅうの噂になりますわ。蔡貴妃や許麗妃は大威張りでふれまわるでしょう。皇太后さまのお耳に入ったら……」

「髪を洗ってちょうだい。いつもより念入りにね」

紫蓮は目を閉じて、浴槽のへりにもたれかかった。

「のんきすぎますわよ。皇貴妃の位も危ういというときに御髪の心配なんて」

「雨水に濡れた髪で御前に侍るわけにはいかないわ」

「ご自分で夜伽をお断りになったくせに、なにをおっしゃっているのやら」

ぶつぶつ文句を言いながら、惜香が紫蓮の髪を洗う。澡豆にふくまれる白檀の香りが茉莉花のそれとまじりあい、ほどよい馨しさで湯殿を満たした。

「夜伽をするつもりはないけれど、寝支度のお手伝いくらいはするつもりよ。身ぎれいにしておかなければ、主上にご不快な思いをさせてしまうでしょう」

「もう十分ご不快だと思いますわよ。いくらなんでも言葉が過ぎましたわ」

「あれくらいでちょうどよいのよ。主上は鉄火肌の女人がお好きなのだから」

「……ひょっとして、わざとあのようなことを？」

「丁氏は勝気な媚態で主上を虜にしていたのでしょう。だったら、殊勝にふるまうのは逆効果だわ。つつましく淑やかな女人にはとうに飽いていらっしゃるのよ」

　最初の結婚とおなじ過ちを犯そうとしていた。賢妻を演じていればかならず夫の心を射止められるわけではない。相手の好みを無視して自分を押しつけてばかりいるから、疎まれるのだ。欲しくないものを鼻づらにつきつけられれば、だれだっていやけがさす。

「丁氏の手練手管をまねなさるおつもりですの？」

「単なる猿まねではないわよ。私には私のやりかたがあるの。まずは長湯しましょう。あそうだわ、もうひとり分、お湯の支度をしておいてちょうだい」

「もうひとり分？　どなたのです？」

「決まっているでしょう。主上よ」

「主上はお帰りになったではありませんか」

　釈然としないふうに首をかしげつつ、惜香は年若い女官に湯をわかすよう命じる。女官が湯殿から出ていったあと、入れかわりにだれかが入ってきた。

「皇貴妃さま」

　虚獣の声だ。屛風のむこうにいるので、姿は見えない。

「主上がお戻りになりました。客庁でお待ちです」

「そのままお待たせして。茶菓は出さなくてよいわ」

「たいそうご立腹でして……湯浴みなど切りあげて出てこいとおっしゃっていますが」

「私は長湯が好きなのだとお伝えしなさい。ひとたび湯殿に入ったら一個時辰(にじかん)は出てこないから、私を待つのがおいやなら、ほかの殿舎へお渡りになってくださいとね」

虚獣が湯殿を出ていく。紫蓮は聞こえよがしに鼻歌を歌いながら身体を洗った。

――主上は気晴らしをなさるべきだわ。

奕信の死、丁氏の変節、玉座の重圧。陰々滅々(いんいんめつめつ)と愁(うれ)いに沈む皇上には荒療治(あらりょうじ)が必要だ。かつての黛玉のような鼻っぱしの強い女人にふりまわされていれば、しばしのあいだは冷宮にいる廃妃のことを忘れられるだろう。ほんのすこしでいい。数刻でも、一夜でも、わずか一日でもいいから、己を責める時間を減らしてほしい。それでなくとも彼は疲れているのだから。后妃侍妾のまえで、よき天子の仮面をかぶりつづけることに。

「……お待ちください、主上！」

湯殿の外がにわかに騒がしくなる。紫蓮は目をまるくした惜香に微笑みかけた。

「だから言ったでしょう。もうひとり分のお湯が必要だと」

後宮の安寧(あんねい)を守る。それが紫蓮に課せられたつとめだ。

もちろん、「後宮」のなかには、一天万乗(いってんばんじょう)の君たる高隆青もふくまれている。

第三章　雪の涙痕

「……まだなのか？　長くかかりすぎているような気がするのだが」

「こんなものでしょう」

「様子を見てこい」

「さっき行ってきたじゃないですか。たいして状況は変わっていませんよ」

銅迷（どうめい）の気のない返事を聞きながら、隆青（りゅうせい）はせわしげに凭几（ひじかけ）を叩く。

「そんなにご心配なさらなくても大丈夫でしょう」

「なぜそう思う？」

「さあ？　適当な慰めを言っているだけですから理由を問われても困りますねえ」

「……前々から思っていたのだが、おまえはよくもそんないい加減な仕事ぶりで皇帝付き太監（たいかん）にまで出世できたものだな」

「そりゃあ、銭の力ですよ。銭で買えないものはございませんので」

いけしゃあしゃあと笑ってみせる銅迷にあきれつつ、椅子（いす）の背にもたれてため息をつく。

尹皇后が産気づいたとの一報を耳にしたのは、朝議の直後であった。今月は産み月だったので、いつお産がはじまってもおかしくはなかったが、いざそのときが来てみると面食らった。尹皇后はすでに産房に入り、太医と産婆が事にあたっていると聞いたので、そのまま暁和殿で政務を片づけていた。そのうち吉報が届くだろうと思ったのである。

予想に反し、正午を過ぎてもなんの音沙汰もない。しだいにそわそわしてきたが、後宮に駆けつけたところで産房には入れないし、入ったところで役には立たないのだからと、ふだんどおりに日講をすませた。翰林官が退室したときには雀色時になっていたが、やはり吉報は届かない。心配になって銅迷を遣わしてみると、難産だということだった。

「なかなか御子が出ていらっしゃらないので、皇后さまは苦しんでいらっしゃいます」

急いで後宮へ向かい、恒春宮に入った。産房からは尹皇后の叫び声と、必死に励ます産婆たちの声がもれ聞こえ、産房の外では玉梅観の女道士たちが母子の無事を祈って経を唱えていた。隆青は客庁にて待つことにした。夕餉の時間になったが、空腹を感じないのであとまわしにした。とはいえ、できることはない。ひたすら待つだけだ。

――安柔妃は死産だった。

数日前のことである。臨月でもないのに安柔妃が産気づいた。太医たちが手を尽くしたが、安柔妃をさんざん苦しませて生まれでた赤子は産声をあげなかった。

後宮には不幸が絶えない。とりわけ出産は禍を呼ぶ。

「主上にごあいさつ申しあげます」

蔡貴妃と許麗妃がおのがじし妹分を連れてやってきた。媚態をつくって万福礼するので、座るように命じる。妃嬪たちは思い思いの芳香をふりまいて席についた。

「あら、凌寧妃が来ていないわね？」

「皇后さまのご出産に立ち会わないなんてどういうつもりかしら」

「思いあがっているのですわ。純禎公主さまの孫娘であることをかさに着て」

「皇貴妃さまが甘やかすから、ますますつけあがっているのでしょう」

「皇貴妃さまといえば、どちらにいらっしゃるのかしら？　お姿が見えないけれど」

蔡貴妃がもったいぶったしぐさで客庁を見まわしたとき。前のめりの足音が客庁に入ってきた。思わず腰を浮かせた隆青の足下にひざまずいたのは、皇貴妃李紫蓮である。

「お慶び申しあげます、主上。皇子さまがお生まれになりました」

「そうか……！　無事に生まれたか」

歓喜よりもさきにこみあげた安堵。その味を噛みしめるまえに不安がよぎる。

「皇后は？　無事だろうな？」

「はい。いま、皇子さまを抱いていらっしゃいます。一刻も早く主上にお知らせするよう仰せつかりましたので、私がはせ参じました」

「それはなによりだ。太医と産婆には褒美をとらそう」

「しばし、お待ちくださいませ。皇子さまをお連れいたしますわ」

「ああ……いや、余が顔を見に行く」

隆青は客庁を飛びだした。産房のまえにいる女道士たちが「産房は不浄だから、天子が立ち入るべきではない」と言って諫めたが、かまわず房内に入る。あと始末をしていた産婆たちが仰天して、平伏しようとした。仕事をつづけよと言って奥の間へ急ぐ。華灯の光を頼りに牀榻へ駆けよると、皇子を抱いた尹皇后があわてて首を垂れようとした。

「動くな。そのままでよい」

褥の上で拝礼しようとする尹皇后をとめて、牀榻に腰をおろす。真珠のような汗が浮かんだ白いひたいを手巾でそっと拭った。

「ごらんになってくださいませ。玉のような皇子ですわ」

隆青がおそるおそるのぞきこむと、皇子はふしぎそうな目で父帝を見た。妙な感じだ。尹皇后をあれほど苦しめていたものが、かくも愛らしい顔をしているとは。

「よくやってくれた。礼を言うぞ、皇后」

「李皇貴妃のおかげですわ。お産がはじまってからずっとそばにいてくれました」

「そうか。では、皇貴妃にも褒美をとらせねばならぬな」

「私はおそばにいただけです。皇后さまがお強いのですわ」

牀榻のかたわらで、紫蓮はおっとりと微笑んでいる。

「いいえ、わたくしは何度も気力が尽きそうになったわ。もうだめだとあきらめてしまいそうになったもの。だけど、あなたが励ましてくれたから……」

ふたりの女は顔を見あわせて笑った。

「なんだ？　なぜ笑う？」

「わたくしが気を失いかけたとき、李皇貴妃がこうささやいたのです」

――皇后さまがこんなに苦しんでいらっしゃるのに、主上ったらのんきに夕餉を召しあがっていらっしゃいますわよ。しかも月輪班のお芝居をごらんになりながら。

「演目が『飛瓊娘』だと聞くと、にわかに目が冴えてきましたわ」

『飛瓊娘』は芝居好きな尹皇后のお気に入りの演目である。

「月輪班が演じる『飛瓊娘』はまだ観たことがございませんの。主上にさきを越されたと思うと悔しくて悔しくて。かようなところでくたびれ果てていては、大好きなお芝居も観られない。その口惜しさを糧にしたおかげで、乗りこえられたのです」

「なるほど。それは妙計だったな」

「ここだけの話ですが、皇后さまは主上のことを――」

「あっ、だめよ、李皇貴妃！　そのことは秘密にしてちょうだい」

尹皇后がうろたえたふうに唇のまえに指を立てると、紫蓮は心得顔でうなずいた。

「皇子さまの目もとは皇后さまにそっくりですわね」

「あら、そうかしら？」

「おやさしそうなところが母君に瓜ふたつです。口もとは主上に似ていらっしゃいますわね。将来は惚れ惚れするような美男子におなりでしょう」

紫蓮は生まれたての皇長子に微笑みかけた。まるでわが子にするように。

「さきほどはなにを言いかけたんだ？」

尹皇后をやすませるため産房から出たのち、隆青は紫蓮に小声で尋ねた。

「お答えできませんわ。秘密にすると皇后さまにお約束しましたので」

「余に話したことを皇后に秘密にすればよい」

「悪事をそそのかさないでくださいませ。皇后さまを裏切るわけにはまいりません」

「気になるではないか。皇后が余のことを……なんだ？」

「お忘れください。たいしたことではございませんわ」

「だったら、色太監に命じて調べさせようか」

「まあ、大げさですこと。みっともないまねはおやめください」

「君が教えてくれないのが悪い。教えてくれれば、西域のめずらしい染料をやるぞ」

「嘆かわしいわ。天子さまが妃に賄賂を贈るなんて」

「大宦官どの曰く、銭で買えないものはないそうだ。君の秘密を売ってくれないか」

「はいはい、主上。皇貴妃さまに代わって私が売りましょう」

銅迷がにやつきながら口をはさんだ。

「様子を見に行った際、皇后さまは思いっきり主上を罵倒(ばとう)なさっていたんですよ。主上の愚蠢(すかたん)！　廃物(やくたたず)！　狗東西(いぬやろう)！　忘八蛋(ひとでなし)！　なんてのは可愛いほうで。とてもとてもお耳に入れられないような多種多様な罵倒語を口になさっていました」

「……皇后がそんな言葉を？」

「ろくに語義をご存じないままお使いになっていらっしゃるようですわ。お芝居で学ばれたのでしょう。少女時代には市井の戯楼(げきじょう)に足しげく通っていらっしゃったそうですから」

どんな芝居を見たのか、おおよその見当がついた。

「貞淑(ていしゅく)を絵に描いたような皇后が余を口汚くののしるとは面白いこともあるものだ。これはいよいよ君のときが楽しみになってきたな」

「私……ですか？」

「子を産むとき、君はどんな罵詈雑言(ばりぞうごん)で余をこきおろすのだろう」

紫蓮は目をしばたたかせ、朱唇(しゅしん)から笑みをこぼした。

「私は皇后さまより巷間(こうかん)の罵倒語にくわしいので、お聞きにならないほうがよろしいかと」

「いや、ぜひとも聞きたいな」

「困ったかた。きっと後悔なさいますわよ」

諦観を多分にふくんだ苦笑。そのさびしげな色彩に、しばし目を奪われる。

紫蓮はあきらめているようだ。身ごもることも、愛しいわが子を胸に抱くことも。それがひどく心苦しい。憐憫や罪悪感とは、なにかちがう。隆青は彼女の願いをかなえてやりたいのだ。母となった紫蓮の、慈愛に満ちた微笑を見てみたいので。

崇成年間初期までは、十月になると、皇上は歴代皇帝が愛した避寒地、累山に行幸した。その折には后妃や皇族、高位高官のみならず、周辺諸国の朝貢使節団も随行することになっていたので、たいへんな大所帯であった。彼らが名湯にて夢心地の幾夜を過ごす費用はすべて天子所有の銀である金花銀から支払われる。莫大な宮廷費をついやす累山行幸は歴代皇帝の頭痛の種となり、崇成帝の御代にとうとう廃止された。

湯けむりの夢は見られなくなったものの、朝貢使節団は以前と変わらず手厚くもてなされている。外朝でもよおされる宴は盛況で、大凱の豊かさと伝統文化を見せつけるくさぐさの遊嬉は、遠路はるばる来朝した異邦人たちの目や耳を魅了してやまない。

今宵は皇長子の降誕祝いもかねて、鉄紺色の夜空に花火が打ちあげられることになっている。列席者たちはみな、宴もたけなわとなった正庁から広場に出ていた。

「主上、凌寧妃が鬼淵晋王にごあいさつしたいと申しておりますわ」

万福礼の姿勢をといて、紫蓮は口を切った。

隆青のかたわらにいるのは、浅黒い肌をした筋骨逞しい青年――鬼淵国晋王、凌炎鷲である。まとう衣は睨みあう龍と獅子を織りあらわした錦袍。袖口や立ち領部分にも精緻な文様が刺繍され、左右の腰から足もとまで入った切れこみは白貂の毛皮でふちどられている。腰に巻いているのは香嚢や魚袋、飾り刀子などをさげた蹀躞帯。長い白金の髪は複雑な編みこみにして背に垂らし、黒橡色の貂帽をかぶっている。

「凌寧妃は晋王の同腹妹だったな。ひさしぶりに兄妹で語らうがいい」

「ご聖恩に感謝いたします、主上」

炎鷲は両のこぶしをつきあわせる鬼淵式の揖礼で拝謝する。隆青を見送ったのち、紫蓮は凌寧妃を手招きした。貔貅をかたどった青銅像のそばにぽつねんと立っていた凌寧妃がぱっと笑顔になり、女郎花色の袖を蝴蝶のようにひらめかせて駆けてくる。

「阿兄！」

凌寧妃は飛びかかるような勢いで炎鷲に抱きついた。

「相変わらずお転婆だな、阿孋。凱帝の後宮に入ったのだから、淑やかな婦人になっているだろうと父王はおっしゃっていたが、全然変わっていないじゃないか」

屈強そうな両腕で妹を危なげなく抱きとめ、炎鷲は快活に笑う。

「中身はともかく、姿かたちはすっかり大人びたな。見ちがえるほど美しくなった」

「ほんと？　あたしだってわからなかった？」

「ああ、まったくわからなかったよ。おまえがこちらにむかって駆けだすまではな」

ふたりが話しているのは凱語だ。特定の場所をのぞき、宮中では胡語が禁じられている。

「しかし、驚いたな。凱の衣装がこんなに似合うとは」

「皇貴妃さまが見立ててくださったの。ほら見て、鞋履まで凱式よ。素敵でしょ？」

凌寧妃は玉虫色の裙を持ちあげて、冬薔薇が刺繍された繍鞋を見せた。

「はしたないわよ、妹妹。夫以外の殿方に足もとを見せてはだめ」

「べつにいいじゃない。殿方っていっても阿兄なんだから」

「男女七歳にして席を同じうせず。仲のよい兄妹でも男女のけじめはつけるべきよ」

「面倒くさいわねえ。宮師みたいなこと言わないでよ」

「もしここに宮師がいたら、あなたが晋王に抱きついたときに頭から湯気を出して怒っていたわよ。人目があるんだから、身をつつしみなさい」

はいはい、と凌寧妃は持ちあげていた裙をうるさそうにおろす。

「礼儀知らずの妹でお恥ずかしい限りです。さぞやご迷惑をおかけしているのでしょう」

「いいえ、凌寧妃はとても行儀のよい子ですわ。大凱の作法がすこしきびしすぎるのです。本音を言えば私もわずらわしいと思っていますが、皇宮は人の目が多い場所ですから」

「ええ、たしかに。私も入朝してからこのかた、気がやすまりません。いたるところで品定めされているようで、一挙一動が木人のようにぎこちなくなってしまいます」

「どうぞお気を悪くなさらないで。みな、晋王に興味津々なのですわ。倖容公主の駙馬に選ばれた異国の太子さまはどのような美男子なのかと、噂の的ですの」

凱と鬼淵の友好のため、朝廷は公主の降嫁を決定した。花婿は次期鬼淵王である凌炎鷲。花嫁選びには紆余曲折あったものの、倖容公主高妙英に白羽の矢が立った。

年齢が二十一なので二十五歳の炎鷲とつりあいがとれていること、潑溂とした人柄が草原の暮らしにむいていること、騎馬に長けていること、許嫁を亡くしてから三年が経過していること、などが考慮された結果だ。降嫁の話が持ちあがったころ、倖容公主はたいそう悩んでいる様子だったが、李太后に説得され、遠い異国へ嫁ぐことを決心した。

「阿兄は運がいいわ！　倖容公主はとってもきれいで、すっごくいいひとよ。馬術が得意だし、弓矢のあつかいも上手なの。最近は狩りに行っていないから腕が落ちてるかもって言ってたけど、来月の遊猟には参加するらしいの。あたしも出るから競争するつもり。今日、紹介できなくて残念だわ。ほんとうは宴にも出ていらっしゃるはずだったんだけど、急病で出られなくなったって、さっき連絡がきたの。ずっと阿兄に会いたがっていらっしゃったのよ。阿兄は鬼淵一の美男だってあたしが言ったせいね。姿絵を描いてあげようとしたんだけど、あたしって絵が下手でしょ？　阿兄と似ても似つかない変な絵になっちゃうの。阿兄は絵が得意だから、倖容公主のために自画像を描いてくれない？」

尽きることのない凌寧妃のおしゃべりを聞きつつ、紫蓮は惜香と視線をかわしあった。

二月ほど前、宮中の馬を管理する御馬監（ぎょばかん）が凌寧妃の馬場への立ち入りを禁じた。凌寧妃が乗馬を日課にしているせいで馬が酷使されているというのがその理由だ。むろん、方便にすぎない。紫蓮が鼻薬をきかせたのである。

大好きな乗馬ができなくなった凌寧妃はむかっ腹を立て、不当なあつかいを受けていると隆青に泣きつこうとしたが、とりついでくれるはずの銅迷は袖の下だけちゃっかり受けとってのらりくらりと聞き流す。ほかの后妃たちと懇意ではない凌寧妃には相談できる相手もおらず、結局は紫蓮を頼るしかなくなった。ばつが悪そうに芳仙宮を訪ねてきた凌寧妃を、紫蓮は仲たがいする以前同様に歓待し、助けてあげると言った。

「ちょうど乗馬をやってみたいと思っていたのよ。教えてちょうだい」

乗馬を教えてもらうという口実で凌寧妃を連れて馬場へ行くと、倖容公主とばったり出会った。倖容公主は落馬事故で許嫁を亡くしてから馬を遠ざけていたが、鬼淵に嫁ぐ決心をしたので、ふたたび馬と親しもうとしていた。

凌寧妃は倖容公主と意気投合し、紫蓮はふたりから乗馬を指南してもらうことになった。乗馬は思っていた以上に難物だったが、倖容公主と凌寧妃が無二の親友になることは予測していた。いままでは毎日のように連れ立って馬場へ行く仲だ。互いに後宮で暮らしながらいままでかかわりを持たなかったことがふしぎなくらいである。

「こうしよう。俺も自画像を描くから、公主にも自画像を描いてもらってくれ」

「お互いの自画像を交換するのね！　妙案だわ。だけど、倖容公主は絵の素養がおありかしら？　あたしみたいじゃないといいけど」

「出来栄えは問わない。公主ご自身の筆で描かれたものがほしいんだ。宮廷絵師が描いたものより、公主の人柄が伝わってくるだろうから」

「そうね。倖容公主に頼んでみるわ。きっと面白がるはずよ」

見目麗しい兄妹が微笑みあったとき、地を揺るがすような太い音が轟いた。

「阿兄、見て！　花火がはじまったわ！」

凌寧妃は兎のように飛びはねて夜空を指さす。愛らしい爪紅のそのさきで、藍地を彩る纐纈の文様にも似た焔の華が、大きく小さく、咲いては散り、散っては咲く。

花火に夢中になる凌寧妃のかたわらで、兄は妹とちがうものを見ていた。せつなげな視線の行きつくさきにいるのは、異国の婦人たちと花火見物に興じる尹皇后であった。

外廷と内廷をつなぐ銀凰門。黄金の凰が羽ばたく朱塗りの大扉には紅涙が染みついている。後宮に囚われる后妃侍妾が冷たく閉ざされた門扉にすがりついて泣くからだ。怨みの涙に染まった大門はときおりけたたましく軋み、美女たちの悲嘆を雄弁に物語る。

火点しごろである。返照に濡れる銀凰門が悲鳴じみた軋り音をあげて口をひらいた。

まず門をくぐるのは二十四名の宦官が担ぐ龍輦。椅子に座る今上のそばには皇帝付き首席太監の易銅迷がひかえている。龍輦のまえには毬香炉を捧げ持つ宦官たちが仕え、うしろには傘蓋や翳を持つ宦官たちが付き従う。龍涎香をくゆらせる長い行列の最後尾に、場ちがいな呉須色の補服姿があった。翰林院侍講、楊忠傑である。

　銀凰門をくぐることができる男は多くない。今上をはじめとして、天子の祖父たる無上皇、天子の父たる太上皇、さらにごく一部の皇族と后妃の親族に限られる。

　金枝玉葉でも外戚でもない忠傑が銀凰門をくぐることは、不義密通に匹敵する重罪。本来なら銀凰門に近づくだけでもあらぬ疑惑を呼ぶ。しかるに、今日はだれにも咎められず鳳の口に吸いこまれていく。今上がとくべつに随行を許可したためである。

　寸刻前、忠傑は暁和殿に参殿した。

「なにとぞ、罪臣楊義之に厳罰をお与えください」

「楊侍講、いったいなんの話だ？」

　参殿するなり倒れこむようにひれ伏した忠傑の頭上に、いぶかしげな玉音が降った。

「臣めは恐ろしい罪を犯しました。この命をもってしても、けっして贖えない大罪です。……懐妊を装うことのできる西域の秘薬を、皇貴妃さまに献上してしまったのです」

「懐妊を装う薬だと？　なぜそんなものを？」

「皇貴妃さまがご所望なさったのでございます」

「馬鹿な……。皇貴妃が偽の懐妊で余の気をひくつもりだとでもいうのか」

「いいえ、皇貴妃さまはご自身のために薬をお求めになったわけではございません。ほかの妃嬪を陥れるためにお求めになったのです」

「ほかの妃嬪とはだれだ？」

「恐れながら……許麗妃さまがご懐妊中とうかがっております」

「まさか、許麗妃の懐妊は皇貴妃が仕組んだ偽装だというのか」

　おそらくは、と忠傑はいかにも苦々しく答えた。

「ひそかに薬を盛り、本人も知らぬうちに懐妊を偽装させ、のちにみずからそれを暴いて罪人に仕立てあげる……皇貴妃さまはおぞましい奸計を画策なさっていました。そして臣めに……悪事の片棒を担ぐよう、お命じになったのです」

「おまえが皇貴妃に従ったのはなぜだ？　もしや、旧情のためではあるまいな？」

「滅相もない。臣めは皇貴妃さまの夫にはふさわしくない匹夫でした。夫婦の縁ははじめから結ばれていなかったも同然。旧情などと、口にするのもおこがましいことです」

「では、なぜ皇貴妃の命にやすやすと従ったのだ？」

「……脅迫されたのです。従わなければ、祖父殺しの罪を暴くと」

　忠傑は大げさなまでに身震いしてみせた。

「わが祖父は十年前に不帰の客となっておりますが、その死が臣めの謀略であったと皇貴妃さまはおっしゃるのです。もちろん、さような事実はございません。祖父を——しかも病床に臥せっていた祖父を手にかけるなど、夷狄の所業です。臣めは不肖の孫ゆえ、祖父ほどの才覚も人徳もそなわっておりませんが、人の倫はわきまえております。祖父を敬仰し、孝養を尽くすことはあれど、祖父の死を願ったことは一度もございません」

「やましいところがないなら、脅しに屈服する必要はなかったであろう」

「はじめから唯々諾々と従ったわけではございません。きっぱりとお断りしましたとも。主上を謀る奸計に加担するなど、家名に泥を塗る愚行ですから。しかし……皇貴妃さまに逆らったせいで恐ろしいことが起きました。妻の加氏が死産してしまい、そのまま……」

涙をこらえるふりをして肩を震わせる。

「妻の死が皇貴妃のしわざだと？　証拠はあるのか？」

「ございません。怨めしいことに。皇貴妃さまご自身がほのめかされたのです。これでわかっただろう、と……。逆らうよりは従うほうが得策だ、おとなしく言われたとおりにせよと……。臣めには四人の息子がおります。息子たちの身に危険がおよぶやもしれぬと思えば、皇貴妃さまに従うよりほかに選択の余地がなかったのでございます」

「おまえが悪事に手を染めた理由はわかった。されど、妙ではないか。皇貴妃はなぜおまえに指示したのだ？　秘薬のひとつやふたつ、人を遣えば簡単に手に入るだろうに」

「こたびの件だけでなく、これからも末永く臣めを利用するつもりだとおっしゃっていました。手始めに秘薬を用意させ、裏切ることができないようにするのだと……」

忸怩たる思いです、と絞りだすような声音で言う。

「わが子の命を惜しんで主上のご信頼にそむきました。万死に値します。なにとぞ、厳正なるお裁きを……。罪を犯しながら罰を逃れたままでは、罪に罪をかさねることに――」

ひれ伏した忠傑の頭上で、玉案を叩く音が響いた。

「おまえの罰はあとまわしだ。まずは皇貴妃を罰さねば――おまえの話が事実なら」

「かような嘘を申しても益がございません。すべて事実でございます」

「事実か否か、余がこの目でたしかめる。銅迷、後宮へ行くぞ」

「太医をお連れになってはいかがで？　秘薬とやらを調べなければなりませんので」

「ああ、そうしよう。許麗妃の懐妊を診断したのは？」

「主治医の費太医です」

「費太医だけでは心もとない。盛太医も呼べ。念には念を入れて調べさせねば」

今上は勢いよく立ちあがった。龍袍の袖を払って書房を出ていこうとする。

「なにをしている。おまえも来い、楊義之」

「しかし、臣めは後宮には……」

「余が許す。おまえの証言を聞かせ、皇貴妃が嘘をつくかどうか試さねばならぬ」

かくして忠傑は銀凰門をくぐった。六つの花をふくんだ風が吹き荒れるなか、龍輦は紅牆の路を行く。やがて一行は芳仙宮の門前で立ちどまった。大門のまえには複数の華輦がひしめくようにとまっている。妃嬪たちが押しかけているようだ。

今上が龍輦をおりて大門をくぐる。忠傑は今上の数歩うしろから外院に入った。垂花門をとおると、配下から知らせを受けたらしい皇貴妃付き太監の削虚獣が出迎えた。

「皇貴妃はどこだ」

「客庁に。みなさまお集まりです。許麗妃さまのご懐妊が間違いだったそうで……」

やはりか、と吐き捨てるように言って、今上は足早に遊廊を歩いていく。

「この鬼女!!」

銅迷の配下が客庁の扉をあけようとした瞬間、ぱんと乾いた音が耳をつんざいた。

「わたくしに薬を盛って偽りの懐妊をさせ、のちにそれを暴いてわたくしを断罪するつもりだったなんて！　禽獣の心をお持ちでなければできないことですわよ！」

「おやめなさい、許麗妃」

「皇貴妃さまは空喜びするわたくしを見てほくそ笑んでいたのです！　さぞかし滑稽だったことでしょう！　身ごもってもいないのに懐妊祝いの宴までひらいたのですから！　わたくしは天下の笑い者になりましたわ！　染坊の出戻り女に陥れられて！」

「言葉が過ぎるわよ。落ちついて」

今上が客庁に入ったとき、許麗妃は紫蓮に殴りかかろうとしていた。蔡貴妃と安柔妃が必死にとめていなければ、頬を張る音がふたたび響いていただろう。

「主上に拝謁いたします」

妃嬪たちがいっせいに席を立ち、あざやかな袖をひらりと払って万福礼した。「楽にせよ」と今上が命じれば、妃嬪たちは感謝の意を述べて花のかんばせをあげる。

「主上！　皇貴妃さまを罰してくださいませ！」

許麗妃が飛びはねながら今上に駆けよった。こちらに気づいて蛾眉をひそめる。

「ここは後宮ですわよ。どうして楊侍講がいらっしゃるのです？」

「ある証言をさせるため余が連れてきた」

「ある証言とは？」

「その話をするまえに、状況を説明せよ。いったいなにがあった」

今上はさきほどまで紫蓮が座っていた椅子に腰をおろした。紫蓮はそのとなりに座る。客庁にはすでに呼ばれていたらしい費太医の姿もあった。

「わたくしの懐妊は間違いだったのです」

許麗妃は孔雀文様の手巾でつややかな目もとを拭った。

「先月、身ごもってひと月と診断されて、わたくし、有頂天になっていたのですが、今朝になって、その……夜着が汚れていましたの。御子によくないことが起きたのかと気が動転して、急いで費太医を呼びましたら、これは月事だというのです。いったいどういうことなのかと問いつめると、月事をとめる薬を服用している恐れがあると申すので、瑶扇宮の奴婢をひとり残らず取り調べましたら、女官の鶯児が白状しました」

許麗妃は側仕えの内監に目配せした。内監は客庁を出てすぐに戻ってくる。やや荒っぽく腕をつかんで連れてきたのは、若く見目のよい女官である。

「鶯児は皇貴妃さまに命じられて、懐妊を装う薬をわたくしの食事に混ぜていたのです。その薬を七日つづけて服用すれば月事がとまり、懐妊の兆候があらわれるのだとか」

「ずっと薬を飲んでいたなら、なぜ月事がふたたびめぐってきたのだ？」

「八日前から鶯児は体調をくずしたせいで食事係からはずされ、薬を盛ることができなくなったのです。そのせいで薬効が切れたのだろうと、費太医が申しますの」

許麗妃は恨みがましい目つきで紫蓮を睨んだ。

「わたくし、ただちに芳仙宮をお訪ねして皇貴妃さまを問いただしましたわ。けれど、皇貴妃さまは素直に罪をお認めにならないので、芳仙宮のなかをくまなく探索させました。すると、皇貴妃さまの書房から例の薬とおなじものが出てきたのです」

許麗妃付きの女官が方盆を持って進みでた。盆の上には彩漆の合子がふたつある。

「荷花文様の合子が皇貴妃さまのもの、蝴蝶文様の合子は鶯児が持っていたものですわ。費太医に調べさせましたが、中身はおなじでした」

「費太医、許麗妃が言っていることは事実なのか？」

「はい。まちがいありません」

費太医が神妙な顔つきで首肯したときだ。ころころと鈴を鳴らすような笑い声が響いた。

「いったいなにを笑っているのだ、皇貴妃」

「費太医のことですわ。太医院にこんな庸医がいるなんて噴飯ものですわよ」

紫蓮は指甲套をつけた手を口もとにかざし、月牙のかたちにゆがんだ紅唇を隠す。

「それは蘇芳——蘇木です。血の道の病に効き、月事の不調を癒してくれますが、懐妊を装うことなどできません。だって、通経の薬なのですから」

「いいえ。さきほど私が調べたときは、まちがいなく西域産の黄棘でした」

「あら、そう？　じゃあ、もう一度調べてみなさい」

費太医は荷花文様の合子を手にとった。ふたをあけて赤朽葉色の粉末のにおいを嗅ぎ、指先でほんのすこしつまんで味をみて、重くうなずく。

「……たしかに蘇木です」

「ほらね。せっかくだから、盛太医にも調べてもらいましょうか」

盛太医も同様に中身を調べる。

「蘇木ですね」

「念のため、そちらの合子の中身もたしかめてみて」

盛太医は蝴蝶文様の合子を手にとる。ふたをあけて、慎重に中身を調べた。

「これは西域産の黄棘です。中原に産する黄棘なら月事はとまりませんが、西域産の黄棘は月事がとまります。いずれの黄棘も疑似滑脈があらわれるので懐妊の兆候と誤診されることがありますが、黄棘は本来、避妊薬ですから、常用すれば不妊の恐れも……」

「なんですって⁉」

許麗妃が金切り声をあげて目をむいた。

「鶯児！　おまえ、わたくしにそんなものを飲ませていたのね！　だれか！　鶯児の両手を切り落として顔の皮を剝ぎなさい‼」

落ちつきなさい、と紫蓮はいたって冷静になだめた。

「盛太医。どれくらいの期間、常用すれば不妊になるの？」

「体質にもよりますが、およそ半年から一年以上です」

「蘭室注を見る限り、許麗妃の月事は八月まで順調だったわ。月事がとまったのは九月からだから、黄棘を盛られた期間はひと月半ほどよ。よかったわね、妹妹」

「なにがよいものですか。避妊薬を飲まされていたというだけでぞっとしますわ」

后妃侍妾の月事は各殿舎でつぶさに記録される。その記録を蘭室注という。

許麗妃は苛立ちをぶつけるように茶几を叩く。

「でも、おかしいですわね。どうして皇貴妃さまの合子は蘇木で、鶯児が持っていた合子は黄棘ですの？　ひょっとして、鶯児に命じたのは皇貴妃さまではないのかしら？」

「いいえ、皇貴妃さまです！　皇貴妃さまは私の目の前で、荷花文様の合子から粉末を半分取り、蝴蝶文様の合子に入れました！」

「だったら、どうして中身がちがうのよ？」

「追及を逃れるために中身を入れかえたのでしょう」

「それをどうやって証明するの？」

紫蓮に微笑をむけられ、鶯児は喉笛（のどぶえ）を掻（か）き切られたかのように黙る。

「私が証明しましょう」

全員の視線が忠傑に集中した。

――中身のすりかえは想定内だ。

紫蓮はこざかしい女だ。それくらいの小細工はしているだろうと踏んでいた。わざと合子を見つけさせ、中身が蘇木であることをあかして無実を訴えるだろうと。

――しかし、中身だけをすりかえても、俺から合子を受けとった事実は消せない。

「私は乞巧節（きっこうせつ）の夜に荷花文様の合子に入った黄棘を皇貴妃さまにさしあげました」

「身におぼえがないわね」

「嘘をおっしゃらないでください、皇貴妃さま。あなたは私から合子を受けとり、『自分だけではなく、ほかにも使えそう』とおっしゃったではありませんか」

「どなたかと勘違いしているのではなくて？」

「あくまで白を切るおつもりなのですね。では主上、荷花文様の合子の底裏をご聖覧ください。黒漆で喜蛛の文様があらわされているはずです」

銅迷、と今上が易太監を呼ぶ。易太監はひとつうなずいて、荷花文様の合子を手にとった。ふたをおさえて裏がえし、怪訝そうに首をひねる。

「おや？　喜蛛ってこんなかたちでしたかねぇ？」

「見せてみよ」

今上は易太監から合子をもぎとった。合子の底裏を見て、野性味のある眉をはねあげる。

「楊侍講、これが喜蛛なのか？」

こちらに向けられた望月型の底裏。描かれているのは、天漢にかけられた烏鵲橋。

「その合子は継母が贈ってくれたものですの。主上のお渡りがあるようにと、烏鵲橋の文様を描かせて。私は月事が不順なので、通経の薬を入れるために使っていますわ」

馬鹿な、と忠傑は気色ばんだ。あの合子は忠傑が紫蓮にわたしたものだ。その証拠に彩漆であらわされた荷花文様は記憶のなかのそれと寸分もたがわないではないか。

――すりかえたのは、中身だけではない……？

喜蛛と黄棘、烏鵲橋と蘇木。すりかえられたのは、すべてだ。

「どういうことだ、楊侍講。おまえが皇貴妃にわたした黄棘とやらはどこにある？」

「……それは」

不穏な予感がした。罠に嵌めたつもりで嵌められたような。

「それにしても、ふしぎですわ。費太医はなぜ蘇木を黄棘と勘違いしたのでしょう？　蘇木と黄棘ってそんなに似ているのかしら？」

「見た目とにおいは非常に似通っており、誤認しやすいものですが、味をみれば簡単に区別がつきます。蘇木は甘く、黄棘は辛みがありますので」

淡々と答えたのは盛太医である。紫蓮はゆるりと費太医を見やった。

「費太医、あなたは太医を名乗っておきながら甘みと辛みの区別もつかないの？」

「……申し訳ございません、皇貴妃さま。早合点いたしました」

「ほんとうかしら？　あなた、この合子に蘇木が入っていることを知っていたのでは？」

「な、なにをおっしゃいます。私がこちらの合子を見たのははじめてで――」

「見たのははじめてでも、だれかに聞いていれば知っていてもおかしくないわ。そういえば一昨日、奇妙な事件が起きたのよ。私はね、合子のなかの蘇木がいつもおなじ分量になるように毎日調整しているのだけれど、一昨日はほんのすこしだけ減っていたの。変な話よね、服用したらすぐに足しておくのに。もしかしたら、盗まれたのかしら？」

かるく柳眉（りゅうび）をひそめ、かたわらに立つ削太監を見あげる。

「一昨日、妹妹を芳仙宮に迎えたような気がするのだけれど、だれだったかしら」

「許麗妃です、皇貴妃さま」

「そうだったわね。あたらしく染めた絹を許麗妃に見てもらったのだったわ」

「わ、わたくしが蘇木を盗んだとおっしゃるのですか⁉」

「あなたは私とおしゃべりしていたから、盗む機会はなかったでしょう。でも、あなた付きの宦官はどうかしらね？　おしゃべりの最中にひとりくらい姿が見えなくなっても気づかないわ。なにしろ、あなたは見目麗しい童宦を大勢連れているもの。ねえ、虚獣。あの日、許麗妃付きの童宦が書房に近づいていなかった？」

「書房の近くの遊廊で織雲を見かけました。声をかけると、更衣から戻る途中、道に迷ってしまったと言っていましたが」

浄房へ行くことを宮中では更衣という。浄身してから日が浅い童宦は粗相をしやすいため、主に不快な思いをさせないよう、頻繁に小用を足すことが許されている。

「織雲というのはだあれ？」

「……わ、私です、皇貴妃さま」

許麗妃のかたわらにひかえていた童宦が進みでた。歳のころ十前後の美童である。

「蘇木を盗んだのはあなたね？」

「……い、いいえ、私は」

「正直に答えないなら、虚獣に尋問を頼むわ。虚獣は角太監の直弟子で、色督主の薫陶を受けているの。素人の私とちがって、尋問の極意を心得ているでしょう」

「お任せください、皇貴妃さま。かならずや吐かせてみせます」

削太監が鋭い視線を投げると、織雲は弾かれたようにびくりとした。

「わっ、私が盗みました！　荷花文様の合子の中身を盗んでくるよう命じられて……」

「だれに命じられたの？」

「……きょ、許麗妃さまです」

「で、鬼話を言わないでちょうだい！　わたくしはそんなこと命じてないわよ！」

「鬼話を言っているのはどちらかしらね」

蔡貴妃は退屈そうに指甲套をいじっている。

「この騒動はあなたの自作自演ではなくて？　皇貴妃さまに陥れられたと偽って、主上に憐れんでいただこうとしたのでしょう」

「素腹になるかもしれないのに、自作自演で避妊薬なんて飲みませんわよ！」

「あら、素腹になるにはすくなくとも半年以上、常用しなければならないのでしょ？　あなたはひと月半しか服用していないわ。うまく調整したのでしょう」

許麗妃が言いかえすまえに、「そもそも」と言葉を継ぐ。

「あなたは常日頃から皇貴妃さまに不満があるようだったわ。たびたび奴婢を叩き殺しては譴責を受けていたし、怨みをつのらせていたのでは？」

「そうです！　許麗妃さまは皇貴妃さまを怨んでおり、いつか排除してやると気炎をあげていらっしゃいました。避妊薬を盛られたことにすれば主上の同情をひくことができるうえ、皇貴妃さまに濡れ衣を着せることもできるとおっしゃって――」

「織雲！　おまえはどうして主を陥れるようなことを言うの⁉　恩知らず！」

「わ、私はほんとうのことを申しているだけです」

「要するに、許麗妃が費太医と織雲を操って自分で騒ぎを起こしたということ？」

はい、と織雲がうなずく。費太医はひざまずいてひたいを床に打ちつけた。

「お詫びの言葉もございません。許麗妃さまに脅迫されてやむなく……」

「脅迫なんかしてないわよ！　嘘をつかないで！」

「押し問答をしても徒爾だわ。皇貴妃さま、あとのことは宮正司にお任せになったら？」

「そのまえにはっきりさせておきたいのだが、楊侍講。おまえはなぜ皇貴妃に黄棘をわたしたなどと妄言を吐いたのだ？　やはり許麗妃の指示を受けていたのか？」

今上のまなざしに射貫かれ、忠傑はくずおれるようにして平伏した。

「申し訳ございません、主上。臣めも費太医とおなじく許麗妃さまに脅迫され……」

「嘘おっしゃい！　わたくしはそなたとかかわりを持ったこともなくってよ！」

「織雲、費太医、楊侍講。三者ともあなたに命じられたと言っているのよ。見苦しい言い訳などしないで、罪を認めてお赦しを乞うべきだわ」

「三人言いて虎を成すというわよ、蔡貴妃。決めつけるのは早計だわ」

優雅にかたむけた蓋碗を茶几に置き、紫蓮はため息をついた。

「やむをえないわ。すべての妃嬪(ひひん)の殿舎を宮正司に調べさせましょう」

「黒幕がいまも黄棘を隠し持っているとでも？　ありえませんわ」

「証拠は黄棘だけとは限らないわよ。黒幕が走狗(そうく)とやりとりした文や物が出てくるかも」

「瑶扇宮(ようせんきゅう)だけ調べればよいのでは？　疑われているのは許麗妃さまなのですから」

「それは不公平よ、安柔妃。許麗妃だって、私とおなじように濡れ衣を着せられているのかもしれない。全員を調べてこそ、公正というものだわ」

妃嬪たちは不満げに視線をかわしあう。

「気持ちはわかるわ。だれだって、自分の住まいを他人に荒らされるのはいやよね。でも、だれかの謀(はかりごと)で身におぼえのない汚名を着せられることは、もっといやでしょう。自分の無実を証明するためにも、宮正司の捜査を受けてちょうだい」

「なにも出なかったらどうなさるのですか」

素賢妃が涼しげなかんばせで問うと、紫蓮は嫣然(えんぜん)と微笑んだ。

「それこそ幸いだわ。妹妹たちに二心はないという証(あかし)よ。いかがでしょう、主上？　みなの殿舎を調べて、なにも出なければ、この件はいったん幕といたしませんか」

「皇貴妃さま！　わたくしに避妊薬を盛った黒幕を暴かないとおっしゃるのですか⁉」

「真実をあきらかにすることが最善の道とは限らないわよ。大事なかったのだから、激さず鷹揚(おうよう)にかまえていなさい。あなたほど若く美しければ、ほどなく身ごもるでしょう」

文句を言い足りない許麗妃を黙殺し、紫蓮は今上を見る。

「主上、よろしいでしょうか？」

「ならぬ。宮正司ではなく、東廂（とうしょう）に調べさせねば」

「後宮の事件は宮正司の管轄（かんかつ）ですわ」

「化粧盒（けしょうばこ）の事件も素賢妃の事件も、宮正司は解決できなかった。こたびは東廂を使う。銅迷、色太監に命を下せ。瑞明宮（ずいめいきゅう）以下、全妃嬪の殿舎を捜索し、不審なものがないか調べよ。なお、捜査がおわるまで芳仙宮を封鎖するように。妃嬪たちを外に出すな」


色太監が今上の御前に参上したのは、一個時辰（にじかん）後のことだった。

「不審なものは出てきたか？」

「こちらが見つかりました」

色太監は彩漆（いろうるし）の合子（ごうす）をさしだした。易太監がそれを受けとり、今上に見せる。

「複数の太医に確認させましたが、中身は西域産の黄棘（こうきょく）です」

いくえにも塗った朱漆に彫りつけられた文様は、泥中に咲く荷花（はちす）。

「これは……楊侍講が言っていた、皇貴妃に手渡したという合子ではないか？」

今上が合子の底裏をみなに見せる。今上の手のひらにすっぽりおさまる小さな赤い望月、その表面に黒漆の喜蛛（くも）が張りついている。

——まさか。

忠傑は桶いっぱいの冷水を浴びせられたように居すくまった。紫蓮の手もとにあるはずの合子。それが芳仙宮以外の殿舎から出てきたということは。

「どこから出てきた？」

「瑞明宮の化粧殿です」

妃嬪たちの視線を一身に受け、蔡貴妃は青ざめた頰を引きつらせた。

「……なにかの間違いではなくて？　わたくしは、そのようなもの存じませんわ」

「間違いですって？　これこそ動かぬ証拠です！　蔡貴妃さまは楊侍講と通じていたのだわ！　わたくしに避妊薬を盛り、その罪を皇貴妃さまに着せる算段だったのでしょう！」

「言いがかりはやめてちょうだい、許麗妃。こんなもの、いくらでも細工ができるわ。きっとわたくしを陥れようとした何者かが故意に瑞明宮に隠したのよ」

「さようでございます、主上。臣めはこちらの合子を蔡貴妃さまではなく皇貴妃さまにお渡ししました。おそらく皇貴妃さまはこの合子とおなじものを作らせ、偽物の底裏に烏鵲橋の文様を描かせたうえ、なかに蘇木を入れて手もとに置いたのでしょう。一方で蔡貴妃さまに罪を着せるため、本物を瑞明宮に隠したのです。それが証拠に、皇貴妃さまがお持ちの合子は瑞明宮から出てきた合子と瓜ふたつではありませんか。皇貴妃さまがご母堂から贈られたという合子が、臣めがさしあげたものとそっくりおなじというのは——」

「そっくりおなじ？　いやね、楊侍講。もっとよく見てごらんなさい」

紫蓮は小几に置かれた荷花文様の合子を指さした。ぴったりと閉じられたふた、厚くかさねた朱漆に彫りあらわされているのは——ひとつの萼からふたつの花が咲く並蒂蓮。

「あなたの合子は一輪咲きの荷花、私の合子は並頭の荷花。そっくりおなじと言い張るのは、すこしく無理があるのではなくて？」

「……そんなはずはございません！　さきほどはたしかに、皇貴妃さまの合子も一輪咲きの荷花でした！　東廠が捜査している隙にすりかえたのでしょう！」

忠傑は客庁に集った人びとを見まわした。

「みなさまもご覧になったはずです。皇貴妃さまの合子は並頭の荷花ではなく、一輪咲きの荷花でした。臣めが用意した合子の写しだったではありませんか」

当惑したふうに顔を見合わせ、妃嬪たちはこそこそとささやきあう。

「ほんとうに一輪咲きの荷花でしたの？」

「さあ……どうでしょう。よく見ていませんでしたわ」

「思い出してください。これとおなじものだったでしょう？」

忠傑は瑞明宮から出てきた合子を持ってみなに見せる。妃嬪たちひとりひとりの鼻づらに突きつけるようにしたが、反応は鈍い。

「主上はおわかりでしょう。お手にとってご覧になったのですから」

「余(よ)は底裏を見ただけだ。ふたの模様など、いちいち見ておらぬ」

「では、芳仙宮を捜索してください。これとおなじ模様の合子が出てくるはずです。皇貴妃さまははじめ、一輪咲きの荷花の合子を見つけさせ、中身が蘇木であることをあかして、底裏に描かれた烏鵲橋の文様を印象づけました。そして東廠が瑞明宮を捜索しているあいだに並蒂蓮の合子とすりかえ、臣めがさしあげた合子と似ていることを指摘されても言い逃れることができるようにしたのです。皇貴妃さまの奸計(かんけい)は芳仙宮からこの合子とそっくりおなじ一輪咲きの荷花文様の合子が出てくればあきらかになります。ご母堂から贈られたなど真っ赤な嘘。皇貴妃さまは臣めから受けとった合子をもとに細工したのです。さもなければ、おかしいではありませんか。べつべつの経緯でつくられたはずの合子がまるきり同一の色かたち、大きさ、文様であるなど、およそありえぬことで――」

「楊侍講」

峻厳(しゅんげん)なる玉音(こえ)が客庁を打ち震わせた。

「信ぜよ、と言うのか？　余を謀(たばか)ったおまえの言葉を」

二の句が継げなくなった。喉笛(のどぶえ)に切っ先を突きつけられたかのように。

「おまえは皇貴妃に脅され黄棘を手渡したと言ったが、それは偽言であった。許麗妃に脅されてやったことだと前言をひるがえしたが、黄棘が出てきたのは瑞明宮だ。いったいなにが真実なのだ？　黒幕は皇貴妃か、許麗妃か、蔡貴妃か、はたまたほかの者か」

「皇貴妃さまです。天地神明に誓って、事実を申しあげております」

「芳仙宮を捜索すれば、かならず一輪咲きの荷花の合子が出てくるのだな？」

「まちがいなく。ただし、各部屋だけでなく、奴婢も調べあげてください。宦官や女官が隠し持っている恐れもございますので」

「色太監、芳仙宮をくまなく探れ。奴婢の持ち物もだ」

これで紫蓮の命運は尽きる。そう、確信していたのだが。

「見つかりませんでした」

色太監が今上に報告したとき、忠傑は思わず「馬鹿な」と叫んだ。

「かならずどこかにあるはずです！　合子が煙のごとく消えるわけはないのですから。そうだ、皇貴妃さまをお調べください。ご自身で隠していらっしゃるのかもしれません」

皇貴妃を調べよ、と今上が命じる。色太監は紫蓮を別室につれていき、戻ってきた。

「合子をお持ちではございません」

「……皇貴妃さまご自身でないなら、易太監でしょう。易太監は銅臭宦官として知られています。皇貴妃さまに買収され、合子を隠し持っている恐れがございます」

今上は易太監を調べるよう命じたが、やはりなにも出ない。

「ならば、妃嬪のなかに皇貴妃さまの共犯がいるのです。あるいは、おのおのがたの側仕えかもしれません。どうせ調べられはしないとたかをくくって……」

つづくはずの言葉が喉をこする。耳もとで血潮が騒いだ。

ひとりいるではないか。絶対に調べられない人物が。

「まだ虚言を吐き足らぬか！」

今上が忠傑めがけて合子を投げつけた。合子は忠傑の胸板をしたたかに打ち、赤朽葉色の粉末をまき散らしながら、鴛鴦文が織りだされた絨毯の上を転がる。

「おまえの言うとおりに芳仙宮を捜索したが、なにも出なかった。皇貴妃を調べても、銅迷を調べても、合子など出なかった。今度は妃嬪たちを調べよと言う。妃嬪たちの奴婢が怪しいと言う。いったいいつまでおまえの妄言綺語に付きあわねばならぬのだ」

もうたくさんだ、と綸言が叩きつけられる。

「色太監、こやつを午門へ引っ立てよ」

九陽城の正門──午門。そこに引っ立てられるということは。

「なにとぞ、ご容赦ください！　それだけは……！」

忠傑は倒れこむように叩頭した。伏せたおもてから脂汗が滴る。

──この俺が廷杖に処されるだと……!?

皇帝と朝臣は父と子にひとしい。皇上の怒りを買えば杖で打ちすえられる。これが廷杖と呼ばれる刑罰だ。律令に明記されていないこの酷刑は司礼監がとりしきり、錦衣衛の校尉に殴打されている罪人を、あまたの官僚が見物することになっている。

宦官の号令で打ち据えられ、皮膚を裂かれ、肉をつぶされ、骨を砕かれ、さらしものにされるというのか。幼少のころから神童と崇められ、三魁に名をつらねた楊忠傑が。

「言い訳を聞いている暇はない。さっさと連れていけ」

「主上！　どうか、お慈悲を……！　臣めは利用されていただけで――」

「お待ちください」

凜とした美声が爪弾かれた琴弦のように鳴り響いた。

「楊侍講は愚かにも主上を謀りました。その罪は万死に値しますが、今日まで主上に忠節を尽くしてきたことも事実ですわ。廷杖はあまりに酷かと存じます」

「やけに寛大だな、皇貴妃よ」

今上はかたわらに座す紫蓮を見やった。

「こやつは執拗に虚偽をならべたてて君を黒幕に仕立てあげようとした。それでもなおかばうのはなぜだ。まさかとは思うが、いまだ旧情が途絶えていないのではあるまいな」

「私が案じているのは楊侍講ではなく、主上ですわ。たかが一妃嬪の潔白を証明するために朝臣を廷杖に処されては、天威を汚すことになりかねません」

紫蓮は椅子から立ちあがり、竜胆色の袖を払って御前にひざまずく。

「ご再考くださいませ。私などのために、万民のそしりをお受けになりませぬよう」

立つがよい、と今上は命じた。紫蓮が席に戻るのを見届けてから忠傑を見おろす。

「はなはだ不本意だが、皇貴妃の顔を立てて廷杖は免じてやる」

「聖恩に感謝いたします」

「感謝すべき相手は皇貴妃だ。余ではない」

「皇貴妃さまに心より御礼申しあげます」

紫蓮にむかってひれ伏した忠傑の頭上に、冷ややかな綸言が降る。

「さて、楊侍講。これが最後の機会だ。おまえの背後にいる者の名を言え。独断でやったなどと強弁すればどうなるか、わかっているな？」

叩頭したまま、忠傑は乾いた笑みを嚙み殺した。

――とんだ丑劇だ。

今上はこれ見よがしに激昂してみせ、紫蓮に忠傑を擁護させた。紫蓮の恩情で廷杖を免ぜられた忠傑は、二度とふたたび彼女が黒幕だと申したてられない。そんなことをすれば午門に引きずりだされ、衆目のまえで恥辱を味わわされるだけ。ために忠傑は真実を述べるよりほかない。それが今上の――共紫蓮の目論見どおりの結果だと知りながら。

「つつしんで申しあげます。臣めが皇貴妃さまに黄棘を献上いたしましたのは……」

――ああ、反吐が出る。

なぜだ。いったいなぜ、この忌々しい女を、今日まで生かしておいたのだ。

「……期待したような出来栄えじゃないが、初心者にしてはまずまずだろう」

隆青は天幕の下に干されている羅をふりあおいだ。

夾纈で染めた羅だ。夾纈は模様を彫った二枚の版木に薄手の生地を挟み、一方の版木の背後にうがった細い穴から染料を注ぎこんで染める。熟練の技を要求される染法で、素人が気軽に試すような手法ではないと紫蓮にさんざん聞かされたが、比較的簡単な纐纈や臈纈には成功したので、思いきって挑戦してみた。

結果は大満足とは言いがたい。染料を注ぎすぎたのか、締めかたが甘かったのか、染めむらが多く、不格好なにじみもそこらじゅうにある。

「複雑な模様の版木をお選びになるからですわ。もっと単純なものもございましたのに」

「この文様が気に入ったんだ。縁起がよいからな」

隆青が選んだ版木の文様は、葡萄の木の下でむかいあう二頭の鹿。葡萄は富貴や長寿、子孫繁栄をあらわし、二頭の鹿は偕老を意味する。しかしながら肝心要の羅に浮かびあがった文様は、版木とは似ても似つかない。たわわに実った葡萄はひとつひとつの粒がつぶれてつながり、紫紅色の大きな球体になっているし、むかいあう鹿はぶくぶくと太っていて鹿というより角の生えた野猪――否、妖魔のたぐいにすら見える。

「君のはさすがだな。きれいに染めわけられている」

となりに干されているのは紫蓮の作である。おなじ模様の版木を使ったとは思えない。

見事なまでにくっきりと、あざやかな葡萄の木と落栗色の夫婦鹿があらわれている。

「お気に召したのなら、さしあげますわ」

「そうか。じゃあ、返礼として余の秀作を君に進呈しよう」

「まあ、うれしいわ。ありがとう存じます、主上」

紫蓮は笑いふくみに万福礼してみせた。

隆青が紫蓮の手仕事に興味を持つようになったのは、三月ほど前からだ。

たまたま時間ができたので、昼間にふらりと芳仙宮を訪ねてみると、紫蓮は纐纈をしていた。絹をさまざまにくくっただけでつぎつぎに文様が染めあがっていくのが面白く、自分もやってみたくなった。紫蓮は懇切丁寧に手ほどきしてくれた。そのおかげか、ずぶの素人にもかかわらず、なかなかの出来栄えだった。味をしめた隆青は套染にも手を出した。色をかさねることであたらしい色彩が生まれるのが愉快で、あれもこれもと欲張って試した。同様の要領で臈纈にも挑戦し、吉祥字を染めぬいた。職人技とまでは言わないまでも、自室に飾っても遜色ない仕上がりだったので、いよいよ悦に入った。

だが、夾纈はいままでの染法とだいぶ勝手がちがう。いちいち染料を注ぎこむ煩雑な作業には閉口した。

「夾纈を習得するには時間がかかりそうだな。君の弟子にしてもらおうか」

「私の指導は厳しいですわよ。それでもよろしければどうぞ」

「いままではやさしかったが？」

「だって、弟子ではありませんでしたもの。弟子に対しては厳格な師ですわ」

「お手やわらかに願いたい」

「どうしようかしら。主上しだいですわ」

小春日のなかで微笑する紫蓮を見ていると、先日の騒ぎが嘘のように思えてくる。

「臣めが皇貴妃さまに黄棘を献上いたしましたのは、蔡貴妃さまに命じられたからです」

みなのまえで楊忠傑が白状すると、むろん蔡貴妃は潔白を主張した。さりながら彼女の主張など問題ではない。瑞明宮を捜査する口実さえ手に入れば十分だったのだ。

三月前、紫蓮は忠傑から〝西域の秘薬〟を送られた件を隆青に打ち明けた。

「何者かの罠にちがいありません。あえて素知らぬふりをして、様子を見ます」

合子の中身を確認したとき、彼女は瞬時にそれが黄棘であることを見抜いた。

「楊忠傑ったら、間がぬけていますわ。私がなにも知らないと思って」

忠傑の妻であったころ、紫蓮は黄棘を盛られていたという。

「知ったのは離縁されたあとです。実家に帰ってから身ごもったことがわかったので、楊家に相談に行きましたが、追いかえされました。実はその日の夕方、もう一度、楊家に行って楊忠傑と妾たちの会話を立ち聞きしましたの」

紫蓮が身ごもるはずはない、と忠傑は嘲笑まじりに言った。

「この三年、あれは黄棘を服用していた。とっくに石女になっている」

紫蓮が常用していた温経湯には、中原産の黄棘が混ぜられていた。

「黄棘がどんなものなのか調べて愕然としました。指示されたとおりに薬湯を飲んでもいっこうに身ごもらないのに、主治医を疑いもしなかった私が愚かでしたわ」

主治医は忠傑に袖の下をもらっていたのだ。

「離縁の数か月前のことです。侍女が不審な動きをしていたので問いつめたところ、私の薬を盗んで売っていたことを白状しました。公にすると厳罰を受けますから、伏せておきましたの。どうせ夫は閨を訪ねてきませんし、身ごもることもなかばあきらめていましたので、主治医にも知らせず、温経湯も服用しないまま過ごしていました」

ある晩、泥酔した忠傑がふだんはよりつかない正妻の閨に入ってきた。可愛がっていた妾とまちがえたらしい。あの夜に孕んだのだろうと、紫蓮はこともなげに語る。

「楊侍講は計算高い男です。妃嬪となった私になんの目算もうしろ盾もなく、接触するとは思えません。かならず背後にだれかおります」

紫蓮は荷花文様の合子の中身を蘇木にすりかえた。

「黒幕とて、私が罠を警戒していないとは思わないでしょう。合子の中身をすりかえて、黒幕を返り討ちにしようとしていることくらい、予測しているはずですわ」

あえて喜蛛が描かれているほうの合子を書房に隠しておいた。やがて織雲が書房に忍びこみ、荷花文様の合子を見つけ、中身をすこしだけ盗む。その際、彼は合子の底裏に描かれた文様が喜蛛であることを確認したはずだ。

「虚獣の配下に尾行させましたが、織雲はひそかに瑞明宮を訪ねておりました」

許麗妃に手ひどく折檻されて怨みをつのらせた織雲は、蔡貴妃に寝返っていた。

「蔡貴妃が楊侍講を動かしているのでしょうが、ふたりになんの接点があるのかしら」

「加首輔失脚ののち、楊侍講は蔡首輔や許大学士に取り入ろうとしていた。もっとも、蔡首輔には毛ぎらいされているが。汚い銀子の噂が絶えない男だから」

蔡首輔は泥中の蓮のごとく清廉潔白な大官として知られている。

「しかし、それは表向きの顔だ。東廠は蔡首輔が倹約家の世評とは裏腹に不正な蓄財に励んでいると睨んで暗々裏に捜査している。なかなか尻尾を出さぬ老狐狸だが、楊侍講との奇妙なつながりが浮上しはじめた」

巨額の収賄が密告され、義昌帝の御代から内閣を束ねてきた加首輔は失脚した。この事件により出世の道を絶たれたかに見えた楊忠傑こそが、岳父を免官に追いこんだ張本人であったと東廠は結論づけた。

「嫉妬深い正妻の加氏にたびたび愛妾を殺され、岳父には青楼遊びが過ぎると頻繁に叱責されて、加父娘を怨んでいたようだ。裏切りを決定づけたのは、遊蕩を理由に侍講学士への昇進を見送られたことらしいが。楊侍講は岳父の政敵であった蔡大学士と裏で手を結び、加首輔を排除する手助けをしたわけだ。見返りは昇進にちがいないが、加首輔の罷免直後に栄達すれば関与を疑われるから、先延ばしにしているのだろう」

加首輔失脚事件でもっとも利を得たのは、後釜におさまった蔡首輔だ。

蔡首輔と楊侍講は表立って親しくつきあっていないものの、本来なら岳父ともども朝廷を追われているはずの楊侍講がいまだ翰林院にとどまっていること、加首輔の失脚後に楊侍講の金回りが異様によくなっていることなどは、あまりに由ありげである。

はたして、楊侍講は紫蓮に脅され黄棘をわたしたと密告した。合子の中身が蘇木だと聞いても驚いた様子はなく、合子の底裏の模様で紫蓮を陥れようとした。

「叡徳王にお願いしてようございましたわ。素晴らしい出来栄えです」

紫蓮は黄棘が入っていた荷花文様の合子をもとに、二合の合子を作ってほしいと叡徳王に頼んだ。一合は一輪咲きの荷花、もう一合は並蒂蓮。どちらも底裏の模様は烏鵲橋。叡徳王は期待以上の出来栄えで隆青を驚かせた。ちなみに烏鵲橋を描いたのは叡徳王の側妃条静妃だ。紫蓮は芳仙宮に怒鳴りこんできた許麗妃に一輪咲きの合子を発見させ、楊侍講のまえで費太医に中身を確かめさせたあと、並蒂蓮の合子とすりかえた。

すりかえに気づいた楊侍講が追及してくると予想して、一輪咲きの合子は隆青が持っていた。底裏に喜蛛が描かれた本物の荷花文様の合子は、妃嬪たちを引き連れて芳仙宮を訪ねてきた蔡貴妃と入れかわりに、主不在の瑞明宮に隠した。

瑞明宮の奴婢は東廠の鞫訊に耐えかねて、本件は蔡貴妃の指図であると自白した。それだけでなく、後宮で頻発していた妃嬪侍妾の流産や死産も蔡貴妃が指示したことであったと発覚した。蔡貴妃付きの女官は一度ならず二度までも安柔妃に毒を盛っていた。

隆青は蔡貴妃を廃妃し、冷宮送りとした。蔡首輔は娘の無実を訴えているが、いまにそんな余裕もなくなるはずだ。東廠は蔡首輔の金櫃を調べている。清官を気取っているわりに隠し財産が多いようだが、その出どころのひとつに阿芙蓉の密売が挙がっていることは座視できない。東廠の手入れで蔡首輔の忌まわしき素顔が白日のもとにさらされれば、蔡氏一門は大凱から消え去るだろう。月燕の案で散った栄一族のように。

「楊忠傑の罰はいかようにすべきだと思う？」

「後宮の女が朝臣の処遇にくちばしをはさむわけにはまいりません」

予想どおりの返答。紫蓮は風にはためく羅を見あげて目を細めている。

「阿芙蓉の密売に関与していなければ、左遷ですませてやってもよい」

「主上は慈悲深き明主であらせられます」

「やつが君にした仕打ちを考えれば、死罪が妥当だが」

「それは過去のことです。こたびの一件とは関係ありませんわ」

「やつを怨んでいないのか？」

「怨んだこともありますが、もう忘れました。怨みを抱きつづけるのは疲れますもの」

「達観しているのだな」

「そんな大それたことではございません。単にものぐさなのですわ」

春めいた日ざしにとける微笑。そのあざやかな色彩が瞳を射る。

「君はやつを愛していなかったのか」

「嫁いだからには、夫としてお慕いしようとつとめましたわ。お慕いすることができなくても、尊敬はしようと。でも、相手によりますわね」

敬慕にすら値しない夫であったのだろう。

「余は……」

どうだろうか、と尋ねそうになって、言葉が喉につかえた。

よき夫であろうはずもない。紫蓮だけの夫になることができないばかりか、彼女を愛することもできないのだ。彼女に溺れて、過ちをくりかえしてはならないから。

――せめて亡子を供養してやればよいのだが。

紫蓮が流産した子は共家ではなく、伯父の母方の実家で埋葬されたという。皇宮では私的な供養が禁じられているから、紫蓮は生まれなかったわが子のために紙銭を焚くこともできない。忘れるよりほかないのだ。ありとあらゆるかなしみから、目をそらして。

「君はよき母になるだろう」

そうだといいのですけれど、と紫蓮はわびしげに笑う。

「期待はしていませんわ。ほぼ三年も黄棘（こうきょく）を服用していたのですもの。あの晩、身ごもったのは最初で最後の奇跡だったのでしょうが、父に堕胎薬を盛られなくても生まれたかどうかはわかりませんわね。黄棘を長期間服用しつづければ血の道が乱れて、万一身ごもったとしても無事に産むことが難しくなるそうですから……」

「いや、余が言いたいのは、君はすでに母になっているということだ」

胡乱（うろん）げに柳眉（りゅうび）をはねあげた紫蓮の頬にふれる。すべらかな玉の肌はひんやりしていた。

「後宮で生まれる子はみな、皇貴妃たる君の子でもある。引け目に思うことなどなにもない。君はすでに母であり、慈母（じぼ）と呼ばれるに足る素質をそなえている」

彼女にみずから産んだわが子を抱かせてやりたい、と思う。互いの立場ゆえ、男女の愛に溺れることができないのなら、せめて。さりながら、それがかなうかどうかは天運しだい。すこしでも彼女に誠実でありたいから、下手（へた）な口約束はしない。

「よき母になれ、皇貴妃。余を敬慕せずともよいから、余の子どもたちにとっては慕わしい母であってくれ。そうすればきっと、君の立場はより強固なものになる」

寵愛は移ろいやすいが、子が母を慕う気持ちは不変だ。これからさき、隆青と紫蓮の関係がどれほど変化しようとも、彼女を思慕する皇子や公主が彼女を守るだろう。

「……そのおっしゃりようでは、主上を敬慕するな、とも聞こえますわ」

「そう言っているんだ。余は君の敬慕を受けるに値せぬ」

涙を拭うように目じりを指先でなぞり、潤み色の瞳をのぞきこむ。

「肝に銘じよ。余を翻弄することがあっても、余を慕ってはならない。余を利用すること があっても、余に心を捧げてはならない。余と君は比翼連理ではなく、輔車相依る間柄だ。互いのあいだに生じるものはどこまでいっても信頼であって、愛情ではない」

「……ひどいかたですわ、あなた」

紫蓮は泣き笑いのように破顔した。

「夢さえも、見せてはくださらないのね……」

君だけを愛すると、君を一生大切にすると、甘い言葉を吐くのは簡単だ。されど、それはいつの日か嘘になってしまう。天子は天下国家のために生かされている。九州と蒼生を守るために、必要があればいつでも、だれであろうと切り捨てなければならない。寵妃も、愛し子も、兄弟姉妹も、両親も、自分自身ですらも。だから、なんの約束もできない。紫蓮が聞きたいであろう言葉をむやみにささやくことは、彼女に対する裏切りだ。

「以前も言っただろう。余は冷血漢だ。やさしさも情けも、持ちあわせていない。それでいて君の最後の男だ。余が君を手放すまで、余から離れてはならない。余が君を必要とする限り、余の役に立て。非道であることは百も承知だが、相手が君であればこそ命じられる。君は、己の力で自分を幸福にすることができる女だから」

黛玉にはできなかった。つらい境遇でも己を保つすべを知らなかったせいで。

「余は人でなしだが、君には幸せでいてほしいと思っている。この後宮で、君が君らしく天命をまっとうすることをいっとう願っているのは、高隆青をおいてほかにはいない」

紫蓮がまぶたをおろすと、まなじりからこぼれたしずくが指を濡らした。

「黙って聞いていれば、勝手なことばかりおっしゃって」

「天子とは勝手なものだ」

「ひらきなおらないでください。怒りますよ」

「と言いながら笑っているぞ」

「あきれていますの。主上のようなかたを馬鹿正直というんです」

ほんのり臙脂をのせたまぶたがあがり、笑みに濡れた瞳が隆青を射貫く。

「大きらいですわ、主上。死ぬまでずっと、大きらいです」

「楊侍講よりもか？」

「あなたとくらべたら、あのひとは聖人君子ですわよ」

まぶしい微笑に誘われて、紅鶸色の唇を奪う。ふれあったぬくもりは晴れやかにとけて、ふたたび絡まりあった視線が互いの頬をほどけさせた。

「君は夫に恵まれないな。前世の行いが悪かったのではないか？」

「主上こそ、前世でどのような罪を犯したのです？　王世子として生まれ、一親王として平穏に暮らしていくはずが、なんの因果か登極なさって。非運にもほどがありますわ」

「天に見放された者同士、持ちつ持たれつで生きていくしかないな」

「不本意ながら」

笑いあっていると、銅迷がへらへらしながら近づいてきた。

「ご機嫌麗しいところに水を差すようで恐縮ですが、冷宮から急報が入りました」

胸に満ちた朗らかな気持ちがみるみる退いていく。

「丁氏が自害したそうです」


「いったいどういうことなの⁉　隆青が来ないなんて‼」

金切り声が炸裂するや否や、蓋碗が飛んできた。銅迷が器用にひょいとよけると、蓋碗はむきだしの石床に叩きつけられ、乾いた音とともに砕け散る。

「どうもこうも、主上が行かないとおっしゃるので仕様がありません」

「そんなはずないわ！　私が自害したと聞けば、隆青は飛んでくるはずよ！　おまえ、ちゃんと伝えたの⁉　嘘をついているのなら舌を引きぬくわよ‼」

「もちろん、お伝えしましたとも。さりながら主上は御身の安否にご興味がないご様子で、亡骸を適切に弔えとおっしゃったのみでした」

「嘘よ‼　嘘に決まっているわ‼」

茶壺を、花瓶を、香炉を。目につくものを手当たりしだいに投げつける女は、紅白粉をほどこした花顔に烈火のごとき憤怒をみなぎらせている。

三千の美姫が咲き競う後宮で、今上――高隆青の寵愛を独占してきた前の皇貴妃、丁黛玉。廃妃らしく質素な襦裙を着ているが、つややかな黒髪は怒髪さながらに高く結われ、瞋恚の焔に燃える唇は凄艶な血紅に染められている。

自害の一報は偽りであった。今上が遺体を確認するために冷宮へ駆けつけることを期待して、黛玉は故意に己の死を偽ったのである。いっこうに冷宮を訪ねてこない今上を呼びよせようとする奸計は空ぶりに終わったが、なおも事実を受け入れがたいのか、黛玉は癇癪を起こして怒鳴り散らし、銅迷めがけて燭台を投げつけた。

「あの女でしょう!!　共氏が隆青を引きとめたのね!?」

「いえいえ、皇貴妃さまは最後の機会なのだからご恩情をおかけになってお会いになってはとおすすめになっていましたが、主上は時間の無駄だとおっしゃって」

「忌々しい!!　染坊の出戻り娘が隆青をたぶらかしているんだわ!!」

「はあ、さようですかねえ。そういえば、ここのところは連日、芳仙宮にお渡りですよ。夕餉どころか、湯浴みすらもご一緒なさるほどの御寵愛ぶりでして」

投げるものがなくなったらしく、今度は茶几が飛んできた。

「私に八つ当たりなさってても仕方ありませんよ。主上は御心変わりなさったのです。いまや、いちばんの寵妃は李皇貴妃さま。御身の復寵はもはや潰えたも同然かと」

「隆青は心変わりなどしていないわ‼　いまも私のことをだれよりも愛しているわよ‼　あの女さえ、共氏さえいなければ、隆青は今夜にも私を迎えに来ていたわ‼」

激憤でゆがんだ美貌からむっとするほどの殺気がたつ。罵声を吐きかけ、ふいに丁氏は咳きこんだ。喉肉をこそぎ落とすような咳が薄闇をずたずたに引き裂く。

「激されてはお身体に障ります。どうかお静まりを」

「うるさいわね！　おまえが私を怒らせるのがいけないのよ！」

黛玉は血まみれになった手巾を床に叩きつけた。

「今夜も隆青は芳仙宮にいるのね？」

「皇貴妃さまと床入りなさっている頃合いでしょう」

「芳仙宮に行くわ。手配なさい」

「とおっしゃいましても、あなたさまは冷宮に幽閉されていらっしゃる身の上ですので」

「この愚図‼　抜けだす手はずをととのえなさいと言っているのよ‼」

左手首から翡翠の手鐲をはずし、銅迷に投げてよこす。

「おや、よろしいので？　こちらはご婚礼の翌日に、皇太子であらせられた主上から賜った大切な手鐲でしょうに」

「手鐲がなによ。翡翠がなんだというのよ。そんなもの、ただの飾りじゃない。私が欲しいのは高隆青そのひとよ。石ころのひとつやふたつ、おまえにくれてやるわ！」

「これはこれはありがたいことで。寛大なる丁皇貴妃さまに拝謝いたします」

たいした熱愛ぶりだ、と銅迷は微笑の下で嘲った。

銭以外のものにここまで執着することができる者がいようとは、いまだに信じられない。恋だの愛だのに、金銀以上の値打ちがあるというのだろうか？

黛玉が宮女服に着がえているあいだ、銅迷は躾けられた狗のように部屋の外で待っていた。右手でもてあそんでいた手鐲を夜空にかざし、満月を翡翠の檻に閉じこめる。

「わからないねえ。銭よりほかに己を救ってくれるものなんざ、ねえだろうに」

明黄色の甍が月光を弾く九陽城。その最奥に騾馬の嗤笑が響く。


「俺が娶りたいのは君だけだ、黛玉」

十三年前、隆青はそう言った。けれど、その言葉は嘘になった。

彼は東宮の主になり、権門尹家の令嬢と黛玉を同時に娶った。花嫁衣装の色はおなじでも尹氏は皇太子妃、黛玉は良娣。正妃と側妃の身分は天と地ほどもちがう。婚礼の夜に隆青が訪ねたのは尹氏の閨であった。空閨に残された黛玉は紅蓋頭をかぶったまま、一睡もせずに夜を明かした。それが七日七晩つづいた。新郎は正妃の閨に七日つづけて通うのが宗室のしきたりである。黛玉が隆青と共寝したのは、婚儀から八日目の夜だった。

聘金の額はいうまでもなく、義昌帝や李皇后にあいさつをする順序も、隆青と夕餉をともにする回数も、身につける宝飾品や衣装の値打ちも、なににつけても黛玉は二番手だった。女官は「あなたは良娣なのですから、つねに皇太子妃さまを立てねばなりません」と口癖のように言った。李皇后は「己が妾にすぎないことを自覚なさい」と黛玉を叱った。尹氏が才色兼備の誉れをほしいままにし、さすがは未来の皇后さまとみなに称賛されるかたわらで、黛玉はちょっとした失敗をあげつらわれてしょせんは茶商の娘と侮られ、色香以外にとりえがないと奴婢にさえも嘲笑われた。

たしかに対外的には妾にすぎなかった。しかし、寵愛をいちばん受けていたのは黛玉だ。いや、いちばんではなく、寵愛を受けていたのは黛玉だけだったというべきだ。隆青は黛玉しか愛していなかったのだから。尹氏との婚姻は純然たる政略結婚。そこに恋情はなく、隆青は不承不承に皇太子の義務を果たしていただけ。彼が愛しているのは黛玉ただひとりであった。そういう意味では、黛玉は正妃よりも正妃らしかった。

隆青の即位に伴って皇貴妃に立てられたのちも、黛玉だけが愛されていた。后妃たちに嫉妬され、敵意を向けられたがいっこうに意に介さなかった。嫉妬されればされるほど、敵意を向けられれば向けられるほど、愛されている証になった。

ただし、不可解なのは黛玉がいっかな身ごもらないことだった。后妃たちは続々と身ごもったのに、毎晩のように寵愛を受ける黛玉には懐妊のきざしがなかった。黛玉は隆青の子を欲していた。子を宿すことがいっそうふたりのきずなを深めると信じていた。

待ち焦がれた日は皇貴妃となってから三年後に訪れた。黛玉は懐胎した。とうとう隆青が注いでくれた愛情がかたちになったのだ。幸福に酔いしれながらも、男子の誕生を祈願することを忘れなかった。隆青と黛玉の子は皇子でなければだめだ。生まれた皇子はやがて皇太子になり、ゆくゆくは隆青そっくりの凜々しい皇帝になるのだ。

黛玉は毎日、腹部を撫でて胎のなかの皇子に語りかけたが、ある日、激烈な痛みに襲われた。気づけば褥に寝かされており、隆青が枕辺に腰かけていた。

「気を落とすな。きっとつぎの機会がある」

黛玉が産むはずだった未来の皇太子は、生まれぬまま死んでしまった。視界が墨で塗りつぶされたように真っ暗になった。希望が絶たれ、憤怒に火がついた。

だれかが細工をしたにちがいない。愛される黛玉に妬心を滾らせた者が流産するよう仕向けたにちがいない。黛玉は自分にかかわるすべての人間を疑った。芳仙宮に仕える女官や宦官、お追従を言いにくる妃嬪侍妾、黛玉を快く思っていない李太后と尹皇后、黛玉と敵対する蔡貴妃や許麗妃とそのとりまき、果ては黛玉を姉のように慕う凌氏まで。だれもが疑わしかったが、宮正司は不幸な事故として処理した。そんなはずはないと、黛玉は隆青に訴えた。絶対に事故ではない、黛玉を妬んだ何者かが仕組んだ事件だと。隆青は取りあわず、黛玉が李太后の御前で刃物をふるったことを咎めて、禁足を言いわたした。

禁足中に皇太子奕信から文が届いた。幼いながらも丁寧な手蹟を見ていると、ある女官が奕信の特殊な体質の噂をささやいた。堅果を食べれば死ぬ恐れがあると聞いて、気づいたのだ。奕信は生かしておけないと。なぜなら、ふたたび黛玉が皇子を身ごもったときに邪魔になるから。奕信を殺したことは後悔していない。彼は遅かれ早かれ死ぬさだめだった。堅果すら口にできない脆弱な身体なのだ。たとえ黛玉が手にかけなかったとしても、ほかのだれかがその特殊な体質を利用して暗殺するだろう。世継ぎとなる男子は隆青のように壮健でなければ。玻璃細工のような弱々しい童子に東宮の主はつとまらない。

欠陥品を始末してあげたのに、隆青は喜ばなかった。それどころか、黛玉を鬼女と罵り、不貞事件の濡れ衣を着せて冷宮送りにした。腑に落ちなかった。隆青だって黛玉が産んだ皇子を後継者にしたいはずだ。尹皇后が産んだ奕信など、どうでもよかったはずだ。君だけが愛しいと、夜ごと黛玉にささやいていたではないか。あれは黛玉が産む子だけがいとおしいということではないのか。それ以外は不要だということでは？

隆青をいぶかり、憤り、怨みもしたけれど、最終的には合点がいった。要するに、黛玉の廃妃は隆青の意思ではないのだ。おそらくは李太后が裏で糸を引いている。李太后が黛玉を流産させたうえ、冷宮送りにしたのだ。そう考えると、にわかに隆青が不憫に思えてきた。望まぬ玉座に担ぎあげられたばかりに、黛玉が身ごもった子を喪い、黛玉と引き離されて、愛してもいない女たちを龍床に召さなければならない彼。

――かわいそうに。

この三年、黛玉の誘いを隆青がことごとく突っぱねたのは、李太后の逆鱗にふれることを恐れていたせいだろう。その気になれば、李太后はいつでも黛玉を始末できる。隆青は黛玉を生かすため、黛玉を守るために、心を鬼にして距離をとりつづけたのだ。黛玉に会いたい気持ちを必死で押し殺して。そんなつらい日々も、じきに終わる。

宮女服に身を包み、黛玉は易太監につづいて芳仙宮の大門をくぐった。小径を湿らす月影に導かれて正房の奥にある臥室にむかう。套間に入ると、彤史がひかえていた。閨事がすめば、彤史は側仕えと入れ代わりに臥室を出て套間でひかえる。ふたたび秘事が行われる際、すみやかに臥室に戻り記録をとるためだ。臥室では共氏付きの首席女官、恵惜香が不寝番をしていた。易太監が惜香に何事かささやくと、惜香は臥室を出ていく。

蘭灯の光を踏み、黛玉は花罩のむこうに足を踏み入れた。足音を殺して牀榻に歩みよると、薄藤色の床帷を透かして、横たわる人影が見えた。手前に寝ているのは共氏だろう。龍床では后妃侍妾が床帷側に寝る決まりだ。不測の事態が起こったとき、わが身を盾として玉体を守るためである。

易太監が套間へ戻るのを見届け、黛玉は懐から小瓶をとりだした。小瓶の中身はある者からもらった火礦油（硫酸）だ。

——これであなたは玉座から解放されるわ。

火礦油を隆青の顔にかければ、彼は重度のやけどを負う。盲目になるだろう。皇帝としてもの役に立たなくなるだろう。太上皇は隆青を廃位する。茶に仕込まれた毒で盲いた叡徳王のように、隆青は一親王に身分を落とされる。そして黛玉は隆青の王妃になる。叡徳王の唯一の寵妃である危夕麗のように。隆青を玉座から引きずりおろせば、彼は黛玉だけのもの。廃帝に後宮は必要ないのだから。隆青だってそれを望んでいる。彼はほかの女など求めない。彼が欲しいのは、いつだって黛玉ただひとり。

そっと床帷をひらく。最後の名残に、隆青の寝顔を見ようと身を乗りだした。雄々しい眉、秀でた鼻梁、凛々しく引きしまった口もと。目を凝らしてみるが、黛玉が恋い焦がれた精悍な顔は見えない。いぶかしんでさらに前のめりになった、その刹那。

「すみませんねえ、廃妃どの」

笑いふくみの声にどきりとしたときには、何者かに小瓶を奪われ、腕をつかまれていた。

「あなたさまより金払いのいい御方に雇われておりますので」

小几に置かれた蘭灯が笑う易太監を不気味に照らしだす。黛玉は易太監の配下に捕らえられていた。武人さながらの強い力で押さえつけられ、息がつまる。

「共氏と通じていたのね!!」

「いいえ、皇貴妃さまではございません。主上です」

「隆青が私を罠にかけたというの……？　馬鹿なことを言わないで！　絶対に――」

「君が来ないほうに賭けていたが、どうやら余は賭けに負けたらしい」

套間からふたりぶんの足音が近づいてくる。薄明かりのなかに男女の人影が浮かびあがった。ひとりは夜着姿の隆青、もうひとりはおなじく夜着をまとった共氏だ。

「どうしてそこに……⁉　じゃあ、こちらにいるのは……」

牀榻をふりかえって愕然とする。褥には枕がふたつならべてあるだけだ。

「隆青！　私を騙したの⁉」

「さきに余を騙そうとしたのは君だろう。自死したなどと、銅迷に嘘をつかせて」

「あなたが訪ねてきてくれないからよ！　私はずっと待っていたのに！」

「余が冷宮を訪ねる理由はない」

「あるわよ！　だって、私がいるじゃない！」

「理屈になっておらぬ。なぜ君が冷宮にいると、余が訪ねなければならなくなるのか」

「決まっているでしょう‼　あなたが私を愛しているからよ‼」

宦官の手をふり払って隆青に駆けよろうとしたが、いっそう力強く拘束された。

「愛していれば、罪妃のもとに忍んでいくとでも？　余の皇太子を殺した女の閨に？」

「まだ皇太子のことを怨んでいるの？　あれからもう三年も経つのよ。いい加減に忘れなさい。死んだ童子のことをいつまでも悔やんでいてもしょうがないわ」

「冷酷になってしまったな、君は。三年前、流産したときは涙に暮れていたのに」

「流産で喪ったのは私の子だもの。皇太子は尹氏の子。私のものじゃないんだから、かなしみがひとしいはずがないでしょう」

そうか、と隆青は短く息をついた。半分だけ蘭灯に濡れた顔に表情はない。

「余は幾度、君に夜伽を命じただろうか」

「夜伽を命じた、なんて言いかたは変ね。枕を交わしたのよ。愛しあっているから」

「一度や二度でなかったことはたしかだ。幾夜も君を召した」

「あなたは私に溺れていたわ。朝まで私を抱いて離さなかった」

「それで……君は何度、身ごもった？」

黛玉が返答につまると、隆青の片頰に皮肉げな笑みが刻まれた。

「芳紀まさに十八で余に嫁ぎ、良娣時代からだれよりも夜伽に召されながら、君は一度しか懐妊しなかった。皇后やほかの妃嬪侍妾はたびたび孕んでいたにもかかわらず」

「……一度は孕んだのだから、私は石女じゃないわ」

「そうとも。君は石女じゃない。避妊薬を盛られていたせいだ」

「なんですって……⁉　だれがそんなことを！」

叫んだ直後に疑わしい人間の顔が浮かんだ。

「わかったわ、皇太后さまね⁉　はじめて会ったときから私のことをきらっていらっしゃったもの、私が身ごもらないように細工していたんだわ！」

「母后ではない」

「じゃあ、尹氏でしょう！　自分よりも寵愛される私を妬んで――」

　ちがう、と隆青は冷ややかに言い捨てた。

「余だ」

　言葉が出ない。あえぐようにひらいた口がむなしく暗がりを喰らう。

「婚礼からずっとだ。君の食事に混ぜさせていた」

「……どうして、あなたが、そんなこと……」

「身ごもってほしくなかったからだ。君は月燕の案で族滅された栄一族の余裔だから。君に子を産ませないことが、父皇に提示された君を娶る条件だった」

　もし子が生まれれば、ただちに始末すると太上皇は言った。この世に存在してはならない罪人一族の血を宗室に残すわけにはいかないと。

「私が栄一族の生き残り……？　なにを言ってるの？　私は茶商の娘で……」

「君の父、房無我は月燕の案を起こした栄玉環の異母弟、栄玄耀だ。月燕の案当時、十二だった。族滅令が下れば十五以上の男子は処刑、十四以下の男子は宮刑に処される。玄耀は宦官になるはずだったが、父親の栄堂宴が隠密裏に逃がした。栄堂宴は末子の玄耀を鍾愛しており、いつの日か一族を滅ぼされた怨みを晴らすよう言いふくめて送りだした」

　玄耀は亡父の知己に助けられて南方に落ちのび、茶商となって各地を転々としながら財を築いた。妻妾のなかに鬼淵の婦人がいた。彼女が産んだのが黛玉である。

「実を言えば、余と君の出逢いは偶然ではなかった」

栄玄耀こと房無我は隆青と黛玉が出逢うように仕組んでいた。東廠の幹部を買収し、近いうちに隆青が立太子されることを聞きだしていたからだ。

「房無我は娘を溺愛する人畜無害な好人物の体を装い、君を余に近づけた。激情家の君が宮中の生活になじめず、やがて後宮を憎むようになると予想して」

房無我は黛玉に密令を与えていたわけではない。黛玉は己の出自も知らぬまま東宮に嫁ぎ、のちに皇貴妃となって、皇太子奕信と、尹皇后の胎に宿っていた皇胤を殺した。

「はからずも君は房無我の思惑どおりに動いた。奕信の薨御後、房無我に不審な動きがあると色太監が言うので、内密に調べさせていたが、なかなか尻尾を出さなかった。房無我が復讐の意図を自白したのは、つい先日のことだ」

「……嘘だわ！　嘘よ。月燕の案なんて知らないわ。私には関係ない」

「むろん知らないだろう。君は隠し事ができる女ではないからな」

良くも悪くも、と隆青は由ありげにつぶやく。

「立太子を宣告されたとき、君の出自を父皇に知らされた。最初は君と別れようと考えた。どこか遠くへ逃がすしかないと。だが、東廠が目をつけている以上、大凱のどこにも逃げ場はない。異国へ逃がそうにも、国境で襲撃されるのが目に見えている。だから手もとに置いた。そこがいちばん安全な場所だったからだ。余のそばに置いておけば、余と反目しないために父皇は君を生かしておく。君が子を産まない限りは」

「……ちょっと待って。あなた、まさか」

　悪寒が走る。唇が青ざめていくのを感じた。

「ああ、そうだ。余が君を流産させるよう太医に指示した」

　喉が凍りつき、言葉が舌先で痙攣した。

「理由は言わなくてもわかるだろう。生まれれば父皇に始末されるからだ。どうせ殺されるのなら、生まれるまえに処分したほうがましだと判断した」

　黛玉が身ごもったのは、しばらくのあいだ食事に薬が入っていなかったせいだという。

「皇貴妃付き首席宦官だった侵太監が君に懸想した。侵太監は懐妊を望みながら避妊薬を飲まされている君を憐れんで、あえて薬を混ぜなかったとのちに白状した」

　淡々と語られる真実。その舌鋒が黛玉の胸を裂いた。

「……あなたが、殺したの？　私たちの子を……？」

「やむを得なかった」

「どうせ太上皇さまに殺されるから？　そんなの理由にならないわ！　皇帝のくせに、愛する女に子を産ませることもできないなんて、こんなに馬鹿馬鹿しいことがあって⁉」

「余が父皇と反目すれば、政の混乱は避けられない。朝廷が皇帝派と太上皇派に割れて争っているあいだに、国内外でくすぶっている火種が芽吹く恐れがある」

「それがなによ‼　政なんかより、私たちの子のほうが大切だわ‼」

　隆青はなにも言わない。

「……私たちの子よりも……私よりも、天下のほうが大切だと思っているの？」

　返答はない。膠のような沈黙がすべて語り尽くしてしまう。

「私を愛しているんでしょ⁉　じゃあ、全部あとまわしにして！　玉座も、国も、民も、妃嬪の位も、后妃侍妾も！　私を最優先にしてよ！　私はあなた以外になにもいらないわよ！　妃嬪の位も、豪奢な殿舎も、きれいな衣装も！　いつだってあなただけが欲しいの！」

　焼けつく喉からほとばしった言葉がほの暗い室内にむなしく反響する。

「あなたもおなじでしょう⁉　立太子されなかったら私以外の女を娶らなかったたって言ってたじゃない！　あなただって私だけが欲しいんだわ！　ほかにはなにもいらないのよ！　どうして本心から目をそらすの⁉　どうしてほんとうのことを言わないのよ‼」

　全身の血が煮え滾っている。激しい怒りが涙となってまなじりを破った。

「愛しあっているのに、なぜあなたの子を産むこともできないのよ！　おかしいわ！　なにもかもまちがっているわ！　玉座も国も民も、私の出自も関係ない！　私を愛しているのなら、だれに非難されても、私と私たちの子を守りなさいよ！　天下よりも私たちを大切にしなさいよ！　私たちのことを誹謗する者がいれば、片っ端から処刑すればいいじゃない！　皇帝なのだから、不届き者を全員黙らせるくらいたやすくできるでしょう！」

「君のために暴政を敷くわけにはいかない」

「だったら、二十四旒の冕冠を捨てればいいんだわ！　好き好んで即位したわけではないのでしょう⁉　玉座を捨てるのにためらう必要がどこにあるの⁉　私、あなたに廃帝になってほしいのよ！　叡徳王のように、一親王になってほしいの！　そうすれば私たち、ふたりきりで暮らせるわ。後宮から離れて幸せになれるわ。太上皇さまや朝廷に邪魔されず、お互いを最優先にできるわ。もっと早くそうするべきだったのよ。私にはあなたが必要だし、あなたには私が必要よ。私たちは離れられないの。離れてはいけないの。すべてを犠牲にしても、一緒にいるべきよ。廃帝と、その唯一の妃として――」

「余は天子だ」

　感情の読めない目で、隆青は黛玉を射貫いていた。

「余が愛するものは天下であり、蒼生であって、君ではない」

「嘘をつかないで！　あなたが愛してるのは私よ！　天下でも民でもないわ！」

「銅迷、丁氏を冷宮に連れていけ。この件については追って沙汰する」

　易太監が配下たちに目配せする。縄を打たれそうになり、黛玉は一瞬の隙をついて拘束から逃れた。懐に隠し持っていたもうひとつの小瓶をとりだし、隆青めがけて中身をぶちまける。勢いよく放たれた火礦油は隆青の胸に飛び散るはずだった。しかし、すんでのところで間に合わない。共氏が隆青を突き飛ばしたからだ。

「……危険ですわ！　私に近づかないでください！」

駆けよろうとした隆青に、共氏は大声をはりあげた。薄花色の上衣をはおった右肩がべったりと濡れている。右頬からもしずくがしたたっていた。

「太医だ！　太医を呼べ！」

易太監に命じるや否や、隆青は共氏に歩みよった。

「いけません、主上……！」

逞しい腕が有無を言わさず彼女を抱きあげる。隆青はそのままわき目もふらずに臥室を出ていった。とっさに追いかけようとした黛玉は、易太監の配下にねじ伏せられる。

「ちがう、ちがうわ！　あなたのそばにいるべきなのは私よ！　その女じゃないわ!!」

声を限りに叫んだが、もはや恋しい足音さえ聞こえなかった。


揺落門――廃された后妃侍妾が生きてくぐる最後の門。

そのむこうにひっそりとたたずむ冷宮は、今上よりさかのぼること八代前の皇上、至興帝の御代に増改築されたものだ。聞けば、もっとも寵愛していた妃嬪をやむなく廃妃した際に、本心では彼女を立后したがっていた至興帝が皇后の住まいである恒春宮を模して冷宮を建てなおさせたのだという。

至興帝の後継となった仁啓帝の御代までは、冷宮とは名ばかりの絢爛華麗な宮殿であったが、時代の荒波にさらされるうちに塗装は剝げ落ち、装飾に用いられた珠玉はことごとく盗まれ、屋根に葺かれた琉璃瓦さえもところどころ欠けた無残な姿となった。

それでも雪化粧された冷宮は美しかった。降りしきる雪がこの陰鬱な宮殿に染みついた怨念のにおいを覆い隠したせいだ。白は純潔の色であり、弔いの色でもある。雪の衣をまとった冷宮は清らかな乙女のようにも、喪服を着た未亡人のようにも見えた。

雪風が吹きつける遊廊をとおり、紫蓮は客庁に入った。上座に腰かけて待っていると、虚獣の配下たちが引きずるようにして丁氏を連れてくる。

「汚らわしいわね！　放しなさい！」

丁氏は幾日も櫛を入れていない髪をふり乱してもがいた。まとう襦裙は継ぎをあてた粗末なもの。化粧っけのない花顔では、両眼ばかりが炯々とぎらついている。

「皇貴妃さまの御前である。ひざまずけ」

虚獣の声など聞こえないかのように、丁氏は素知らぬ顔で突っ立ったままだ。虚獣が顎をしゃくると、丁氏の両腕をつかんでいる配下たちが力ずくで彼女をひざまずかせた。

「皇貴妃さまに跪拝せよ」

「皇貴妃は私よ。だって隆青にだれよりも愛されているのは私だもの。この女は隆青に愛されていない。これっぽっちも。後宮の雑役婦として雇われているだけよ」

丁氏の頰を叩こうとして手をふりあげた虚獣を、紫蓮は視線で制した。

「そのとおりよ。私は後宮の雑役婦。今日もつとめを果たしに来たわ」

紫蓮が目まぜするまでもなく、虚獣は手にしていた明黄色の勅書をひらいた。

「天を奉じ運を承くる皇帝、詔して曰く――廃妃丁氏は禁を破って冷宮を抜けだし、夜半に芳仙宮に侵入したばかりか、こともあろうに朕を害そうとした。もとより朕を裏切った姦婦であり、本来ならとうに処刑されているところを恩情で生かされているにもかかわらず、廃妃丁氏は皇恩に感謝するでもなく、恥知らずにも朕を怨んでいる。不義不忠もはなはだしく、こたびの暴挙は赦されざるものである。よって廃妃丁氏に死を賜う」

「鬼話よ！　偽の聖旨だわ！」

「あいにく本物だ。見るがよい。朱肉の色もあざやかな玉璽の印影を」

虚獣が聖旨を丁氏の鼻づらに突きつける。

「この女が偽造したのよ！　恥を知りなさい、共氏！　聖旨の偽造は大罪よ！」

「その目は節穴か。これはご宸筆だぞ」

力強く端麗な墨蹟を目で追い、丁氏はみるみるうちに青ざめた。

「……嘘よ嘘よ嘘よっ！　隆青が私に死を命じるはずないわ！」

「主上はたしかにあなたに死をお命じになったのよ、丁氏。あなたが過ちを犯したから」

「私に過ちなどないわ！」

「いいえ、あるわ。十三年前、あなたは高隆青というひとに恋した。出逢ったとき、彼は皇帝でも皇太子でもなかった。あなたにとっては、ただの高隆青だったわね。でも、いまの彼は、この大凱帝国の皇帝、天子なのよ。あなたは皇上になったあのかたを受け入れられなかった。出逢ったころの彼を変わらず愛していた。それがあなたの最大の過ち」

恋をしたことが罪深いのではない。恋に固執したことが愚かなのだ。

「あのかたを心から愛しているなら、あのかたのあたらしい立場を理解するべきだった。彼のそば近くにいたいなら、それに見合う役柄を演じなければならなかった。自分はなにひとつ変わろうとせず、主上が出逢ったころの高隆青に戻ることだけを願いつづけた。あなたは過去に生きていたの。あのかたのかたわらで、ともに未来を見ようとせずに」

「隆青は好き好んで皇帝になったわけじゃないわ。運悪く太上皇さまに担ぎあげられて、無理やり玉座に据えられたのよ」

「どのような経緯があったにせよ、主上は至尊の位におつきになった。それは動かしようのない現実よ。現実は拒むことができないの。だれであっても、受け入れるしかない。どんなにつらくても、受け入れなければ前に進めないわ。いま目の前にある事実を拒否することは、未来を拒むということ。みずから明日を放棄するということなの」

明日を見ようとして首をあげない者を、暁光は照らしてくれない。

「主上を愛しているなら、主上の苦しみに寄りそうべきだった。主上だって降ってわいた玉座に戸惑い、ご宸襟を悩ませていらっしゃったのだから。だけど、あなたは自分の苦しみにばかり溺れていた。ゆえにあなたは主上と添い遂げられない。主上と生きることを拒否したせいで。それがあなたの選択。ほかのだれでもない、あなたが導きだした結果よ」

「えらそうなことを言っているけど、おまえはどうなのよ？」

丁氏は小馬鹿にしたふうに鼻を鳴らした。

「隆青に寄りそっているつもり？　隆青とともに生きられると思っているの？　おまえは妃嬪のひとりにすぎないのよ？　隆青が天下や民を優先するなら、おまえだって邪魔になれば切り捨てられるわ。耐えられるというの？　掃いて捨てるほどいる妃嬪のひとりとしてあつかわれて、どんなに共寝しても朝寝さえできないのよ？　朝餉さえ一緒に食べられないのよ？　公の場で、隆青とならんで立つことさえ許されないのよ？」

皇帝と朝寝することも、朝餉をともにすることも、皇后のみに許された特権。皇貴妃以下の妃嬪は夜半過ぎには皇上を見送らなければならず、朝餉はひとりでとることになっている。また、公の場で皇帝のとなりに立つのは皇后であり、妃嬪はそのうしろに立つ。

皇后と妃嬪。寵愛の多寡にかかわらず、身分の隔たりは歴然としている。

「それとも、いつか立后されるとでも思っているの？　恒春宮の主になって、明けがたまで隆青の腕に抱かれ、暁光を浴びながらともに朝餉をとる日が来ると？　そんなこと、ありえないわよ。おまえは李家の養女にすぎない。李家とはなんの血のつながりもないの。尹氏をさしおいて染坊の娘が鳳冠をいただくなんて、絶対に起こりえないことだわ」

「鳳冠に野心は抱いていないわ」

「だったら一生、皇貴妃でいいというの？　いつだって待遇は二番手で、皇后との差をまざまざと見せつけられて、そのくせ制約や責任ばかりが多い位で満足できるの？」

「たいへんな立場だけれど、やりがいのあるつとめだと思うわ」

「やりがいですって？　夫の寝床にほかの女を送りこむことに、やりがいがある？　馬鹿じゃないの！　夫を共有しつづけて平気でいられるなんて、なんの疑問も持たないなんて、どうかしているわ！　夫をだれかとわけあって平然としていられる女は、ほんとうの愛を知らないのよ！　隆青を愛していないから嫉妬しないでいられるんだわ！」

「嫉妬しないわけじゃないわよ」

「だったら、どうして平気な顔をしていられるのよ！　自分以外の女たちを殺したくならないの⁉　隆青をひとりじめしたくならないの⁉」

「夫を愛することは、夫をひとりじめすることではなく、夫と心を共有することよ」

後宮を、后妃侍妾を持つことにもっとも苦悩しているのは、隆青自身だ。彼だって愛する人とだけ結ばれることを望んでいた。しかし、思いがけず天子になってしまったせいで、だれかひとりを愛することができなくなってしまった。

即位の事実をなかったことにはできない。どれほど不本意でも前に進むしかない。だからこそ、紫蓮は彼とともに歩みたいと思う。隆青が苦しんでいるなら、紫蓮も苦しむ。それは喜びをわかちあうのとおなじく大切なことだ。濁世には苦しみが多すぎる。だれしもひとりきりでは耐えられない。生きていくため、ともに悩んでくれる相手が必要だ。

「主上を独占できる女は、天下のどこにもいないわ。でも、ご宸襟に寄りそって、苦患をわかちあうことは、一妃嬪にもできる」

「そんなの愛じゃないわ。ただの忠義よ」

「忠義でもなんでもいいわ。かたちにはこだわらない。主上がご自身のつとめを果たそうと邁進なさっているように、私も己に課せられた使命を果たすつもりよ」

互いに自由な立場ではない。さまざまな制約や責任でがんじがらめになって、ときには息苦しささえ感じる。けれど、逃げだすわけにはいかない。

高隆青も、共紫蓮も、この金光燦然たる獄で生きていかなければならないのだ。髻に重い冠をいただき、窮屈な衣で身体を拘束されながらも、凛然とおもてをあげて。

「くだらない。愛されもしないで生きて、なんの意味があるの？」

丁氏は唾を吐くように言い捨てた。

「愛されない女なんて、女ともいえないわ。おまえはかわいそうね、共氏。女に生まれたのに、たったひとつの愛すらつかめないなんて。まるで徒花よ。花ひらいても、見てもらえず、手折ってもらえない。だれの心もつかめず、ただ咲いて、ただ散っていく。そのむなしさをごまかすため、大義に身を捧げて。かなしいほど、無益な一生だわ」

反駁はしない。それもまた、真実であろう。

「無益な一生かどうか、判断を下すのは早すぎるわ。私の人生はつづいていくのだから」

「私とちがって？」

丁氏は皮肉げに口の端をあげた。

「やけどの痕、残ったのね。白粉でうまく隠しているけれど、私にはわかるわ」

火礦油を浴びたせいで、紫蓮の右頰と右肩には醜いやけどの痕が残ってしまった。化粧上手な惜香が白粉で隠してくれているが、以前とおなじ肌には戻らない。

「その傷痕を見るたびに、隆青は私を思い出すわよ。おまえを抱くたび、私の柔肌を思い出すわよ。おまえが生きている限り、隆青の心から房黛玉が消え去ることはない。隆青から私を奪うには、おまえ自身が死ぬしかないのよ」

隆青は生涯、房黛玉を忘れないだろう。どれほどすれちがい、傷つけあおうとも、房黛玉は隆青が王世子高隆青であったころの記憶そのものなのだ。そして、彼女の死は、もはや彼が天子以外のなにものにもなれないことを、如実に証明するだろう。

「私は生きるわ。主上に死を賜わらない限り」

紫蓮は椅子から立ちあがった。宦官たちにねじ伏せられている丁氏を見おろす。

「皇貴妃として命じます。廃妃丁氏、つつしんで勅命に従いなさい」

童宦から鴆酒を受けとった虚獣が腕ずくで丁氏の口に流しこもうとした。

「放しなさい！　騾馬の手は借りないわ！」

丁氏は宦官たちの腕をふり払い、毒杯をもぎとった。上座に立つ紫蓮を睨み、ひと息に飲み干す。宴の席でそうするように手柄顔で空の杯を見せつけ、ほうり捨てた。

「高隆青は私のものよ」

天子を惑わせた妖女は嫣然と微笑した。鴆酒で濡れた唇をいびつにゆがめて。

「この身が朽ち果てようとも、けっして手放しはしないわ」

白磁の喉から烈火のごとき絶笑がほとばしる。それは、ひどく、慟哭に似ていた。


降りしきる雪のなか、隆青は手ずから傘をさして立っていた。紅牆にかこまれた通路。よろずの琉璃瓦はひとしく衾雪をかぶり、牆の色彩ばかりが赤く目を射る。まるで後宮が寿衣をまとっているかのようだ。紅牆の赤は、彼女が失った命の色のようで。

背後で揺落門の門扉がひらいた。方塼敷きの路を踏む足音が近づいてくる。

「主上」

数歩うしろで立ちどまった紫蓮が万福礼する。

「つつがなくすみました」

「そうか」

ふりかえらずに答える。吐息が雪の色に染まるのを、見るともなしに見た。

――鴆酒を賜うまでもなかった。

黛玉が冷宮に入った直後から、白粉に毒を盛らせていた。冷宮でも彼女は化粧を欠かさなかったので、微量の毒はすこしずつ玉の肌にとりこまれていった。それにくわえて、黛玉は隆青の気をひくために幾度も毒草を煎じて飲んだ。余分にとりこまれた毒物は白粉の毒と交わってしだいに彼女を内側から腐らせ、刻一刻と死をたぐりよせていた。

鴆酒を下賜したのは、恩情だったと言えるだろうか。

「繆山に葬れ」

「承知いたしました。手配いたします」

廃された后妃や罪を得た侍妾は皇陵ではなく、北郊にそびえる繆山に葬られる。なんらかの位に追封すれば、皇陵に陪葬することも可能だが、その予定はない。死してなお、黛玉は罰せられなければならない。それだけの罪を犯してしまったのだから。

「丁氏は愚かな女でした」

紫蓮の声音が雪まじりの風にさらわれていく。

「けれど、幸せな女でもありました。心から愛するかたに、深く愛されたのですから」

語るべき言葉を持たず、隆青は沈黙をまとって立ち尽くす。

見わたす限り、白と赤の世界だ。

左右には侍妾たちの殿舎が建ちならび、そのはるかさきでは后妃たちの殿舎が甍を競っている。なにかを悼むようにかたく閉ざされた無数の門扉のむこうで、あまたの美姫が紅涙を絞ってきた。白き頬を伝い、玻璃細工を思わせる顎先から滴ったしずくが冷たい床を叩く。その儚くけたたましい音が耳に届くような気がする。

これから何度、自分は人に死を命じるのだろうか。即位から六年経ってもまだ慣れないが、いつかは慣れてしまうのだろうか。人の命を奪うことが、だれかの明日をむごたらしく断ち切ることが、ありふれた日常の雑事になってしまうのだろうか。

後宮はさながら流血でよどんだ深い淵だ。気づけば足をとられ、抜けだそうともがくたびになまぐさい泥が四肢にからみつき、いつの間にか喉首までのみこまれて、身動きできなくなっている。そうしているうちに、なすすべもなく沈んでいくのだろう。わずかな光を求めてのばした手がつかむ虚空を感じながら、際限なき深淵の底へ。

「さきは長い」

薄氷のごとき空気が喉に流れこみ、五臓六腑を凍えさせた。

「このようなことが幾度もくりかえされる。余だけでなく、君も無辜ではいられない」

良心を捨て、情を断ち、悪と手を結び、罪をかさねていく。

「ひとたび血に染まった手は、二度とふたたび、もとに戻らない」

行きつくさきは、地獄の門だ。

「それでも——余と、ともに来てくれるか」

「はい」

迷いのない返答が白銀の闇を弾いた。

「主上のいらっしゃる場所が、私の生きる場所ですから」

ふりかえらなくてもわかる。紫蓮の視線は隆青の肩先をゆうに飛び越えている。彼女がここにいるのは夫を見つめるためではない。夫とおなじものを見据えるために、ここにいるのだ。けっしてとなりに立つことを許されない者同士、それぞれの瞳におなじ景色を映しながら、歩んでいかなければならない。奈落へとつづく道を、粛々と。

隆青は身をひるがえした。雪に降られている紫蓮に傘をさしかけ、凍える頬にそっとふれる。厚く重ねられた白粉越しにひきつれた皮膚を感じ、苦く喉が軋んだ。

「礼は言わぬぞ」

まぶしく目に染みる。後宮に囚われてもなお、己の色彩を忘れない強さが。

「その代わり、ひとつ言わせてくれ」

彼女の瞳に映るのは天子であろうか。それとも、ひとりの男であろうか。

「君は、美しい」

やんわりと弾けた頰がたなうらを押しかえした。

「まあ、いまごろお気づきになって？」

「前々から気づいてはいたが、あらためて思ったんだ。君の色はきれいだと」

「私の色？　花のかんばせではなく？」

紫蓮が大仰にまなじりをつりあげてみせるので、隆青は口もとをほころばせた。

「花顔の麗しさは言うまでもないが、君がまとう色彩は格別に美しい」

「どのような色ですの？」

「至極色だ」

朝夕の空を染める、濃く深い紫。やがて来る払暁と、休息をもたらすひそやかな夜陰を予感させる、希望と静穏に満ちた唯一無二の色。

「余には君が必要だ、紫蓮」

共紫蓮のような女人を、待ち望んでいたのかもしれない。引きとめるのではなく、追いすがるのではなく、肺肝を砕きながら、ともに歩を進めてくれる女人を。

「はじめてですわね。字を呼んでくださったのは」

「そう言われればそうだな。今後は字で呼ぼうか？」

「いえ、けっこうですわ。頻々に呼ばれては、ありがたみが薄れます」

ありがたみか、と笑い、隆青は彼女の肩を抱きよせた。

「これからはたまに呼ぶことにしよう。不意打ちで」

連れだって輿のほうへ行く。隆青は龍輦に、紫蓮は玉輦に乗って揺落門から遠ざかる。

下九嬪の殿舎にさしかかったところで、蟒服の集団に出くわした。大勢の宦官を従え、手ずから傘をさして先頭を行くのは、東廠督主、色亡炎である。

「主上、ご報告がございます」

傘を童宦に持たせ、色太監はうやうやしく揖礼した。

「後宮に持ちこまれていた阿芙蓉の件ですが、出どころがわかりました」

「どこだ？」

隆青が龍輦からかるく身を乗りだして問えば、色太監は碧眼でちらりとこちらを見た。

「黎雲宮です」


「……なんなんだ、この女は」

全宦官の頂点に立つ司礼監掌印太監、角太監は煙管片手にそうつぶやいた。

「尋常じゃない女は見尽くしたつもりだが、まだこんな逸材が隠れていやがったか」

亡炎が提出した素賢妃の供述書を読んでいる最中である。数行読んだだけで表情が険しくなり、半分まで来ると毒虫でも食べたような顔になっていた。

「それほどでしょうかね。いままでの女どもと似たり寄ったりでは」

「似てねえよ。俺も宮仕えは長いがな、ここまでひどいのははじめて見たぞ」

角太監は齢五十六。浄身したのは十だと聞いている。かれこれ五十年近く宮仕えしている、海千山千の古株だ。その彼を驚かせるのだから、素氏もたいしたものである。

「だいたいなんだ、この供述は。人の命の輝きを見たかっただの、美しい瞬間はとどめておけないから美しいだの、刻下の体験こそが黄金だの、意味不明だぞ」

「はあ、そこらへんは素氏の言葉をそのまま書き写してるだけですから」

阿芙蓉の出どころを探るため、東廠は各殿舎に持ちこまれる物品を蚤取り眼で調べていた。入念な捜査にもかかわらず結果ははかばかしくなかったが、ある日、偶然にも証拠が出た。事の顚末はこうである。さる本好きの童宦が上官の目を盗み、素賢妃に届けられるはずの小説を持ちだして勝手に読んでいた。読書に夢中になっていたところに上官がやってきたので、童宦はあわてて小説を書帙にしまい、物陰に隠した。運悪く、そこが池のそばだったせいで書帙は池に落ちてしまう。物音に気づいた上官が引きあげさせると、水を吸った書帙の底がはがれた。それは盒状の書帙だったのだが、底が二重底になっており、なかには阿芙蓉が入っていた。隙間に詰めものをして阿芙蓉が動かないよう細工されていたため、手にとっただけでは二重底の仕かけが露見しなかったのだ。

事が事だけに、素氏の鞫訊は東廠の長たる亡炎自身が行った。自慢の拷問具をとりだすまでもなく、素氏は阿芙蓉を餌にして各殿舎の奴婢を操り、さまざまな事件に関与していたことを認めた。「さまざまな事件」には快芳儀の裙が引き裂かれた事件、凌寧妃の花垣が荒らされた事件、叡徳王の化粧盒が盗まれた事件、丁氏が夜伽に乱入した事件、丁氏の罪を暴露する怪文書の事件、蔡貴妃が黄棘を使って李皇貴妃を陥れようとした事件、丁氏が今上を襲撃した事件――のみならず、素氏の流産事件もふくまれている。

「李皇貴妃に濡れ衣を着せるために、わざと紅花を飲んで流産した。ここまではわからんでもない。そういうやつがいなかったわけじゃないしな。だがな、肝心の動機が李皇貴妃を怨んでいたからとか、寵愛争いから排除したかったからとかじゃなく、『そのほうが面白いから』だぞ？ いったいなんなんだよ。面白さを求めて皇胤を流すって？」

「さあ、俺にもわかりません。せっかくできてるんだから産めばいいのに」

「そういうことじゃねえんだよ。『私の流産を李皇貴妃のせいにしたら面白い展開になるんじゃないかしら』という発想がどこから来たんだって訊いてんだよ」

「それについては、こちらの調書にあるとおりです。幼きころに経験した親兄弟の惨殺事件が素氏の人格をおかしな方向にねじ曲げたものと思われます」

素氏が四つのとき、素家の邸――素府をある男が訪ねてきた。男は素氏の父親、素致遠に命を助けられた者だと名乗り、恩返しのためにはるばる煌京まで来たと語った。実際に官遊していたころ、致遠は男の窮地を救っていた。老齢になってまるくなった致遠はさながら旧友に再会したかのごとく男を歓迎し、客人としてもてなした。

その夜、男は凶行におよんだ。致遠と妻妾、素氏の兄弟姉妹が犠牲になっている。

「まあなあ……小鬼のころにあんなものを見たんじゃなあ……」

角太監は煙管をくわえ、べつの書面を手にとった。そちらは素府で起きた惨劇の記録である。当時としても衝撃的な事件であったので、東廠が捜査している。

「ひでえ現場だったよなあ。骸はむごたらしく喰い荒らされて、どれがだれだかわからないありさまでさ。朝飯のあとに見るもんじゃねえな、あれは」

「豪快に吐き散らしていましたよね、角太監。俺のおろしたての皁靴が反吐まみれになったのを昨日のことのように覚えていますよ」

宿酔だったんだよ、と角太監はきまり悪そうに顔をしかめた。二十年前、角太監は東廠の次官に抜擢されたばかりで、亡炎は不承不承にも彼の配下になったばかりだった。素府を襲った惨劇は、ふたりがぶつかった最初の怪事件だったので記憶に残っている。

「あの生き残りの娘が素氏か。そういや、家族を皆殺しにされたにしては落ちついていたな。どこか呆けているようだったから、凄惨な事件の衝撃で魂が抜けちまってるのか、生まれつきぼーっとした娘なのか、どっちにしても不憫なことだと同情したんだが」

「ある意味、『呆けている』という表現は正しかったですね。殺戮の現場を垣間見たことで、素氏は生まれてはじめて血沸き肉躍る感覚を味わったそうですので」

父が母が兄弟姉妹が兇漢に惨殺されていく一部始終を目の当たりにして、生まれてこのかた高鳴ったことのない素氏の胸が早鐘を打った。それは恐怖ではなく、えもいわれぬ陶酔であったと当人が恍惚とした口ぶりで語った。

「要するに、肉親が殺されるのを見て興奮したってことか？　たかだか四つの小娘が？」

「命乞いする父母や逃げ惑う兄弟姉妹に命のきらめきを見たらしいですよ。なんでも、危機に瀕したとき、人は偽りの顔を投げ捨てて本性をあらわにするというのが持論だそうで。殺す者と殺される者が互いにほんとうの自分をさらけだしているのが美しいんだとか」

　父の腸を貪り喰う兇漢の横顔に見惚れてしまった、とも言っていた。

「ちょっとなに言ってるかわからんぞ」

「俺にもわかりませんよ。ともかく、素氏は二十年前の事件で異様な趣味に目覚めてしまい、平穏な日常ってものに退屈するようになったんです」

　家族を失った素氏は叔父夫妻に引きとられる。叔父夫妻は素氏をわが娘のようにかわいがり、大切にしたが、素氏にはそれが不満で仕方なかった。いっそ姪を手ひどくいじめてくれたら面白かったのにと、いたく残念がっていた。素氏に言わせれば、道徳的な人間ほど人間らしくないものはない。彼らは本性を隠している。いわば人間の模造品だ。

「素氏は本物の人間を見たいと渇望していました。嫉妬や恐怖、怨憎や欲望、虚飾のないむきだしの人間性を求めていたんです。しかし、良家の令嬢である彼女は健全な人間の模造品にかこまれていて、命のきらめきを目にする機会がなかった」

　灰色の日々に転機が訪れる。廃妃丁氏の父、房無我との出会いがそれだ。

「再会といったほうがより正確でしょう。これは二度目の邂逅ですから」

　最初の邂逅は惨劇の夜であった。素府を襲った兇漢は房無我だったのだ。

「うさんくせえとは思ったんだよな。一家を惨殺してその場で死肉を貪り喰らうようなやつが自害した姿で発見されるなんざ、理屈にあわん」

下手人の死骸が見つかった場所は素府と目と鼻の先の水路。唯一の生き残りである素氏に遺体を確認させたところ、家族を襲った兇漢にまちがいないと素氏は断言した。

「素氏は房無我をかばって嘘をついたわけだ」

「命のきらめきを見せてくれたひとだったので、死なせるには惜しいと思ったそうで」

自害していたのは別人だった。房無我が用意した身代わりだ。

「で、房無我はなんで素府を襲ったんだ？　そいつも異様な趣味か？」

「それについては、房無我の供述書に……。あの角太監、くわしいことはお手もとの文書にまとめてあるんですから、勝手に読んでくださいよ」

「読むの面倒くせえんだよ」

「花眼ですか。お高齢ですから、しょうがないですね」

「人を老騾馬あつかいするな。ただの怠けだ」

角太監は仕事を怠けることを身上としている節がある。おかげで配下たちは年がら年中、忙殺されているが、働きぶりは正当に評価してくれるので、まあ悪い上官ではない。

「月燕の案当時、素致遠は一介の監察御史でした。房無我――栄玄耀の父、栄堂宴の悪事をもっとも多く暴いたことで出世し、最終的には左都御史にまでのぼっています。その後、多額の横領と収賄があかるみになりましたが、崇成帝――すなわち太上皇さまは、素致遠が栄堂宴を刑場送りにした功績を鑑みて、微罪ですませてくださいました」

「あー雛燕か。そりゃ怨み骨髄だろうな」

月燕の案は栄一族を地獄の底に引きずりこんだが、他方でこれを踏み台にして高みにのぼった者もすくなくない。栄一族の悪事を暴いた者たちがそれだ。彼らは月燕の案の申し子であることから、揶揄をこめて雛燕と呼ばれている。

「考えてみれば、素府の事件で角太監が真犯人を逃したのはまずかったですね。角太監の責任ですよ。犯人と目される男の死体発見で解決したことにしましたしね、角太監が」

「俺のせいにするなよ。おまえこそ『こんな事件、適当に終わらせてさっさと拷問に戻りましょうよ』ってぼやいてただろうが。無断で証人を拷問死させたり、事件と無関係なやつを拷問したり、新作拷問具の実験に同輩を使ったり、おまえは問題行動が多すぎ――」

「すべては灰龍の案のせいですね。あれがなければ、もっと捜査できたんですが」

豊始六年に起きた灰龍の案は妃嬪による放火で豊始帝が崩御した事件だ。本来狙われたのは豊始帝ではなく寵妃だったのだが、寵妃を助けようとして炎の海に飛びこんだ豊始帝が重度のやけどを負って崩御したために、弑逆になってしまった。弑逆ともなれば捜査は周密に行われる。東廠は対応に追われ、素府の事件どころではなくなった。

「そうだよ、灰龍の案が悪いんだ。俺たちは真犯人を捜しだすつもりでいたのに」

「天の声が降ってきて捜査が打ち切られたんですよ。かえすがえすも無念でしたね」

神妙な顔でうなずきあって、話頭をもとに戻す。

「素氏は房無我と再会したと言ったな。乱人同士、意気投合したのか？」

「らしいですね。入宮についても房無我と事前に相談していたとか」

素氏が手に入れていた阿芙蓉の出どころは房無我だ。房無我は茶商を隠れ蓑にして西域から阿芙蓉を密輸し、闇で売りさばいて暴利を得ていた。

「まあ、素氏は房無我の助言がなくても入宮するつもりではあったそうですよ。後宮に入れば人びとの命のきらめきをたくさん見られて、退屈せずにすむだろうからと。期待どおり、いろんなかたちの命のきらめきを見ることができて楽しかったと満足げでした」

もうすこし見たかったと、口惜しげでもあった。

「主上は、皇后さまは、皇貴妃さまは、これからどのような不幸に見舞われ、どういうふうに苦しみ、嘆き、天を呪うのでしょう？　この目で見られないのがとても残念です」

蛾眉に未練をにじませて嘆息した女。あれは果たして――人であろうか？

「後宮が魔物を呼ぶのか、魔物が棲むから後宮なのか。まあ、どっちもか。なんにせよ、素氏みたいなやつがいちばん間抜けだな」

「どういうことです？」

「自分は観客のつもりでいるからだ。絢爛華麗なこの皇宮で、伎人じゃねえやつなんかいねえってのに。だれもみな主役で、だれもみな脇役で、だれもみな悪役だ。入れ代わり立ち代わり伎人があらわれて、飽きもせずに芝居はつづいていく」

「永遠に……ですか」

「いや、いつかは跳ねるさ。どんな芝居も」

角太監は紫煙まじりの苦い言葉を吐いた。

「滅びない王朝がないようにな」

宣祐八年春、鬼淵晋王淩炎鷲と倖容公主高妙英の門出を祝う宴がもよおされた。華やかな宴は盛況のうちに終わり、鬼淵朝貢使節団は花嫁を連れて九陽城をあとにする。

その日、紫蓮は尹皇后に随行して午門まで来ていた。倖容公主を見送るためである。尹皇后が午門まで足を運ぶのは異例のことだが、尹皇后はかねてより倖容公主と親しくしていたので、隆青がとくべつに見送りを許可した。

紫蓮たちは城楼にのぼり、南側の走廊から広場を見おろした。晴れやかな天青に染まった空の下、華麗な胡服姿の鬼淵人たちが徒歩で西小門を出ていく。彼らが愛馬に跨ることができるのは、端門のはるかさき、千歩廊のむこうにそびえる大凱門の外に出てからだ。それまでは一糸乱れぬ隊列をなしながら、厳然とした足どりで練り歩いていく。

「こんなお芝居を知っているかしら？」

白玉の欄干に手をかけ、尹皇后がひとりごとのように話しだした。

「ある令嬢が微行で市井の戯楼に出かけ、美しい異国の少年と出会うの。少年は心無い観客にめずらしい髪色をからかわれて戯楼から追いだされそうになるけれど、令嬢が機転を利かせ、彼を自分の側仕えということにして一緒にお芝居を楽しむのよ」

ふたりは令嬢と奴僕として幾度も戯楼に通う。

「もともとお芝居好きなふたりよ。馬が合って、おしゃべりに花が咲くの。少年は異国のお芝居についても話してくれて、伎人の真似をして立ちまわりも見せてくれるのよ。楽しい時間はあっという間に過ぎていくわ。別れ際、ふたりはつぎに会う約束をするのだけれど、ある日、少年はお芝居がはじまっても姿を見せなかった」

令嬢はいつもどおりに芝居を観たが、大好きな花形伎人の舞にも心が躍らない。

「翌日、令嬢は戯楼に行くわ。お芝居が終わるころにやっと少年があらわれるの。百年ぶりの再会のように令嬢は胸をときめかせるけれど、少年は深刻そうな面持ちで……」

祖国で変事が起きたため、予定を早めて帰国しなければならなくなったという。

「彼は令嬢を連れて帰りたいと言うのよ。妻に迎えるために」

令嬢は泣きたくなった。彼女もまた、彼に恋していたのだ。

「ほんとうは彼の手をとって旅立ちたかった。もうずいぶんまえから、彼の花嫁になることを夢見ていたのよ。だけど、令嬢は皇太子さまに嫁ぐことが決まっていた。とっくに請期(き)まですんでいて、数日後に輿入れ(こしいれ)がひかえていたの。……彼とともに旅立てるはずがなかった。皇太子さまを裏切ることは、天子さまに仇(あだ)なすことだから」

　勅命(ちょくめい)によってととのえられた縁談だ。土壇場(どたんば)で花嫁が逃げだせば、皇上の面目は丸つぶれになる。令嬢の親族は天子に歯向かった罰として災難に見舞われるだろう。

「令嬢は彼の手を離したわ。彼のことを心から愛していたけれど、家族を捨てることはできなかった。少年は令嬢の苦衷(くちゅう)を理解してくれた。彼も家族を捨ててこの国に残ることはできないと……。ふたりは笑顔で別れたわ。お互いの未来に幸多からんことを祈って」

「それから、どうなったのです？」

「令嬢は皇太子に嫁いで子を産んだわ。皇太子が践祚(せんそ)したので皇后に立てられた。皇上は素晴らしいひとで、皇后の心に想いびとがいることをご存じでいながら皇后をとても大切にしてくださった。皇后は皇上のために命を捧げるとかたく決意したわ。心は異国の少年に捧げてしまったから、せめて死ぬまで赤誠(せきせい)を尽くしてお仕えしようと」

「異国の少年は祖国に帰ってからも令嬢を忘れられなかったでしょう」

　尹皇后はせつなげに片笑んだ。

「少年も祖国で妻妾を娶(めと)り、よき夫となり、父となったの。令嬢も少年もそれぞれ守るべきものが増えたのよ。幼き日の恋にいつまでもしがみついているわけにはいかない」

　互いに立場が変わったふたりは、金光燦然(きんこうさんぜん)たる禁城でふたたび邂逅(かいこう)する。

「青年になった彼と再会して、令嬢は驚いた。だって夢のなかで思い描いていた姿と瓜ふたつなんですもの。彼もおなじだと言ったわ。夜ごと夢に見た彼女となにひとつ変わりはしないと……。ふしぎね。心が通じていれば、万里の隔たりも飛び越えてしまうみたい」

ふたりは思い出話に花を咲かせた。出逢った日のこと、一緒に観た芝居のこと、戯楼を出て坊肆歩きをしたときのこと、最後に会った日のこと……。

「彼は令嬢に手をさしだして、こう言うの。『いまからでも遅くはない』と。なにもかもを捨てて、ふたりでどこか遠くへ逃げないかって。なつかしさにそそのかされてこぼれた戯言だとわかっていたわ。お互いになにも捨てられないと、あらゆる現実から逃れられはしないと、痛いほど知っていたから。でも、きっと……すこしだけ、本気だった」

彼女は彼の手をとらなかった。

「その代わり、約束をしたわ。お互いに恥じない生きかたをしましょうと」

おのおの道を懸命に歩んで、幸せに暮らそう。もし、ふたりが本物の縁で結ばれているなら、精いっぱいに生きぬいた今世のむこうで、ふたたびめぐり逢うだろう。

「ふたりの門出の日は、今日のようなすがすがしい碧天だったのでしょうね」

「ええ、そうよ」

晴れわたった天をふりあおぎ、尹皇后はだれにともなく微笑する。

「きれいな天青の空がふたりを照らしていたわ」

真珠色の目もとにきらめくしずく。それに気づかないふりをして、紫蓮は広場を見おろした。腰に大ぶりの曲刀を佩いた鬼淵人の行列が端門にむかってつづいていく。彼らを率いる草原の貴公子の勇ましいうしろ姿は、すでに光の彼方に消えていた。

季節はめぐる。走馬灯のごとくに。

「今後はいままで以上に身体をいたわりなさい」

蓋碗をひきよせ、紫蓮はとなりに座す凌寧妃に微笑みかけた。

凌寧妃が着ている柿紅の長襖は天鵞絨地に多色の文様をあらわしたものだ。十月は衣替えの時節。これから立春までは、羊絨などの厚手の生地で仕立てた寒服をまとう。

「もちろん、乗馬はひかえてね」

「えー、うそ。馬に乗っちゃいけないの?」

「あたりまえよ。いつもの調子で馬を乗りまわしていたら御子が驚くわ」

「鬼淵では妊婦だって馬で遠乗りに行くわ。懐妊中にたくさん馬と親しめば丈夫な子が生まれるっていわれているの」

「鬼淵ではそうでしょう。でも、ここは凱よ。あなたに宿ったのは皇胤なのだから、うかつなことはできないわ。馬に薬を盛られたり、馬具に細工をされたりすることだって起こりうるのよ。邪な者につけいられる隙を見せないためにも、自重なさい」

「……自重って言葉、きらーい」

「私だって好きではないけれど、母親になるなら慎重さは身につけなければいけないわよ。あなたの身を守ることが、あなたの子を守ることになるのだから」

「母親か……。全然、実感がわかないわ」

昨日、凌寧妃の懐妊がわかった。ふだんどおり馬場を駆けまわったあとで、凌寧妃が具合を悪くしたので、太医(たいい)に診せたところ、身ごもってひと月ということだった。

「そのうち実感がわいてくるわよ。母になる自覚もね」

紫蓮はそっと腹部を撫(な)でた。紅樺色(べにかばいろ)の長襖(ちょうおう)につつまれたそこは、存在を主張するように大きくふくらんでいる。二月に懐妊がわかってから十月、長いようで短かった。

「はじめは私も、ほんとうに身ごもっているのか半信半疑だったわ。なにかの間違いだと思って、期待しないように自戒していたくらいよ」

隆青はとても喜んでくれたが、紫蓮は素直に喜べなかった。長いあいだ黄棘(こうきょく)を服用していた身体だから、もう二度と身ごもることはないだろうと覚悟していたのだ。

「だけど、毎日すこしずつ身体が変わっていって、重くなっていくのを感じて。自分が自分でなくなるような、変な心地だったわ。最初は違和感のほうが強くて、いやな病にでも罹(かか)ったような気がしていたけれど、だんだん、この変化がいとおしくなっていったのよ。自分ひとりの身体ではないという事実が、なんだかとてもあたたかくて」

天鵞絨の長襖越しにも伝わるぬくもり。そのやさしさが胸を満たしてくれる。

「ふうん。でも、たいへんそう。おなかがすごく重そうだもの」

「重いからこそ愛しいのよ。あなたもおいおいわかるでしょう」

釈然としないふうの凌寧妃を見送り、紫蓮は大きなあくびをした。

「疲れやすくていけないわね。ちょっとおしゃべりをしていただけなのに」

「寝床の支度をしておりますわ。おやすみになってはいかがです」

「午睡のまえに帳簿を確認しようと思っていたんだけれど」

「お身体を優先なさってくださいまし。帳簿などあとまわしでけっこうですわ」

「だいぶあとまわしにしているでしょう。帳簿だけでなく、いただいた贈り物の整理も途中でやめているわ。返礼の品を手配して、礼状を書いて、それから……」

いけません、と惜香にぴしゃりと叱られる。

「今月は産み月なのですよ。ご無理をなさっては御子に障ります。雑事はお忘れになって、おとなしくおやすみなさいまし。祝太医も眠気があるときは無理をせずやすんでくださいと言っていたでしょう。まったく、凌寧妃に身体をいたわるようにとおっしゃっていたくせに、ご自分のこととなるとおろそかになさるのですから」

追いたてられて臥室に入り、惜香に手伝ってもらって寝床に横たわる。錦の褥に身体をゆだねるや否や、日なた水に沈んでいくように眠りに落ちた。心地よいまどろみのなかで、紫蓮は無数の短い夢を見る。儚く終わった最初の結婚。不幸にして喪ったわが子。出戻った実家で過ごした歳月。後宮に召しあげられて経験したくさぐさの事柄。悲喜こもごもの記憶を反芻しながら、春睡のような眠りを貪る。色あざやかな夢が徐々に薄らいで、紫蓮はゆるゆるとまぶたをあけた。薄暗い室内におだやかな人の気配を感じる。

「まあ、主上。お見えでしたの」

「来てはいけなかったか？」

茶化すように笑い、隆青は紫蓮の頰にかかったひと筋の黒髪をそっと払った。政務をすませてきたのだろうか。龍袍からはゆかしい墨のにおいがする。

「最近の君は見るたびに寝ているな」

「だって、眠たいのですもの。寝ても覚めても真夜中のようですわ」

起きあがろうとしたが、隆青にとめられた。

「いまは身体をいたわるのがいちばんの仕事だ。眠りたいだけ眠ればいい」

「どうかご容赦くださいませ。ごあいさつもできず……」

枕に頭をあずけたまま、龍顔を見あげる。蘭灯の薄明かりが照らす眉目には天子の威容よりもやさしい夫の顔がにじんでいた。

「君の寝顔を見ていた」

「恥ずかしいわ。臙脂もさしておりませんのに」

「だからこそ、よいのだ」

頬をすべる指先。壊れやすいものにふれるようなしぐさがくすぐったい。

「君の素顔を見られるのは余(よ)だけだからな。ただし、虚獣や惜香をのぞいて……だが」

「殿方(とのがた)では主上だけですわよ」

そこはかとなく悔しそうな口ぶりに笑ってしまう。

「まだ生まれそうにないか？」

「さあ、どうかしら。この子に訊いてください」

紫蓮が衾褥(ふとん)をめくってうながすと、隆青はおずおずと腹部にふれてきた。

「吾子よ、そろそろ出てきてもいいんじゃないか？　母妃(ははうえ)はおまえのぶんまで食べて寝て疲れているようだし、父皇(ちちうえ)はおまえの顔を早く見たいぞ」

しきりに撫(な)でて話しかけていたかと思えば、いぶかしそうに首をひねる。

「おかしいな。昨日は元気よく蹴ってきたのに静かすぎる」

「さっきまで騒いでいたので、眠っているのでしょう」

「いや、万が一ということもある。念のため祝太医に診(み)せよう」

隆青は銅迷を呼んで祝太医を召すよう言いつけた。

「心配しすぎですわよ。祝太医も言っていたでしょう。赤子は四六時中、おなかを蹴るわけではございませんの。眠っていればおとなしいものですわ」

「そうは言っても念には念を入れておかねば。だめだ、起きあがってはいけない。祝太医が来るまでそのままでいたほうがよい」

「更衣に行きたいのですわ。我慢せよとおっしゃいますの？」

「ああ、更衣か。それなら我慢するのはかえって毒だ」

　隆青が起きるのを手伝ってくれる。紫蓮は惜香を呼んで臥室を出た。更衣をすませて戻ってくると、隆青は翹頭案のまえに立っていた。翹頭案には夫婦花の盆景が置かれていたが、彼が見ているのはそのうえにかけられている画軸である。

　夾纈で染めた画軸だ。文様は凧揚げをするふたりの童子。

「生まれなかった君の子のために、供養になるものを作りたい」

　昨年末、隆青に相談を持ちかけられた。宮中で個人的な供養は厳禁だから、道士を呼んで祀ることはできない。そもそも紫蓮が流した子は前夫の胤なので、皇貴妃という立場にありながら表立って偲ぶことは許されない。それを承知のうえでなにかできないかと彼は言ったのだ。かなしみに寄りそってくれる夫の心遣いが胸に染みて、紫蓮は泣きだしてしまった。そして思ったのだ。紫蓮が喪った子だけでは足りないと。

「ひとりではさびしいので、童子をふたりにしませんか？　にぎやかになりますわ」

　夾纈で画軸を作ろうという話になったとき、さりげなく提案した。

　丁氏の胎に宿り、父帝の命令で流された子。やむを得ないことであったとはいえ、だれよりも悔いているのは、だれよりも己を責めているのは、ほかならぬ隆青だ。しかも彼はその苦しみをおもてに出すことさえ許されない。天子であるがゆえに。

せめてこの画軸を眺めているあいだは、生まれなかったわが子に想いをはせてほしい。喪われたものを悼むことで、わずかでも胸の痛みをやわらげてほしい。

一度できた傷痕は一生消えない。けっして忘れることはできないけれど、それでも人生はつづいていく。おなじ夜をくりかえし、ちがう朝を迎えながら、歳華をかさねて。

後悔に溺れてはいけない。光が照らす道にこそ、明日はあるのだから。

「さきほど遊ぶ童子たちの夢を見ましたわ」

紫蓮は隆青のとなりにならび、重くあたたかい場所を撫でた。

「この画軸のように、ころころと駆けまわって楽しそうに爪揚げをしていました」

「吉夢だな。早く出てきたいと吾子が言っているのだろう」

隆青はうなずき、腹を撫でる紫蓮の手に手のひらをかさねる。

「安心して出てくるがよい、吾子よ。もう名は考えてあるし、おまえの部屋も揺籃もおくるみも用意してある。乳母や側仕えは余が選んだんだぞ。吾子を迎えるために必要なものはすべてそろっている。足りないのはおまえの産声だけだ」

反応を期待してふたりして待っていたが、なにも起きない。

「いよいよ変だ……。心配だな。こんなところに立っていては身体が冷える。祝太医が来るまであたたかくして寝ていたほうがいいだろう。さあ、牀榻へ」

隆青に急かされて牀榻に腰をおろした、まさにその瞬間である。内側から激しく蹴りつけられて息が止まりそうになった。

「おお、動いたぞ……！　紫蓮、わかったか？」

「わからないはずがないでしょう。私の身体なのですから」

「それもそうか。とにかくよかった。吾子は今日も元気いっぱいだ」

隆青はのんきに喜んでいるが、身体のなかで暴れられるほうとしてはたまらない。このときばかりは、蹴った蹴ったと無邪気にはしゃいでいる夫が怨めしくなる。

「これだけやんちゃなら皇子だな。馬に乗って駆けまわる夢でも見ているんだろう。いや、はねっかえりの公主かもしれぬ。お転婆すぎて婿選びに苦労しそうだ」

紫蓮に怨まれているとも知らず、隆青はわが子が育まれている大きな腹に耳をあて、喜色満面になったり思案顔になったりといそがしい。

――かまわないわ。これが玉響の幸せだったとしても。

禍には福が寄りそい、福には禍が寄りそっているという。ならばこの身に余る果報がいつか災難を招くこともあるのだろうか。世の理には逆らえないけれど、いまはただ、心をゆだねていたい。小春日のような幸せに、愛しいひとのぬくもりに。

あとがき

本作はコバルト文庫で書かせていただいておりました後宮シリーズの新作です。

はじめましてのかた向けにざっくり説明しますと……舞台となる国、凱帝国はおもに明王朝をモデルにしております。宗室高家を軸にして後宮という場所を読み切り形式で描いていくシリーズですので、どこから読んでも大丈夫です。毎回ヒロインの特技をテーマに組みこんでおります。今回は染物でした。これまでの登場人物がちらちら顔を出すことがあります。本作では『後宮幻華伝』『後宮樂華伝』『後宮刷華伝』『後宮麗華伝』『後宮瑞華伝』等の登場人物（なかには名前だけの人もいますが）が随所に出てきております。

第二章で楊忠傑がそらんじていた宮怨詩の出典は『唐詩選』で、王昌齢の西宮秋怨です。訳までは引用しませんでしたので、気になるかたはそちらをごらんください。

さて、ここからはコバルト時代の読者向けです。私が『樂華伝』のあとがきに変なことを書いたので、義昌帝がだれなのかちょっとした謎かけになってしまったようです。べつにたいした謎ではありませんが、「義昌帝」は作中に登場しているあの方、というのはすでにご存じのとおり『幻華伝』のヒーローだった高遊宵（こうゆうしょう）をさしています。ここでひとつ謝罪しなければならないことが……。『樂華伝』冒頭で「この王子こそが、義昌帝の後を襲って玉座にのぼった、宣祐帝（せんゆう）である」と書いたことで誤解を招いてしまいました。「後を襲う」と書いたのがまずかったですね。これは「跡を襲う」とすべきでした。「後を襲う」という字面（じづら）のせいで、宣祐帝が義昌帝にうしろから襲いかかって玉座を奪取する……みたいな意味に受けとられるかたがいらっしゃったので、すみません。おわびします。義昌帝から宣祐帝への皇位継承の流れに内乱を期待したかた、ご期待にそえず申し訳ございません。

なお、オレンジ文庫からの刊行ということで、コバルト文庫版とは幾分テイストが変わっています。コバルト文庫版では少女向けラノベよりの設定にしていましたが、本作は後宮制度、夜伽（よとぎ）の手順や皇族の呼称など、できるだけ史実に近づけました。

素敵なカバーイラストを描いてくださったSay HANaさま。いろいろ相談に乗ってくださり、無理をとおしてくださった担当さま。おふたかたなくしては書きあげることができなかったと思います。ほんとうにありがとうございました。

最後になりましたが、読者のみなさまに心からの感謝を。はじめましてのかたにも、ひさしぶりにお目にかかったかたにも楽しんでいただけるよう、切に祈っております。

はるおかりの

※この作品はフィクションです。実在の人物・団体・事件などにはいっさい関係ありません。

集英社オレンジ文庫をお買い上げいただき、ありがとうございます。
ご意見・ご感想をお待ちしております。

● あて先
〒101-8050　東京都千代田区一ツ橋2-5-10
集英社オレンジ文庫編集部 気付
はるおかりの先生

後宮染華伝
黒の罪妃と紫の寵妃

集英社
オレンジ文庫

2020年 6 月24日　第1刷発行
2020年12月 7 日　第5刷発行

著　者　はるおかりの
発行者　北畠輝幸
発行所　株式会社集英社
〒101-8050東京都千代田区一ツ橋2-5-10
電話【編集部】03-3230-6352
【読者係】03-3230-6080
【販売部】03-3230-6393（書店専用）
印刷所　株式会社美松堂／中央精版印刷株式会社

※定価はカバーに表示してあります

ISBN 978-4-08-680328-1 C0193